seven rue

cinquenta e seis

Traduzido por Mariel Westphal

1ª Edição

2022

Direção Editorial:	**Adaptação de Capa:**
Anastacia Cabo	Bianca Santana
Tradução	**Diagramação e preparação de texto:**
Mariel Westphal	Carol Dias
Revisão Final:	**Ícone de diagramação:**
Equipe The Gift Box	rawpixel.com

Copyright © Seven Rue, 2020
Copyright © The Gift Box, 2022
Capa cedida pela autora

Todos os direitos reservados.
Nenhuma parte do conteúdo desse livro poderá ser reproduzida em qualquer meio ou forma – impresso, digital, áudio ou visual – sem a expressa autorização da editora sob penas criminais e ações civis.
Esta é uma obra de ficção. Nomes, personagens, lugares e acontecimentos descritos são produtos da imaginação da autora. Qualquer semelhança com nomes, datas ou acontecimentos reais é mera coincidência.

Este livro segue as regras da Nova Ortografia da Língua Portuguesa.

CIP-BRASIL. CATALOGAÇÃO NA PUBLICAÇÃO
SINDICATO NACIONAL DOS EDITORES DE LIVROS, RJ
Gabriela Faray Ferreira Lopes - Bibliotecária - CRB-7/6643

R862c

　Rue, Seven
　　Cinquenta e seis / Seven Rue ; tradução Mariel Westphal. - 1. ed. - Rio de Janeiro : The Gift Box, 2022.
　　288 p.
　　Tradução de: Fiftysix
　　ISBN 978-65-5636-167-3

　　1. Romance americano. I. Westphal, Mariel. II. Título.

22-77519　　CDD: 813
　　　　　　CDU: 82-31(73)

Alerta de gatilho

Este livro é apenas para os leitores de mente aberta.

Contêm cenas com todos os tipos de questões sexuais, algumas que são muitas vezes vistas como desagradáveis e repugnantes.

Eu não tenho vergonha, e se você também não, vire a próxima página.

Se você acha que não pode lidar com isso sem me julgar ou me envergonhar como uma autora que escreve ficção, mas também leitores que gostam desse tipo de livro, por favor, não leia *Cinquenta e Seis*.

Este livro contém negação de orgasmo, cenas de degradação, tapas, restrição de respiração, golden shower e linguagem muito vulgar. Todos os atos sexuais neste livro são consensuais entre dois adultos, maiores de idade. Não há estupro.

DEDICATÓRIA
Para aqueles que não têm medo de testar seus limites.
Para aqueles que darão uma chance a este livro e mergulharão de mente aberta.
E para meus leitores que são fortes, confiantes e dispostos a testarem a si mesmos com minhas histórias.
Este é para vocês.

Playlist

Guys My Age — Hey Violet
God Is A Woman — Ariana Grande
Bad Reputation — Joan Jett
Pretty Girl — Maggie Lindemann
Cherry Pie — Warrant
Addicted — Saving Abel
Are You Gonna Be My Girl — Jet
My Sharona — The Knack
You Give Love A Bad Name — Bon Jovi
You Shook Me All Night Long — AC/DC
Helium — Lisa Pac

Capítulo um

Valley

— Isso, gata. Molhe seus mamilos um pouco mais e me mostre como eles brilham. Porra... você é uma coisinha incrível, Dove.

Sua voz trêmula soou do meu notebook enquanto ele esfregava o pau duro bem na frente da webcam. Eu estava sentada na minha cama, nua, brincando com meus seios do jeito que ele gostava que eu fizesse.

Eu era uma *camgirl* havia dois anos, querendo explorar meu próprio corpo, mas fazendo isso enquanto homens me observavam de todo o país.

Meu nome on-line era Dove, não queria que ninguém que eu conhecesse descobrisse meu segredo, e minha idade agora dizia vinte em vez de dezoito. Eu podia estar mentindo sobre quantos anos tenho e meu nome, mas meu corpo era o que mais intrigava aqueles velhos pervertidos.

A maioria deles estava na casa dos quarenta anos, alguns com cinquenta e outros já nos sessenta. Eu não me importava com a idade deles tanto quanto eles se importavam com a minha, e embora fosse errado eu provocá-los com meu corpo, sabendo que ainda não tinha idade suficiente para beber álcool por aqui, eu não sentia nojo por eles me verem me despir e me tocar.

Pode-se dizer que eu tinha problemas com a figura paterna na minha vida, embora meu pai estivesse lá embaixo, vivendo a vida com minha madrasta e sem saber o que estava acontecendo atrás da porta do meu quarto. Não tenho certeza de onde essas questões vieram, mas eu brigaria com qualquer um que me dissesse que era errado e nojento.

Caramba, no final do dia, eles são homens.

Quem se importa com a idade deles?

Eles têm paus, e é nisso que minha mente estava focada na maior parte do tempo.

seven rue

Além disso, não tenho certeza de onde veio meu amor pelo sexo, mas dei meu primeiro beijo aos quinze anos e, sem que o garoto da mesma idade tivesse a menor ideia do que estávamos fazendo, decidi explorar seu corpo e ver sobre o que aquelas garotas mais velhas da cidade sempre falavam.

Eu não tinha irmãos para aprender sobre essas coisas, e Deus me livre de falar com minha madrasta, Della, sobre isso. A escola também não ajudou muito; nas aulas de educação sexual, a professora só nos mostrou um documentário sobre sexo seguro, pulando as partes onde as pessoas do vídeo podiam ser vistas nuas.

Então decidi aprender tudo sobre o corpo humano, orgasmos, fluidos corporais e todas as diferentes tendências e depravações que as pessoas tinham. Eu mesma tinha muitas delas e, particularmente, nenhuma me enojava.

E o homem que se masturbava enquanto seu rosto estava cheio de puro prazer tinha algumas que exploramos juntos. O nome dele é Garett, e mijar em si mesmo era uma dessas, ou esfregar seu gozo na pele depois que eu o fazia gozar apenas brincando com meus seios, esfregando meu clitóris, ou me masturbando enquanto ele assistia.

Tive momentos em que pensei que era errado estar de boa com essas coisas, mas então... a vida não seria divertida.

Quão chato seria nunca ultrapassar seus próprios limites?

Eu testava os meus, e às vezes ainda tentava ir além.

Não tinha vergonha de receber dinheiro desses homens para fazer um showzinho virtual para que eles pudessem se sentir bem por não sair e conhecer mulheres na vida real. Eles eram mais velhos, o que muitas vezes resultava em não conseguirem mais nenhum encontro, então as *camgirls* tinham que servir.

— Abra suas pernas, Dove. Vamos, gostosa. Me mostre quão molhada essa bocetinha está — ele rosnou, esfregando o pau mais rápido, com os nós dos dedos ficando brancos e sua outra mão acariciando as bolas.

Me recostei na cabeceira da cama, sem medo de mostrar o rosto, já que estava usando uma máscara de esqui. Foi uma escolha idiota, mas a única que eu tinha disponível na primeira vez que me sentei na frente da minha webcam. Funcionou muito bem, e como meus olhos azuis não eram muito especiais em relação à cor, então não havia muito com o que me identificar.

Meu longo cabelo castanho também estava escondido debaixo da máscara, então eu me sentia confortável o suficiente para mostrar cada parte do meu corpo sem ter medo de ser vista por algum cara aleatório que por acaso morasse na mesma cidade que eu.

Movi os dedos de meus mamilos molhados até a barriga, então abri minhas dobras com dois dedos da mão esquerda e enfiei dois da minha mão direita na minha boceta.

— Assim, daddy? — ronronei, lambendo meus lábios e movendo os dedos para dentro e para fora.

— Assim mesmo, gata. O daddy aqui está prestes a gozar. Eu queria que você estivesse aqui para engolir cada gota enquanto empurro meu pau no fundo da sua garganta.

Eu adorava homens que falavam assim.

Não me importava com a idade que eles tinham nesses casos, mas, se tivessem a habilidade de me deixar molhada só de falar... *meu Deus*.

— Que tal se, em vez disso, você engolir enquanto eu sinto o gosto da minha boceta? — sugeri, sabendo que ele estaria disposto a isso.

Não era a primeira vez que eu o fazia provar seu próprio gozo, mas sendo o depravado que era, ele parecia gostar.

Eu adorava ter esse poder sobre os homens, e não os julgava se gostassem de coisas diferentes que a maioria dos homens acharia revoltante. Se as mulheres podem engolir o gozo deles ou provar seus próprios fluidos, por que os homens não podiam?

— Me mostre esses dedos molhados, Dove — ele exigiu, e eu os empurrei em minha boceta mais uma vez antes de tirá-los e levá-los perto da câmera para ele ver.

— Poooooorra!

Ele não conseguiu mais se conter.

Seu esperma disparou no ar, pousando bem em seu peito e barriga, e algumas gotas até em seu queixo.

Este era o momento em que ele caía em algum tipo de transe, incapaz de falar enquanto fazia exatamente o que eu sugeri que fizesse. Sua mão continuou esfregando o pau, se certificando de que cada gota saísse, e com a outra, ele esfregou seu gozo na pele antes de levantar os dedos para provar a si mesmo.

Sorri, fazendo o mesmo com os meus.

Eu o observei e comecei a beliscar meus mamilos novamente, começando a me sentir pronta para outro homem depois dele.

Mas não havia tempo.

Eu tinha que estudar para uma prova idiota, então hoje só tinha tempo para fazer ele gozar.

— Dove... — ele suspirou, tentando voltar de seu orgasmo. — Você ganhou outro bônus esta noite, gata. Me prometa que estará de volta amanhã. Não posso passar uma noite sem ver você.

Meu sorriso se transformou em uma expressão misteriosa, sabendo que seus bônus eram principalmente meu preço real duplicado ou até triplicado. Este homem gastava a maior parte de seu dinheiro comigo; não que eu estivesse reclamando.

— Você é o melhor, daddy. Prometo que estarei de volta depois de amanhã. Tenho um aniversário para ir — eu disse a ele, com a minha voz falsamente suave e doce.

— Haverá homens? — perguntou, mostrando seu lado ciumento.

— Claro que haverá homens.

Ele sabia que eu tinha outros homens também querendo me ver pela webcam.

— Sabe que não pertenço a você, daddy.

Daddy.

Uma palavra que eu tive que me acostumar a dizer de novo, mas não para o meu pai verdadeiro.

Isso foi algo que me deixou um pouco desconfortável.

Engraçado, porque fiz coisas muito piores do que chamar um homem estranho de daddy. Mas ele queria assim, e seu desejo era uma ordem. E o dinheiro dele era meu.

— Gostaria de estar aí para mostrar o quão duro eu te foderia, Dove. Tenha uma boa noite. Vejo você em dois dias.

Sorri e acenei para ele, então mandei um último beijo antes de desligar a câmera e sair do site que montei logo depois de perceber que aqueles sites de *camgirls* não me levariam a lugar algum.

Homens que levavam a sério pagar mulheres para fazê-las gozar através de uma maldita webcam pagavam assinaturas mensais. Eu tinha pelo menos oitenta homens que assinavam meu conteúdo, e nem metade deles ligava suas câmeras nos nossos encontros on-line.

Eles gostavam de me ver brincar comigo mesma, outros gostavam de me mostrar o quão duro eu os deixava, e alguns só queriam conversar.

Não é a minha parte preferida, mas, ei... o dinheiro era deles.

Posso dizer que, além de ser uma estudante universitária, eu tinha uma agenda lotada, mas de alguma forma conseguia fazer tudo a tempo para que meu pai e Della não suspeitassem de nada.

Empurrei meu notebook de lado e tirei a máscara antes de me levantar e entrar no banheiro. Eu precisava de um banho porque, por mais que adorasse fazer aqueles homens gozarem, precisava estar limpa e fresca para me concentrar nos estudos.

— Val, o jantar está quase pronto! — Della gritou, do andar de baixo.

Eu gostava dela.

Desde que minha mãe escolheu não mais fazer parte da família, meu pai decidiu que, em vez de ficar triste, poderia procurar uma nova mulher que não fosse embora.

Della era essa mulher, e eu estava feliz por eles.

Ainda assim, seu modo de vida e suas crenças não eram exatamente a minha praia. Ela era uma cristã fervorosa, e de jeito nenhum eu poderia continuar morando nesta casa se ela descobrisse que eu não chamava apenas o seu marido de "papai".

— Cinco minutos! — respondi, me olhando no espelho e penteando o cabelo antes de prendê-lo em um coque bagunçado.

Entrei rapidamente no chuveiro e, depois de apenas alguns minutos, saí novamente para secar meu corpo e colocar o pijama.

Eu parecia inocente. Como uma solteirona que preferia se esconder em todas as situações possíveis. A questão era que eu *tinha* que agir toda inocente.

Pelo bem do meu pai. E, bem... da Della também.

Meu pai já foi prefeito desta cidade, e Deus me livre de sua doce e inocente filha se transformar no que sua mãe se transformou.

Egoísta, rude, alguém que nunca faz nada de bom.

Eu definitivamente tinha os traços da minha mãe quando se tratava de ser libertina, mas minha família ou o público não precisavam saber disso.

Só que eu também não queria fazer o mesmo que meu pai. Política nunca foi a minha praia, e eu estava bem em dar ordens para homens, embora não para uma cidade inteira.

As vantagens de ser sua filha eram a casa grande e o jardim que vinham com isso, mas ser vista como alguém que poderia administrar esta cidade algum dia não era algo que eu queria. Não tenho certeza do que eu queria fazer depois da faculdade, mas, por enquanto, eu estava estudando biologia. Porque, bem... eu gostava de corpos humanos, e tudo que tinha a ver com eles.

— Valley! — Ouvi a voz do meu pai chamar, e saí do meu transe rapidamente.

— Estou indo! — respondi, saí do banheiro para pegar meu celular na mesinha de cabeceira e depois desci as escadas, indo para a sala de jantar. — Que cheiro bom. Comida indiana? — perguntei, sabendo que Della gostava de recriar receitas de todo o mundo.

— Malaia, para ser exato — meu pai disse, servindo uma taça de vinho tinto.

— Finalmente usei todos os temperos que ganhei de aniversário e acho que ficou muito bom — Della completou, com entusiasmo.

— Definitivamente parece bom — eu disse a ela, então me sentei do outro lado da mesa e meu pai se colocou na ponta.

— Obrigada. Experimente com este pão.

— Você também fez?

— Ah, não. O pão eu comprei. Você sabe que eu não sou boa nesse quesito — ela disse, com uma risada suave. Sorri e enchi meu prato com um pouco de tudo.

Toda aquela conversa suja me deixou com fome.

— Já decidiu a comida de amanhã, pai?

Ele assentiu e depois de dar uma mordida em seu pão com arroz e um pouco de frango, ele olhou para mim e disse:

— Um coquetel. Parece apropriado para uma festa de cinquenta e cinco anos.

Concordo.

— Parece bom para mim. E quem vocês convidaram?

Eu não gostava da maioria de seus amigos políticos. Eles gostavam de esfregar suas vidas incríveis na cara das pessoas, mesmo que a do meu pai fosse tão boa quanto. Eu também não gostava de suas filhas e filhos. Ficar presa a estudantes de universidades exclusivas que falavam demais sobre como um dia concorreriam à presidência. Seria engraçado ver o que eles diriam se eu contasse o que fazia no meu tempo livre depois das aulas.

— Alguns dos amigos dos meus primeiros empregos e seus primos também estarão aqui. Já faz um tempo desde a última vez que você os viu.

Verdade, mas isso não significava que era necessário.

Mas, afinal, era o aniversário do meu pai, e eu não podia simplesmente me esconder no quarto e transmitir meu corpo nu para um cara que paga para me ver me masturbando.

— Ah, e o seu amigo Riggs também estará aqui! — Della anunciou, alegremente.

— Riggs? Sério?

Ora, esse era alguém que eu estava animada para ver.

Riggs era apenas um ano mais velho que meu pai, mas, aos cinquenta e seis, com certeza sabia o que fazer para manter a forma.

— Ah, sim. Ele voltou para a cidade na semana passada. Esqueci de contar, Val.

Riggs era um amigo próximo da família, e até tentou colocar algum juízo em minha mãe antes que ela largasse tudo e fosse embora. Ele era um bom homem, embora sempre parecesse muito solitário.

Nem pense nisso, disse o anjo em meu ombro, enquanto o diabinho apenas sorriu.

Franzi meus lábios e tentei segurar um sorriso.

— Ele ainda mora na mesma casa de antes? — perguntei.

— Acho que sim. Enfim — meu pai falou, pegando outro pão sírio. — Quero que você limpe seu quarto amanhã depois da aula para que nossos convidados não tenham nada para falar pelas nossas costas.

— Meu quarto está limpo — assegurei a ele.

Bem, o mais limpo possível. Se você não contar todas as coisas sujas e sórdidas que acontecem quando me tranco lá dentro.

Capítulo dois

Valley

— Então, nada de festa no clube de campo hoje à noite? — Kennedy, minha melhor amiga, perguntou, enquanto caminhávamos pelo corredor do prédio principal para chegar aos banheiros.

— Não posso. É o aniversário do meu pai e ele quer que eu esteja lá.

Olhei para o meu celular e sorri, lendo a mensagem de Garett e me lembrando da noite passada. Ele realmente gostava de seu próprio gozo, e agora me dizia quão animado estava para fazer tudo de novo amanhã à noite.

— Parece chato — Kennedy resmungou, no caminho para o banheiro.

Olhei em volta, então dei de ombros.

— Não tão chato quanto as festas no clube de campo. Aqueles caras me dão sono com tanta conversa. Sem falar no quão preguiçosos ficam quando você vai pra cama com eles.

Abri cada reservado para garantir que não havia mais ninguém no banheiro, e com Kennedy parada na frente da porta para bloqueá-la, comecei a desabotoar os três primeiros botões da minha camisa.

Esta universidade tinha uniformes e, embora não fosse uma instituição particular, eu ainda gostava das saias e meias que tínhamos que usar. É claro que eu sempre encontrava maneiras de estilizá-lo de uma maneira que pudesse mostrar um pouco de pele, provocando não apenas meus colegas, mas todos os professores que andavam pelos corredores. Eles adoravam olhar, e como ninguém estava interessado em me impedir de provocar, nunca reclamaram.

Sorte minha.

— Aqueles caras têm pais, sabe? — Kennedy apontou, me observando empurrar a alça do sutiã pelo ombro, em seguida, segurar meu celular na minha frente para tirar uma foto dos meus seios praticamente pulando para fora do sutiã muito pequeno.

Kennedy sabia tudo sobre eu ser uma *camgirl* e transar com homens mais velhos sempre que tinha a oportunidade.

— Pais chatos e a maioria deles casados — respondi, tirando algumas fotos sem apareceu meu rosto. *Devia ter trazido minha máscara de esqui*, pensei.

— Desde quando um anel impediu você de foder com um cara da idade do seu pai? — perguntou, com um sorriso.

— Posso ter uma tara por coroas, mas não sou uma destruidora de lares.

— Entendi — ela murmurou, encostando a cabeça na porta. — Posso ir à festa de aniversário do seu pai, então?

Dei de ombros.

— Claro, só não estarei disponível para conversar muito. Meu pai quer que eu faça contatos. Ele ainda acha que pode me fazer mudar de ideia e gostar de política.

— Que chato — ela disse, afastando seu longo cabelo loiro para trás e suspirando. — Para quem são essas fotos? — Kennedy então perguntou, acenando para o meu celular, enquanto eu estava me certificando de que nada mais do que meus seios pudessem ser vistos nas fotos.

— O nome dele é Garett — respondi, levantando a alça do meu sutiã e me cobrindo novamente. — Nós nos divertimos ontem à noite, e ele quer me ver de novo amanhã.

— Eu gostaria de poder fazer o que você está fazendo. Deve ser divertido ganhar dinheiro se fazendo gozar — comentou, em um tom reclamão.

— Já falei que não é difícil. Basta ter uma câmara, criar um site, e posso indicar você para os meus clientes. Tenho certeza que eles te adorariam.

— Eu não sou tão gostosa quanto você, Val. E nunca poderia provocar um homem do jeito que você faz. Você é uma deusa, no sentido literal. Uma safada, mas no bom sentido.

Eu ri, enviando as fotos para Garett e adicionando alguns emojis de coração. Eles não tinham o meu número verdadeiro. Eu usava o meu antigo para trocar mensagens com alguns dos caras, o que facilitava a manter a minha identidade oculta.

— Na próxima vez que eu tiver um encontro on-line, deixo você aparecer e podemos nos divertir um pouco para dar a eles algo em que pensar.

— Coisas de lésbicas? — ela perguntou, com uma careta. Embora não fosse crítica comigo e com tudo o que eu fazia, ela era um pouco puritana. — Você já fez coisas assim antes?

— Fiquei com uma garota no ano passado quando estava de férias na

África do Sul, e também fiz a Maya gozar naquela noite em que estávamos na fogueira. Eu não contei sobre isso? — perguntei.

Eu era bastante aberta com Kennedy, mas acho que esqueci de contar a ela sobre as garotas com quem me diverti. Eu era um livro aberto quando se tratava de sexualidade, embora preferisse homens. Os mais velhos, *silver foxes*, que tinham experiência e não tinham medo de ser rudes. Através da câmera ou na vida real.

Deus, faz um tempo desde que transei com um cara.

— Estou sabendo disso agora — ela disse, franzindo os lábios e depois sorrindo. — Acho que vou passar, pelo menos por agora. Você é muito selvagem para mim.

Eu ri e voltei a guardar o celular no bolso da jaqueta, então acenei para Kennedy para que ela soubesse que poderíamos sair do banheiro.

— Vou aceitar isso como um elogio. Contanto que você continue sendo minha melhor amiga, não me importo se você me deixar chupar seu clitóris ou não.

— É assim que você deveria se comportar nesta universidade, senhorita Bentley?

Parei para me virar e olhar para o senhor Trapani.

Ele era, definitivamente, o professor de italiano mais gostoso que tínhamos nesta universidade. Bem, ele era o único professor de italiano aqui, mas ainda assim… tinha um grande potencial.

Mais alguns anos, e mais alguns cabelos brancos, e eu o colocaria na minha lista de homens que gostaria de foder. Depois de me formar na faculdade, é claro.

Inclinei a cabeça e sorri docemente para ele, então passei um braço em volta dos ombros de Kennedy e me inclinei contra ela, que era quase dez centímetros mais baixa do que eu.

Eu não era a garota mais alta da faculdade, tinha um metro e sessenta, mas gostava de pensar que tinha a altura perfeita.

— Desculpe, senhor T. Eu não quis ofendê-lo — falei para ele, sabendo que isso só iria irritá-lo ainda mais.

— Me ofender? Eu não estou ofendido. Só acho que não é apropriado para uma garota da sua idade falar assim. Especialmente não nesta universidade. — Ele estava sendo dramático.

Isso, ou ele só precisava de uma desculpa para falar comigo.

Seus olhos já tinham se fixado nos meus seios cinco vezes nesta curta interação que estávamos tendo, e eu tinha que admitir... Gostei do jeito que ele tentou ao máximo não deixar isso tão óbvio.

Estufei o peito, fazendo minha camisa abrir um pouco mais para revelar os seios que estavam levantados graças ao aperto do meu sutiã.

Ele teria preferido que eu falasse sobre paus em vez disso? Porque eu ficaria feliz em conversar com ele sobre essas coisas fascinantes.

— Isso não vai acontecer de novo, senhor T. *Mi scuso* — falei em italiano, mostrando as habilidades linguísticas que aprendi com ele.

Isso o fez sorrir, incapaz de se conter.

Com um aceno de cabeça, soltou uma risada suave.

— Tudo bem, garotas. Vão para a aula. — Um último olhar para meus seios, uma lambida de lábios, e então ele desapareceu.

— Como você ainda não foi expulsa desta universidade? — Kennedy perguntou, rindo.

— Simples. Por causa do dinheiro do meu pai.

— E eu quero que você vá falar com as pessoas também. Nada de ficar parada esperando alguém vir falar com você. E se precisar sair de uma conversa, me chame — meu pai orientou, enquanto eu me certificava de que sua gravata não estava torta e que o nó estava bem apertado.

— E se não tiver ninguém com quem eu queira conversar? — perguntei, alisando sua camisa branca de botão antes de ajudá-lo a vestir o paletó.

— Isso não existe, Valley. Você encontrará alguém com quem conversar e permitirá que falem com você — exigiu.

Meu pai não aceitava um não como resposta, e a melhor coisa a fazer era apenas seguir o que ele dizia. Mesmo em seu aniversário, ele era muito mandão. Algumas taças de vinho e champanhe certamente o fariam relaxar um pouco.

— Como é ter cinquenta e cinco anos, pai? — perguntei com um sorriso, nós dois olhando para o grande espelho em seu armário.

— Não muito diferente. Eu me sinto surpreendentemente saudável. Ainda bem que comecei a malhar há algumas semanas. Toda essa comida que a Della cozinha não é boa para quem quer ficar em forma — ele disse.

Eu sorri, me inclinando contra ele e envolvendo os braços ao redor do seu.

— Ainda estou em ótima forma — apontei, principalmente para ganhar um elogio dele.

Eu comia muito, mas meu corpo não parecia ganhar peso. Não me incomodava muito, porque eu tinha as curvas necessárias que me faziam parecer uma ampulheta, mas meu pai sempre reclamava que eu era muito magra.

Ele deixou seus olhos vagarem pelo meu corpo que estava coberto por um vestido curto e justo, e antes que dissesse alguma coisa, eu poderia dizer que ele estava tentando esconder uma carranca e um comentário negativo.

— Você está linda como sempre, Val. — Beijou o topo da minha cabeça, então pigarreou. — Vamos lá para baixo. A equipe do bufê já está aqui e os convidados devem chegar em breve.

Assenti com a cabeça e sorri para ele antes de ficar na ponta dos pés para beijar sua bochecha.

— Vamos lá.

Com meu braço no dele, saímos de seu quarto e descemos as escadas para encontrar alguns convidados já parados no hall de entrada com bebidas nas mãos.

— Ah, aí está ele. O aniversariante!

Sorri quando um de seus melhores e mais antigos amigos, Lennard, anunciou a chegada de meu pai, erguendo o copo.

— É bom ver vocês de novo — meu pai disse, cumprimentando a todos e então olhando para mim. — Valley, venha dizer olá.

Lennard e todos os outros convidados não eram estranhos para mim, mas havia algum tipo de distância entre mim e eles que eu não tinha certeza de por que existia.

Cresci com todas essas pessoas ao meu redor, mas nenhuma delas se tornou mais do que parceiras de negócios ou amigos de meu pai, e apenas algumas vinham jantar conosco. Eu diria que eles eram meus conhecidos. Não muito chegados, mas familiares o suficiente para confiar neles.

— Olá, Lennard — cumprimentei, sorrindo para ele e deixando que o homem apertasse minha mão com firmeza. Ele não era tão alto quanto meu pai, e embora fossem da mesma idade, meu pai parecia mais jovem. Deve ser por causa do rosto barbeado.

— Valley. Você está ficando mais bonita a cada dia. É uma pena que sua mãe não esteja por perto para ver você se tornar uma jovem maravilhosa.

Se ele não tivesse mencionado minha mãe, eu provavelmente teria entendido isso como um elogio e até mesmo como uma tentativa de flerte para se aproximar de mim.

Mencionar minha mãe nunca era uma boa ideia, e meu pai pensou o mesmo.

— Não há necessidade de falar sobre minha ex-esposa — rosnou, tentando não soar muito irritado com seu amigo.

— Ora, mas é verdade, não é? Ela é uma jovem maravilhosa. Tem certeza de que não quer ajudar a administrar esta cidade?

Ajudar a administrar.

Como se uma mulher não fosse capaz de administrar uma maldita cidade sozinha.

Esse comentário sexista me fez querer concorrer ao cargo de prefeita, mas essa motivação rapidamente desapareceu à medida que mais convidados chegaram, interrompendo a adorável conversa com Lennard.

— Com licença. Vou dar uma olhada em Della e ver se ela precisa da minha ajuda na cozinha — eu disse a ele e ao meu pai, e depois de dar uma olhada em Lennard, me virei e caminhei até a cozinha onde minha madrasta estava verificando os aperitivos.

Ela insistiu em fazer tudo, porque queria impressionar os amigos do meu pai com suas habilidades culinárias.

— Ah, Valley. Venha experimentar uma dessas bruschettas que eu fiz.

Elas não eram difíceis de fazer. Bastava colocar alguns tomates cereja picados regados com azeite, vinagre balsâmico e sal em um pequeno pedaço de pão de sua escolha, polvilhar um pouco de manjericão por cima e pronto.

Mas eu não queria aborrecê-la, então dei uma mordida e sorri para ela, os diferentes gostos se misturando na minha boca.

— Delicioso — falei, comendo o resto e depois lavando as mãos na pia para evitar manchas de óleo no vestido.

— Obrigada, querida. Você está maravilhosa esta noite — elogiou, olhando para o meu vestido e então tocando meu braço.

— Você também. Esse é um vestido realmente lindo, Della.

Eu a amava como deveria ter amado minha mãe biológica, pois nunca tive uma conexão real com ela do jeito que tinha com Della. Ela era a mulher mais gentil que eu já conheci, e meu pai tinha sorte de tê-la ao seu lado.

— Obrigada, querida. Aqui, pegue isso — ela disse, me entregando uma taça com o que parecia ser champanhe.

Franzi o cenho para ela e cheirei o que estava dentro da taça, e enquanto o gás fazia cócegas no meu nariz, eu sorri.

— Você vai me deixar beber?

— De alguma forma você tem que sobreviver a esta noite, não é? — perguntou, piscando para mim. — Vá se divertir, querida. Logo estarei com vocês. Só tenho que terminar esses patês de salmão.

Sorri e assenti com a cabeça, e assim que saí da cozinha para voltar para o lado do meu pai; parei para receber todos os novos convidados que chegaram em questão de minutos.

Como diabos eu encontraria meu pai nessa multidão?

Suspirei, parada ali entre a sala de jantar e a de estar, imaginando para onde ir enquanto nossa casa se enchia de pessoas.

— Meu Deus — murmurei, desejando que a festa já tivesse acabado.

Tomei alguns goles do champanhe, não gostando no começo, mas depois me forçando a apreciá-lo e bebericando outro.

Embora eu tenha mostrado ilegalmente meu corpo para homens adultos quando tinha apenas dezesseis anos, nunca experimentei álcool antes e, depois dessa taça, eu estava com medo de já estar viciada nisso.

De certa forma, a bebida me relaxou e meu coração se acalmou por um tempo.

Até que *ele* chegou, fazendo meu coração acelerar imediatamente.

Capítulo três

Riggs

Muita gente para o meu gosto.

Não, deixe-me corrigir.

Muita gente metida e arrogante para o meu gosto.

Esta não era realmente a minha praia, todos esses políticos pensando que fariam grandes coisas algum dia. De qualquer maneira, a maioria deles estava nisso pelo dinheiro, vindo de famílias ricas e querendo deixar seus ancestrais orgulhosos, se gabando com o dinheiro que recebiam após seus funerais.

Era tudo um maldito jogo para eles e, infelizmente, eu não podia dizer nada diferente sobre Andrew. Claro, ele era meu amigo íntimo havia anos, e se não fosse pelos meus malditos pais sentindo a necessidade de se meterem entre todas essas pessoas ricas da cidade, eu nunca teria conhecido ele ou sua família.

Pena que sua ex-mulher fugiu e o deixou sozinho com a filha, mas aquela mulher era diabólica. Muito louca e rebelde, e nada boa para este bairro.

Mas, por sorte, ele encontrou uma mulher que era leal e não louca por seu dinheiro, mas por ele. Della era uma esposa maravilhosa, e eu sabia que era amada por Andrew e Valley.

Valley.

Eu a vi crescer bem na frente dos meus olhos e passei alguns feriados a vendo abrir presentes com seus grandes olhos azuis.

Os mesmos olhos que estavam me observando de perto neste exato momento.

Eu os senti em mim enquanto caminhava pela multidão no hall, mas não olhei para ela, porque seus olhos poderiam ser usados como uma maldita arma. Ela tinha apenas dezoito anos, mas, por trás de toda aquela doçura e obediência, havia um diabinho escondido.

Eu a vi pela cidade algumas vezes com seus amigos, exibindo suas curvas perfeitas e dando aqueles olhares sensuais para cada homem que passava por ela. Valley sabia exatamente o que estava fazendo, e embora não parecesse muito, tinha o poder de mandar um homem adulto ficar de joelhos e se render apenas com os olhos.

Havia muito mais para ela, e eu me daria um maldito tiro se deixasse me mostrar o quão poderosa ela poderia ser.

Tentei o meu melhor para não encará-la, mas aquele vestido verde-escuro e apertado, que abraçava seu corpo, tornava difícil manter meus olhos longe dela. Eu tinha controle suficiente para afastar o pensamento dela e me aproximar de seu pai que estava parado ao lado da escada, conversando com alguns homens que eu tinha visto antes.

— Ele veio! — Andrew exclamou, levantando seu copo e sorrindo para mim antes de me puxar para um abraço.

— Feliz aniversário, irmão — eu disse, dando tapinhas em suas costas e então me afastando para acenar para os outros homens.

— Senhores, vocês se lembram de Riggs? Ele esteve fora da cidade por muito tempo no ano passado, mas finalmente decidiu parar de trabalhar e aproveitar sua aposentadoria.

Eu com certeza mereci.

Fui piloto da Força Aérea a maior parte da minha vida e, há seis anos, decidi deixar o cargo e continuar como mecânico de aeronaves, o que me fazia viajar por todo o país. Não era tão divertido quanto voar nessas coisas, mas eu não queria ficar em casa e esperar pelo dia em que morreria. De qualquer maneira, gostava da parte de viajar, mas agora que me aposentei, estava pronto para relaxar e aproveitar o resto da vida.

— Bom ver vocês — eu disse a eles, colocando as mãos nos bolsos da minha calça.

— Que bom que conseguiu vir. Della ficará feliz em vê-lo, e Valley...

— Também estou animado para vê-las — eu o interrompi, não querendo ouvi-lo falar sobre sua filha, que ainda estava me observando atentamente.

Ela não sabia que não era muito educado ficar encarando as pessoas? Então, de novo... ela fez isso com todos os homens. Mexendo com suas cabeças por diversão.

Meu mau humor rapidamente fez os três caras se afastarem para continuar a conversa, e eu fiquei com Andrew, que estava me olhando estranho.

— Você está bem, irmão? Não parece muito feliz por estar aqui e comemorar por eu estar ficando um ano mais velho — falou, com uma risada.

cinquenta e seis

— Estou bem. Tive um longo dia desempacotando e arrumando meus pertences — respondi para ele. — Como vão as coisas?

— Não está tão ruim. Renovei meu escritório para que eu possa trabalhar em casa em vez de ir trabalhar todos os dias na empresa. Não suporto os estagiários e preciso de um lugar tranquilo para trabalhar e atender chamadas.

— Ainda me perguntando como você passou de maldito prefeito desta cidade para dono de um escritório de advocacia — comentei, soltando uma risada baixa.

— Você está esquecendo que eu estudei Direito. Investi naquela firma, e não estou pronto para deixar que mais ninguém a dirija. Não até encontrar o homem certo para lidar com tudo.

— Ou mulher. Não vamos esquecer como as mulheres podem ser inteligentes e poderosas — Della pontuou, caminhando até nós com um grande sorriso no rosto. — Riggs, estou muito feliz que você finalmente voltou. É hora de dar uma descansada depois de trabalhar tanto.

Coloquei minha mão em sua cintura e me inclinei para beijar suas bochechas e cumprimentá-la.

— É bom te ver, Della. Você está linda.

— Obrigada. Gostaria de algo para beber?

— Uísque puro — respondi, mas, em vez de deixá-la ir buscar a bebida, parei um dos funcionários do bufê e disse a ele para trazer para mim.

— Imediatamente, senhor — afirmou o cara, e enquanto ele se afastava, olhei diretamente para aqueles olhos azuis ansiosos e lascivos.

Ela estava de pé ao lado do arco que levava à sala de jantar com uma taça vazia na mão, o cabelo caindo sobre um ombro e quase atingindo seus quadris. Antes de tirar meu olhar do dela, não pude deixar de sorrir com o jeito que continuou me provocando com aqueles olhos. Posso dizer que ela estava pronta para jogar, mas havia trinta e oito anos entre nós, e não havia como ela lidar com o jeito que eu jogava.

— Ah, aí está ela. Val! — Andrew chamou, acenando com a mão para finalmente fazê-la desviar o olhar de mim.

Eu a observei ficar tensa, então ela colocou a taça em uma das mesas redondas antes de caminhar até nós com aqueles incríveis saltos pretos.

— Já faz um tempo desde que vocês dois se viram, não? Você se lembra de Riggs, não é? — perguntou à filha.

Claro que ela lembra.

Faz apenas um ano.

Minha mandíbula apertou quando seus lábios se curvaram em um sorriso doce, mas malicioso, e fechei as mãos em punhos nos bolsos antes de levantá-las para cumprimentá-la da mesma forma que cumprimentei sua madrasta.

— Claro que me lembro dele — ela respondeu, com uma voz brincalhona, se aproximando e colocando a mão no meu ombro. Beijei suavemente suas bochechas.

Eu tinha colocado uma mão em suas costas, perto da curva de sua bunda, puxando-a para mais perto de mim. Seu corpo estava pressionado contra o meu enquanto nos abraçamos, e não pude deixar de mover meus dedos em direção a sua bunda redonda, pronta para apertá-la, mas pensei melhor; não estávamos sozinhos nesta casa.

Além disso... eu podia provocar tanto quanto ela me provocava.

Dei um passo para trás e coloquei as mãos nos bolsos para impedi-las de fazer algo que me arrependeria mais tarde. Depois de dar uma boa olhada em seu corpo, voltei a focar em seus olhos.

— Como você está, Valley? — perguntei.

— Tudo perfeito. Meu pai me disse que você se aposentou — ela falou, e eu lhe dei um aceno rápido quando o cara do bufê voltou com meu uísque.

— Sim. Não tenho certeza se foi a decisão certa aos cinquenta e seis — respondi a ela, mencionando minha idade apenas para ter certeza de que ela sabia que eu tinha mais que o triplo de sua idade.

Mas ela estava muito ciente disso, sorrindo para mim enquanto eu dizia aqueles dois números.

— Você trabalhou duro toda a sua vida. Merece uma pausa — comentou, agora sorrindo sem nenhuma má intenção por trás disso.

— Acho que sim. Acho que é hora de seu pai fazer o mesmo. Não quero que ele sofra um ataque cardíaco se continuar trabalhando duro assim.

Andrew e Della riram, e eu mantive os olhos em Valley. Não conseguia tirar meus olhos dela, não importava o quanto eu tentasse. Havia algo intrigante e divertido ali, e embora eu pensasse que a princípio ela estava apenas me provocando, Valley estava fazendo isso porque queria algo.

Eu.

Merda.

Uma jovem como ela não deveria ir atrás de homens da minha idade, mas quem diabos era eu para impedi-la?

Tomei um gole do meu uísque, meus olhos permanecendo nos dela, mas, quando alguém chamou seu nome, nós dois viramos a cabeça para olhar para sua amiga caminhando em nossa direção.

cinquenta e seis

— Olá, senhor e senhora Bentley — a garota disse, sorrindo para eles e perdendo o controle rapidamente enquanto olhava para mim. — Minha nossa... — ela sussurrou, rapidamente desviando o olhar e voltando sua atenção para Valley.

— Olá, Kennedy. Não sabia que Valley tinha convidado você — Andrew disse.

— Esqueci de avisar — Val afirmou, sorrindo para seu pai e se desculpando. — Você não se importa que ela esteja aqui, não é?

— Claro que não. Como estão seus pais, Kennedy?

— Ah, eles são ótimos. Aliás, feliz aniversário. Cinquenta e cinco fica bem em você, senhor Bentley — Kennedy disse.

Ao contrário de Valley, a garota foi capaz de fazer esse elogio sem um tom de flerte.

— Obrigado — ele agradeceu, me fazendo pensar se ele pensava o mesmo que eu sobre garotas da idade de sua filha.

Eu não era um esquisito, mas gostava de mulheres jovens. Talvez em torno de trinta anos, ou mesmo no final dos vinte, mas algo sobre Valley e como ela provocava me intrigou.

Eu queria mais.

Eu queria provar o proibido, mas não podia.

— Garotas, vocês gostariam de me ajudar na cozinha bem rapidinho? Tenho uma surpresinha para o aniversariante — Della disse, piscando para Andrew.

— Claro — Valley respondeu, pegando a mão de sua amiga e me dando um último olhar, o deixando vagar pelo meu corpo.

É, ela definitivamente não estava apenas flertando por diversão. Ela queria muito mais.

— Prazer em vê-lo de novo, Riggs — Valley disse, fazendo meu pau se contorcer como se eu fosse uma porra de um adolescente incapaz de controlar meu maldito corpo.

Dei a ela um aceno rápido, então tomei outro gole do uísque antes de me virar para falar com Andrew.

Enquanto as mulheres se afastavam, Valley deu um showzinho com aquelas pernas longas e a bunda redonda balançando, seus quadris se movendo graciosamente. Ela conferiu se eu estava olhando, e quando percebeu que sim, ela sorriu antes de se virar e me fazer parecer um completo idiota.

Então vamos jogar.

Mas pelas minhas regras.

Capítulo quatro

Valley

Riggs era um homem formidável.

Eu não me importava com a sua idade, mas o fato de ele ser um amigo da família poderia ser um pequeno problema.

Ele definitivamente notou que eu o provocava e, embora gostasse de me observar, não parecia muito satisfeito com meu comportamento.

Coroa ranzinza, pensei. *Bem como eu gosto.*

Não pude deixar de sorrir quando saí do meu banheiro para voltar para baixo, onde Kennedy estava esperando por mim, mas levei um segundo para tirar uma selfie no espelho, sem mostrar o rosto, e enviá-la para cinco dos homens que eu veria no final desta semana pela webcam.

"Uma coisinha para deixar você animado para a nossa noite a sós logo mais", escrevi no texto abaixo da foto e, depois que enviei as mensagens, deixei meu celular na cama para descer novamente.

Kennedy estava de pé ao lado do grupo de adolescentes que consistia principalmente de meus primos, e quando os alcancei, sorri para todos antes de guiá-los para ficarmos à beira da piscina. O tempo estava bom e, embora o verão já tivesse acabado, estava quente lá fora.

— Ei, Valley? — Milo, meu primo de quinze anos, parou ao meu lado quando saímos, e me virei para olhar para ele.

— E aí, Milo? Ouvi dizer que você também está frequentando uma escola particular agora — eu disse, não me importando muito com isso, já que eles moravam a cerca de duas horas daqui.

— Sim. É verdade que você dormiu com um de seus professores? — perguntou, completamente sem filtro.

Acho que realmente éramos parentes.

— Quem disse isso? — devolvi, inclinando a cabeça para o lado com um sorriso divertido.

— Todo mundo está dizendo isso, mas eu ouvi do Joe.

Joe tinha dezessete anos e frequentava a escola particular aqui na cidade. A mesma que eu teria ido se não tivesse que implorar ao meu pai para não me mandar para lá.

Me virei para procurar o garoto e, quando o encontrei junto com seu irmão e nosso outro primo, ri e balancei a cabeça.

— Qual professor, Joe?

Ele olhou para mim com uma expressão de incerteza em seus olhos, mas então estufou o peito para parecer mais confiante.

— O senhor Trapani. Eu ouvi isso de Penn.

— Então, é verdade? — Milo perguntou, sorrindo como um idiota.

— Quem me dera. O senhor T é gostoso — eu disse para confundi-los, mas também chocá-los. Não transei com o senhor T, embora não me esquivaria disso se ele não fosse meu professor.

— Ela não dormiu com ele — Kennedy assegurou a eles, e revirei os olhos por ela estragar toda a diversão.

— Por que não? — Joe indagou.

Ignorei sua pergunta e sentei na espreguiçadeira perto da piscina com Kennedy ao meu lado e minha outra prima, Beatrix, nos seguindo. Ela era a irmã mais velha de Milo, e como tinha a minha idade, não senti necessidade de cuidar com o que eu dizia aos garotos.

— Joe mandou uma mensagem sobre isso no nosso grupo. Você não leu? — Trix perguntou.

— Não, silenciei o grupo e nunca abro — expliquei, me inclinando para trás e cruzando as pernas para ter certeza de que nenhum daqueles idiotas teria a ideia ridícula de dar uma olhada por baixo do meu vestido.

Eu não estava usando calcinha. Com um vestido justo como este, só ficaria estranho; então decidi pular essa etapa quando coloquei.

— Aliás, por que você não tem Instagram? Eu tentei te procurar, mas sua conta antiga foi deletada — ela disse, franzindo o cenho.

Trix era uma garota doce, mas um pouco ingênua demais para o meu gosto. Ela e Kennedy seriam grandes amigas, mas moravam longe demais para começar uma amizade de verdade.

— Não uso mais Instagram.

— Por que não?

Porque eu uso outras redes sociais para interagir com as pessoas.
Homens muito mais velhos do que eu, para ser exata.
— Não gosto do aplicativo. É chato e não preciso ver fotos de pessoas que vejo diariamente na faculdade.
Trix assentiu, sorrindo, e depois olhou para Kennedy.
— Você tem Instagram?
Ignorei rapidamente a conversa delas quando Riggs saiu com o celular contra o ouvido e um cigarro pronto entre os dedos. Ele tinha um vinco profundo entre as sobrancelhas, e sua voz baixa fez meu peito vibrar sem que eu estivesse perto.
Eu o observei se dirigir à casa da piscina e, quando parou, ouvindo quem estava falando, aproveitou a oportunidade para acender o cigarro.
Riggs era um homem bonito.
Fios brancos espreitavam através de seu cabelo natural preto, e os fios claros que vinham com a idade faziam seus olhos cinzas se destacarem ainda mais. Ele sempre parecia mal-humorado, sempre franzindo a testa e xingando silenciosamente o mundo ao seu redor, mas, com todas as novas rugas que ganhou no ano passado, não parecia um homem de cinquenta e seis anos. Sua barba espessa também estava lentamente ficando branca, escondendo a maioria das rugas ao redor de sua boca e nariz.
Sim, Riggs era um cara bonito, e ele definitivamente sabia como se vestir.
Sua calça preta caía bem em seus quadris estreitos, e o suéter cinza com decote V cobrindo a camisa branca por baixo abraçava perfeitamente seu peito. Seus ombros eram largos e seus braços grossos, me fazendo lembrar da sensação de quando ele me abraçou. Senti os músculos sob suas roupas e, para sua idade, ele parecia ter alguns deles para mostrar.
Riggs tinha tatuagens.
Eu sabia disso porque, anos atrás, quando era pequena, ele costumava aparecer para ficar com meu pai e outros caras aqui no nosso jardim, fazendo churrasco e bebendo cerveja sem camisa.
Eu me perguntei se algum dia o veria sem ela novamente.
— Val?
Saí do meu transe e olhei para Kennedy, que estava sorrindo para mim.
— O quê?
— Trix perguntou se você gostaria de voltar para dentro e comer alguma coisa. Nós duas estamos com fome, e aquele bolo que Della comprou parece delicioso.

Olhei para Riggs, que ainda estava no celular, mas, quando deu outra tragada no cigarro, ele desligou e soltou uma risada áspera.

— Vocês podem ir na frente. Quero falar com Riggs.

Eu estava escondendo minha atração por ele, mas Kennedy sabia exatamente o que estava acontecendo em minha mente.

Levantei da espreguiçadeira e parei quando ela segurou meu pulso.

— Na festa de aniversário do seu pai? — perguntou, com uma sobrancelha arqueada.

— Vou apenas falar com ele — respondi, com uma risada, soltando meu braço e andando ao redor da grande piscina para chegar a ele.

— Minha nossa. — Ouvi Kennedy sussurrar, mas não havia nada que me impedisse de ter certeza de que o bom e velho Riggs estava bem.

Ele é amigo do meu pai, então... por que não?

— Ligação importante? — perguntei, quando parei a poucos metros dele, levantando a mão para proteger os olhos da luz do sol.

Ele franziu os lábios sob a barba espessa e, com um encolher de ombros rápido, respondeu:

— Na verdade, não.

Ele me observou por um tempo antes de apagar o cigarro e jogá-lo na lixeira colocada estrategicamente perto da entrada da casa da piscina. Meu pai passava a maior parte do tempo lá durante o verão, e quando seus amigos estavam por aqui, eles gostavam de vir para fumar antes de continuar com o que faziam naquela casa da piscina.

— Belo vestido — Riggs elogiou, olhando para ele e parando em meus sapatos antes de erguer o olhar novamente.

— Obrigada. Meu pai diz que essa cor fica bem em mim — comentei.

— Verdade. Mas, se você fosse minha filha, eu não te deixaria andar assim. Não com todos esses homens nesta festa.

— Ainda bem que você não é meu pai — retruquei, incapaz de conter um sorriso. — Seria uma lástima.

Meus olhos saíram dos dele e desceram para o seu peito, depois para a barriga e finalmente parando em sua virilha. Eu não era de me gabar, mas a protuberância não estava lá alguns segundos atrás.

Riggs murmurou algo baixinho que não consegui entender, mas, pelo vinco entre as sobrancelhas, ficou claro que ele estava tentando manter a calma. Eu gostava dele assim, à beira da ruptura, mas Riggs não era como Garett. Ou Fred. Ou qualquer outro homem a quem mostrei meu corpo jovem.

Outra diferença era que... Riggs estava aqui. De pé bem na minha frente. Eu poderia tocá-lo novamente. Me aproximar e deixar que ele tocasse meu corpo com suas mãos ásperas e grandes. Mas logo depois de ter esses pensamentos, me perguntei se ele seria corajoso o suficiente para fazer isso.

Eu sabia que ele queria, mas havia hesitação em seus olhos.

Suas próximas palavras me surpreenderam.

— O que você está fazendo? — perguntou, arqueando uma sobrancelha e mantendo os olhos fixos nos meus. Seu olhar severo era sombrio, e quando inclinei a cabeça para olhar para ele da forma mais inocente possível, Riggs falou novamente: — Não brinque comigo, Valley.

— O que você quer dizer? — Franzi o cenho e fiz beicinho.

Riggs já tinha quebrado a parede que eu havia construído para tentar esconder meu verdadeiro eu, e não parecia muito feliz comigo provocando-o assim.

— Quero dizer para você parar de brincar com isso. Não está funcionando, e seja qual for o seu objetivo, você não vai alcançá-lo. Você tem dezoito anos.

Como se minha idade fosse suficiente para eu parar de mexer com ele.

— O que você acha que eu quero? — indaguei, soando calma, mas muito divertida com sua mudança repentina de personalidade.

Eu gostava desse lado dele.

Riggs era rude e irritado, com uma pitada de raiva. Mas, puta merda... ele era tão bonito.

Talvez eu devesse começar a dar a esses homens mais velhos um pouco mais de atenção pela minha webcam de agora em diante. Uma coisa era certa... Garett poderia esvaziar sua agenda para esta noite porque, com toda a certeza, eu adiantaria nosso encontro para hoje em vez de amanhã.

— Pare com isso. Você está agindo de forma inadequada e é o aniversário do seu pai. Deveria voltar para dentro. — Sua voz mandona fez minha pele arrepiar e mandou um raio direto para a minha boceta.

Inferno, eu não tinha vergonha de achar seu comportamento atraente e estava seriamente tentando descobrir se deveria ter continuado ou fazer o que ele me disse.

De qualquer forma, essa não seria nossa última interação.

Lambi meus lábios e mordi o inferior, com meus olhos vagando pelo seu corpo.

— Veja isso como um elogio, Riggs. De todos esses homens, jovens e velhos, você é o único que eu gostaria de foder. — Isso poderia ter sido um pouco demais, mas eu não era de esconder minha atração. Especialmente não para um homem como Riggs.

Me virei e caminhei de volta ao redor da piscina, sem olhar para trás para ver se ele estava olhando, porque eu tinha certeza de que estava.

Quando passei pelos meus primos, sorri e pisquei para eles, sabendo o quanto desejavam que não fôssemos parentes. Eles já suspeitavam que eu gostava de homens mais velhos, então, de qualquer maneira, não teriam chance.

Quando entrei em casa, alguns convidados já haviam ido embora, e meu pai estava sentado no sofá com Della ao seu lado e alguns outros nos demais sofás.

— Ah, aí está ela. Valley, venha sentar com a gente — meu pai chamou, estendendo a mão para mim.

Fui até lá e me sentei ao lado dele e de Della. Com a mão em seu joelho, olhei para ele com um sorriso.

— Gostando da festa, pai?

— Está maravilhosa. Gregory quer fazer algumas perguntas sobre a faculdade. Ele está pensando em transferir Beatrix e quer saber como são os professores.

Olhei para o tio Greg, que estava sentado na grande cadeira com Trix ao lado dele no braço. Sorri para ela, vendo sua insegurança, pois tinha certeza de que ela não iria querer deixar seus amigos para trás.

— Os professores são ótimos, mas tenho certeza que não são nada comparados aos professores de Trix na faculdade particular.

Uma expressão de alívio brilhou em seus olhos, e ela sabia que eu a estava ajudando a ficar exatamente onde estava confortável.

— Mas ouvi dizer que sua universidade tem muito mais a oferecer. Quero que Beatrix siga meus passos. Ela sabe muito sobre política e está no caminho certo para se tornar a primeira prefeita da nossa cidade.

Pelo menos ele não era sexista como alguns dos outros amigos do meu pai. Mas então, a cidade em que moravam era menor, muito mais próxima que a nossa.

— Sério, tio Greg. Minha universidade não é tão boa quanto a dela. Trix deve ficar onde se sente mais confortável e, por mais que eu fosse amar tê-la como colega, acho que é seguro dizer que ela precisa mais das amizades que já tem.

Assim que Greg começou a falar, Riggs voltou para dentro e parou atrás de um dos sofás para ouvir nossa conversa. Mas em vez de focar em Greg, eu não conseguia parar de olhar para Riggs.

Ele parecia irritado, e isso me intrigou muito.

Mas talvez fosse realmente a hora e o lugar errados para provocá-lo e flertar com ele.

Valley

Para minha sorte, meu pai não precisava que eu ficasse sentada lá conversando por muito mais tempo depois da conversa que tive com tio Greg, e subi as escadas com Trix e Kennedy para ficar longe dos adultos.

Nós estávamos na minha cama por quase duas horas agora, muitas vezes tentando manter nossos outros primos fora do quarto para que não incomodassem nossa noite de garotas. Uma batida na porta nos fez revirar os olhos, mas quando ouvimos a voz de Greg, Trix rapidamente se levantou e suspirou.

— Obrigada por convencê-lo a não me transferir. Você é a melhor — ela disse, com um sorriso agradecido.

— Sempre que precisar. — Também me levantei e a abracei, então ela se despediu de Kennedy e saiu do quarto. — Tchau, tio Greg — falei, acenando para ele e depois fechando a porta novamente e, desta vez, trancando. — Quer me ver fazer um homem gozar? — perguntei à Kennedy, e seus olhos imediatamente se arregalaram.

— Eu, ahm...

Ri, balançando a cabeça para ela.

— Relaxa, eu estava apenas brincando. Mas tenho que tirar algumas fotos com este vestido antes de tirá-lo mais tarde hoje à noite.

Peguei meu celular da mesa de cabeceira e li as mensagens daqueles cinco homens para quem eu havia enviado as fotos. Dois responderam com emojis de coração, Garett mandou um longo parágrafo me dizendo o quanto estava animado para me ver novamente, e os outros dois enviaram fotos do pau como resposta. Eles pareciam ótimos, e eu imediatamente senti minha boceta doer ao ver aqueles membros grossos e cheios de veias. Lambi os lábios e me perguntei como seria o de Riggs.

Seria tão grosso e comprido quanto esses dois?

Mandei rapidamente uma mensagem para Garett para dizer a ele que eu teria tempo para ele esta noite, e sua resposta veio rápido.

— Quer que eu tire as fotos? — Kennedy ofereceu.

— Quer saber... Claro!

Dei a ela meu telefone e tirei a máscara de esqui debaixo do colchão, sabendo que era um lugar que meu pai e Della nunca olhariam. De qualquer maneira, eles não entravam muito no meu quarto, e se entravam, era para ter certeza de que estava limpo.

Kennedy se levantou da cama enquanto eu colocava a máscara sobre o rosto, jogando o cabelo para trás para então deitar na cama e ficar o mais sexy possível.

Depois de algumas fotos com o vestido, comecei a me despir lentamente, deixando um seio aparecer primeiro, depois o outro. Para algumas fotos, coloquei os dedos na boca para umedecê-los, e então os passei ao redor dos meus mamilos para fazê-los brilhar do jeito que eu sabia que os homens iriam amar.

Kennedy estava totalmente focada em tirar as fotos e levou um tempo para perceber que eu estava começando a me tocar. Eu não tinha vergonha do que fazia para ganhar dinheiro extra, e ela não me via como nada além de sua melhor amiga.

Sua melhor amiga safada.

— Você se importaria de chegar um pouco mais perto? — perguntei, mas ela balançou a cabeça sem hesitar e se aproximou da cama.

— E eles gostam desse tipo de foto? — indagou, enquanto eu continuava a enfiar dois dedos na minha boceta apertada.

Caramba, fazia um tempo desde que eu tinha mais do que apenas meus dedos ali, e fiz uma anotação mental para usar meu pênis de borracha para esta noite. *Garett vai adorar.*

— Eles são viciados nesse tipo de foto. Você deveria tentar — ofereci, mas ela rapidamente negou.

Quando terminamos a sessão de fotos, Kennedy me devolveu meu celular e suspirou.

— Eu gostaria de poder fazer as coisas que você faz. Você é tão confiante.

Eu sabia que era, e às vezes não era uma característica muito boa. Mas isso fazia com que me sentisse poderosa.

— Você vai ver. Um dia você poderá abrir seu coração e sua mente e fazer o que realmente gosta.

cinquenta e seis

— Mas ser uma *camgirl* não combina comigo como combina com você — falou, franzindo os lábios e a testa.

— Ser uma *camgirl* não requer uma certa característica, Kennedy. Existem *camgirls* tímidas também, sabia?

— Sim, mas… seu corpo é perfeito. Já reparou como aqueles homens lá embaixo ficaram olhando para você a noite toda? Eu pareço uma…

Cobri sua boca com a minha mão — a que eu não usei para me tocar alguns minutos antes.

— Você tem curvas perfeitas e sua pele é mais lisa do que minha vagina recém-depilada. Um dia, quando estiver pronta, ensinarei tudo o que você precisa saber. Você é uma mulher forte, poderosa e bonita. Não se diminua.

Seus olhos nunca deixaram os meus enquanto eu falava, e quando ela começou a assentir, tirei minha mão de sua boca.

— Agora, escolha as fotos que você acha que devo enviar enquanto coloco meu pijama.

Ouvi alguns carros do lado de fora se afastarem e, quando olhei pela janela do quarto, havia apenas cinco do lado de fora. Um era meu, outro pertencia a Kennedy, dois eram do meu pai, e o outro era de Riggs.

Então ele ainda está aqui…

Vesti minha calça de cetim preta e uma camisa de botão que eu gostava de usar antes de voltar a tirá-las para dormir, então tirei minha maquiagem e retornei para o quarto.

— Acho que essas aqui estão incríveis — ela me disse, me devolvendo o celular.

Passei pelas fotos que ela não tinha excluído e rapidamente enviei para alguns dos homens.

— Quer ficar um pouco mais? Você poderia dormir aqui e tomaremos um bom café da manhã amanhã — sugeri.

— Adoraria, mas meu pai vai me matar se eu não voltar antes da meia--noite. Marcamos para outro dia?

Assenti com a cabeça, abaixando meu celular.

— Tudo bem. Então, você está indo agora?

— Sim, é melhor eu ir. Mas te vejo na segunda-feira, ok?

Eu a acompanhei até a porta da frente, passando por meus pais e Riggs na sala de jantar.

— Boa noite a todos — Kennedy disse, com um aceno de mão, e assim que todos se despediram, eu a abracei e abri a porta para ela.

— Vejo você na segunda.

— Junte-se à nós, Valley. Estamos vendo algumas das minhas fotos antigas — meu pai chamou, enquanto eu caminhava de volta pelo hall.

Parei na mesa de jantar e olhei para os álbuns de fotos espalhados sobre a mesa com fotos do meu pai de quando ele era pequeno, adolescente e do início de sua vida adulta. Havia até algumas do casamento dele e de Della.

Sorri e sentei ao lado de Riggs, que estava em frente aos dois.

— Adoro como essas fotos parecem antigas — falei, pegando uma do meu pai de quando ele era criança.

— Elas me deixam nostálgico. Naquela época, as câmeras não eram de alta qualidade como são agora — meu pai comentou.

Eu sabia disso, mas ele tinha essa mania de me explicar coisas que eu já sabia. Isso me incomodava um pouco, mas eu não podia dizer a ele para parar ou ele ficaria chateado.

— Acho que ainda temos a câmera que era dos meus pais. Guardei tudo no sótão, anos atrás. Talvez possamos encontrá-la e ver se funciona — sugeriu.

Eu olhava as fotos, mas senti Riggs tenso ao meu lado quando me inclinei sobre a mesa para pegar a de Della vestida de noiva.

— Esse vestido era incrível. Você ainda o tem? — perguntei. Ela e meu pai se casaram há oito anos.

Riggs também estava lá, e eu tinha apenas dez anos. O casamento em si foi muito divertido, mas fora a cerimônia e toda a comida deliciosa, não havia muito que eu lembrasse.

— Tenho sim. Seu pai e eu brincamos sobre você usá-lo em seu próprio casamento, mas não achei que você cresceria tanto e acabaria sendo mais alta do que eu.

Porque minha mãe biológica era baixinha. Ela era uma mulher pequena, assim como Della, mas, de qualquer maneira, isso não importava.

— Não vou me casar — eu disse, abaixando a foto e ganhando um olhar estranho do meu pai.

— Por que esse tipo de declaração de repente? — questionou, suas sobrancelhas arqueadas e uma expressão confusa.

Dei de ombros.

— Eu nunca quis me casar, pai.

— Por que não?

Porque os homens pelos quais eu me apaixonaria não seriam os que você aprovaria.

cinquenta e seis

— Eu não preciso de um anel e de um pedaço de papel para garantir ao homem que amo que serei fiel a ele pelo resto da vida. — Dei de ombros novamente.

Riggs ficou tenso outra vez, e tive a súbita vontade de tocá-lo. Minha mão se moveu para seu colo e eu passei os dedos ao longo da parte interna de sua coxa, apertando suavemente. Minha boceta doía novamente, e parecia que ele era o único homem que me fazia sentir assim hoje.

Claro, eu estava animada por ver Garett mais tarde, mas Riggs estava bem aqui. Perto o suficiente para tocá-lo. Então, por que eu não faria isso?

Um nó se formou na minha garganta, me deixando insegura sobre o que eu estava fazendo. Estava com medo da sua reação? De jeito nenhum...

Riggs pigarreou, mas em vez de empurrar minha mão ou afastar sua coxa, ele abriu mais as pernas para que eu pudesse alcançar ainda mais a parte interna.

Musculoso, e tão volumoso.

Ele definitivamente ainda se exercitava diariamente e, para sua idade, isso era bastante impressionante.

— Ela tem dezoito anos, querido. E hoje em dia os jovens têm outros planos além de se estabelecerem e se casarem aos vinte — Della comentou, entendendo o que eu estava dizendo.

— Não estou dizendo que ela tem que se casar com vinte e poucos anos, mas seria bom ter um genro algum dia. Até mesmo netos.

E isso era algo que eu definitivamente nunca teria.

— Sabe como me sinto em relação a filhos, pai. Acho que nunca vou ter um.

— Ah, bobagem. Você ainda não está pronta para ter sua própria família, mas logo verá que é algo que definitivamente vai querer.

Eu não pensava assim.

Sabia que não iria querer filhos, e não importa o quanto ele quisesse netos, não havia como eu fazer esse desejo se tornar realidade para ele.

Aumentei meu aperto na parte interna da coxa de Riggs, que moveu sua perna novamente, colocou sua mão na minha e apertou com força, sem se importar se estava me machucando ou não. Arfei quando ele fez isso de novo, e depois de lançar um olhar em sua direção, ele moveu minha mão mais para baixo, em direção ao seu joelho.

Não é onde eu queria que minha mão estivesse.

Eu o impedi de empurrar ainda mais longe, e quando ele percebeu que eu estava lutando contra sua vontade, me deu um olhar duro e rosnou baixinho. Ele rosnou!

Por sorte, Della estava convencendo meu pai a não me forçar a fazer o que ele queria, mas a deixar que eu decidisse o que acontecia na minha vida.

Santo Deus, se eles soubessem...

Continuei olhando para Riggs enquanto ele segurava minha mão, agora com mais força, e ao vê-lo tão excitado não pude conter um sorriso.

— Você está muito quieto esta noite, Riggs — eu disse a ele, fazendo meu pai e Della olharem novamente para mim.

— Ele teve um longo dia, querida. Por que não vai fazer uma xícara de chá para ele?

Assenti com a cabeça, franzindo os lábios e, em seguida, afastando a mão de sua coxa.

— Que tipo de chá você gostaria? — perguntei a ele, tentando não soar como uma provocação.

— Surpreenda-me — ele murmurou, finalmente soltando minha mão.

Capítulo seis

Riggs

Seja qual for o jogo que ela estava jogando comigo, eu não estava aqui para brincar.

Não essa noite.

Não depois das muitas ligações do meu irmão mais novo, que se meteu em um grande problema. Ele foi idiota o suficiente para mexer com a lei, e como sempre, eu tive que tirá-lo da enrascada. Eu o deixaria sofrer um pouco mais enquanto eu lidava com meu próprio pequeno problema.

Ela sabia exatamente o que estava fazendo comigo, e foi um pé no saco levantar da mesa sem que Andrew e Della percebessem o volume aumentando na minha calça.

Valley tinha apenas tocado minha coxa, mas tão perto quanto ela chegou do meu pau, era impossível fazê-lo parar de se contorcer e endurecer sob a droga da minha calça. Eu já tinha notado antes que ela não estava usando nenhuma calcinha por baixo daquele vestido justo, e se estava, devia ser feita do tecido mais fino do mundo.

Pedi licença para ir ao banheiro e acalmar meu maldito pau para que não ficasse muito óbvio que ela estava me excitando apenas com a presença dela.

Quando saí, decidi atravessar a cozinha e parar bem atrás de Valley, o mais próximo possível dela.

Toda esta casa tinha um formato estranho; a sala de jantar estava disposta na forma de um arco-íris. Embora eu não pudesse ver ou ouvir os outros, eu tinha que ter cuidado.

Mas essa garota estava me deixando louco, e ela tinha que perceber que não estava certo provocar um homem da minha idade assim. Não a menos que ela também quisesse ser provocada.

Valley ficou tensa imediatamente. Eu me aproximei para segurar seu pescoço com a mão e inclinei sua cabeça para trás, contra meu ombro.

— Eu disse para você não brincar comigo — rosnei, meus lábios perto de sua orelha.

Eu a senti estremecer sob meu toque, mas, ao invés de se sentir desconfortável, ela se inclinou contra mim e fechou os olhos, seus lábios se separando lentamente.

— Mas você parece gostar desses jogos — ela sussurrou, sua bunda pressionando contra minha virilha.

Aumentei meu aperto em seu pescoço e tensionei minha mandíbula.

— E você se atreve a continuar com isso, com seu pai sentado na sala ao nosso lado?

Ela era imprudente.

— Sim — Valley respondeu, como se fosse a pergunta mais fácil de todas.

Meu pau latejava em minha calça, e me xinguei por ficar tão perto dela quando poderia ter voltado para a sala de jantar.

Olhei para seu rosto relaxado, seus olhos ainda fechados quando sua língua lambeu os lábios rosados.

— Você é surreal — murmurei baixinho, deixando meus lábios traçarem sua orelha e minha barba fazer cócegas em sua pele macia. — Me diga, Valley. Com que frequência você vai atrás de caras da idade do seu pai?

Eu já podia imaginar qual seria a resposta, mas esperei que ela recuperasse o fôlego enquanto afrouxava meu aperto para deixá-la falar.

— Quase sempre — sussurrou em resposta, com um leve sorriso nos lábios.

Valley não parecia nem um pouco com medo de ser pega. Talvez gostasse disso tanto quanto gostava de homens mais velhos.

Aumentei meu aperto em sua garganta novamente, fazendo-a prender a respiração ao ser pressionada contra o balcão da cozinha. Ela estava prestes a colocar os saquinhos de chá nas xícaras cheias de água quente, mas então os abaixou no balcão para me tocar com uma das mãos e deixou a outra entre suas costas e minha barriga.

Ela também não tinha medo de conseguir o que queria.

Sua mão se aproximou da minha virilha, mas, antes que ela pudesse ter sucesso, pressionei meu corpo contra o seu ainda mais para travar seu braço entre nós, tornando difícil para ela se mover.

cinquenta e seis

— É isso que você realmente quer, Val? Sabe que se eu deixar que me toque, não há como voltar atrás — avisei, mas ela viu isso como um convite.

Eu ainda estava pressionando meu polegar e dedos contra sua garganta, tornando difícil para ela respirar e falar. Sua mão mexeu entre nossos corpos, esperando mais alguns segundos antes que eu a soltasse de repente, fazendo-a respirar fundo e virar a cabeça para olhar para mim com os olhos marejados.

— Fique longe de mim, Valley — avisei de novo, esperando que realmente entendesse o que eu queria dizer.

Tão gostosa e bonita como ela era, eu a destruiria em um segundo. Posso não ser mais tão jovem, mas meu corpo a destruiria.

Meu aviso parecia ter sido suficiente por agora, e voltei por onde vim para ajustar meu pau mais uma vez antes de retornar à sala de jantar. Eu sabia exatamente o que tinha feito apenas alguns segundos atrás, mas minha mente ainda estava embaçada e precisava clarear antes que eu pudesse conversar com Andrew e Della.

Aquela garotinha quase me deixou de joelhos, mas por mais poderosa que ela fosse, eu não cairia em suas tentações sempre que ela quisesse. No máximo, seria ela de joelhos na minha frente com meu maldito pau profundamente em sua boca.

— Seu irmão está bem? Quer que eu ajude ou algo assim? — Andrew perguntou.

— Não, eu vou lidar com isso. Ele precisa parar de mexer com essas merdas que não deve. Isso é tudo.

Meu irmão sempre foi um encrenqueiro, e enquanto eu fazia de tudo para ter uma carreira boa e longa, ele resolveu mexer com drogas. Ele não era viciado nem nada, só gostava do dinheiro que ganhava vendendo e importando. Ele já esteve na prisão antes, e eu não me importaria se voltasse para lá por mais alguns anos para colocar a cabeça no lugar.

Ele tinha quase cinquenta anos. Já estava mais do que na hora de crescer, porra.

— Acho que vou me deitar. Estou cansada e preciso acordar cedo para estudar amanhã de manhã.

Todos olhamos para Valley, que colocou uma bandeja com três xícaras sobre a mesa e, com um sorriso gentil, se inclinou para beijar a bochecha de Della e depois a de Andrew.

— Vejo você pela manhã, querida. Tenha uma boa noite — Della disse, e Valley assentiu, olhando para mim.

A princípio, pensei que a tinha deixado sem palavras, o que, para ser honesto, teria sido melhor para nós dois. Em vez disso, ela endireitou as costas e engoliu em seco, olhando diretamente nos meus olhos, com determinação.

— Agora que você está de volta à cidade, espero vê-lo novamente em breve, Riggs.

Isso soou como um desafio, e eu não pude deixar de sorrir com sua expressão facial.

— Boa noite, Valley — foi minha resposta, e com uma careta rápida, ela saiu para subir as escadas.

Definitivamente a fiz repensar tudo o que achava que poderia fazer comigo para me provocar, mas isso obviamente não saiu como planejado.

Valley

Mesmo com os gemidos de Garett vindos dos meus fones de ouvido, era Riggs que eu imaginava sentado ali naquele sofá de couro preto, acariciando seu pau enquanto sua outra mão brincava com as bolas.

Eu estava com tesão, e tudo graças ao Riggs.

O jeito que ele me agarrou na cozinha, o jeito que me fez arfar por ar, e como falou comigo naquela voz rouca e profunda me fizeram querer ficar nua na sua frente e deixá-lo fazer o que quisesse comigo. Eu não me importava o quanto doeria, contanto que fosse ele fazendo todas aquelas coisas comigo.

— Agora foda essa sua bocetinha apertada com essa coisa, Dove. Me mostre o quanto você gosta de ser fodida. — A voz de Garett me fez voltar à realidade e tirei o grande pênis de borracha da boca para colocá-lo na minha entrada.

Eu estava encostada na cabeceira da cama com as pernas bem abertas e a outra mão puxando meus mamilos do jeito que ele me pediu minutos antes. Usar o pênis de borracha foi uma boa ideia, e quando fechei os olhos, imaginei o pau de Riggs entrando em mim.

cinquenta e seis

— Ah, siiiim... — suspirei, tentando ser o mais silenciosa possível.

Riggs tinha saído alguns minutos atrás, e meu pai e Della ainda estavam lá embaixo, limpando o que o pessoal do bufê não precisava.

O quarto deles ficava do outro lado da casa, mas eles ainda tinham que subir as mesmas escadas para chegar ao último andar.

— Quero que me observe, Dove. Mantenha os olhos em mim enquanto você se fode. Meu Deus, gata... meu pau está tão duro.

Tentei imaginar sua voz tão baixa e misteriosa quanto a de Riggs, mas só de pensar nele me ajudou a chegar mais perto de um orgasmo. Eu realmente precisava de um pau de verdade dentro de mim logo.

— Mais fundo, gata. Eu quero que você se foda com mais força e mais fundo. Porra... eu posso ver todos os seus fluidos saindo dessa doce boceta — ele murmurou, esfregando o pau mais rápido e puxando suas bolas, agarrando-as com mais força.

— Ah, sim, daddy — gemi, inclinando a cabeça no travesseiro e mordendo o lábio inferior para me impedir de falar muito alto.

Eu tinha que me controlar antes que Della ou meu pai me ouvissem. Essa é a última coisa que eu queria, mas se fosse Riggs não seria tão ruim.

Para evitar gemer muito alto, coloquei três dedos da mão esquerda na boca e comecei a chupá-los, imaginando-os sendo o pau duro e grosso de Riggs.

Eu me perguntava qual era o gosto dele. Qual era o gosto do seu gozo. Queria que ele gozasse no meu rosto, seios, barriga e boceta. Em qualquer lugar que ele quisesse. Porque só pela nossa curta, mas intensa interação que tivemos na cozinha, eu sabia que ele era um homem sacana.

Talvez ainda mais do que Garett, que gostava de beber e engolir sua própria urina e esperma. Eu não tinha vergonha e, para ser honesta, algumas dessas coisas também me excitavam. Talvez mais quando assistia em vez de participar, mas ver os outros forçando seus limites, como a primeira vez que disse a Garett que gostaria de vê-lo beber sua própria urina, mexia comigo.

Eu me perguntei se Riggs tinha limites.

Ele não parecia o tipo de cara que se esquivava de nada quando se tratava de sexo, e talvez um dia eu descobrisse tudo o que ele gostava.

Minhas pernas começaram a ficar tensas, e tirei meus dedos da boca para voltar a apertar um dos meus mamilos, circulando-o enquanto empurrava o pênis de borracha mais fundo na minha boceta.

— Continue, gata. O papai aqui quer ver você gozar. Me deixe orgulhoso. Mostre ao papai o quanto você gosta de ser fodida com força. —

Seus gemidos ficaram mais altos e fiquei feliz por ter tomado a decisão de colocar meus fones de ouvido.

Senti o formigamento nos dedos dos pés começar a subir lentamente pelas minhas pernas, pulando direto sobre minha boceta, mas formando uma bola de tensão na parte inferior da minha barriga. Eu precisava de mais, então movi a mão para meu clitóris e comecei a esfregá-lo com os dedos molhados.

— AH!

Garett estava muito mais perto do que eu, mas eu queria tomar meu tempo e esperar por um orgasmo intenso e contundente enquanto ele murmurava coisas com os dentes cerrados.

Minha respiração começou a arfar, desejando que a mão de Riggs estivesse novamente em volta do meu pescoço. Tentei ao máximo não gemer ou fazer barulhos altos, então silenciei a voz, continuando a esfregar meu clitóris e foder minha boceta com o pênis de borracha quase realista demais. Felizmente, essas coisas vinham em caixas sem logotipos, ou então eu nunca poderia encomendar todos esses brinquedos sexuais para serem entregues em casa.

Meus dedos dos pés se curvaram quando o orgasmo tomou conta de mim, e tive que cobrir a boca com a mão para silenciar cada pequeno som.

— Isso, gata. Mostre ao papai o quanto você quer isso — pediu, me fazendo voltar do meu orgasmo mais rápido do que eu queria.

Era a voz dele.

Normalmente, ele era ótimo, mas desde Riggs... eu só queria que sua voz falasse sacanagens para mim.

cinquenta e seis

Capítulo sete

Valley

A primeira coisa que fiz de manhã foi guardar o pênis de borracha que ainda estava ao meu lado na cama.

A noite passada foi incrível, e depois de receber um número insano de elogios de Garett antes de desligar a webcam, não conseguia parar de pensar em Riggs.

Sua voz ecoou em minha mente, me fazendo apertar as coxas para parar a dor entre elas. Ainda podia sentir seu toque rude em volta do meu pescoço e desejei saber quando o veria novamente. Espero que em breve.

Saí da cama e me olhei no espelho com um suspiro pesado, então entrei no banheiro para lavar o rosto e prender o cabelo em um rabo de cavalo baixo. Era apenas oito horas, mas, se eu quisesse ter um dia bem-sucedido estudando, precisava acordar cedo.

Della provavelmente já estava fazendo o café da manhã, mas tomei meu tempo em minha rotina matinal antes de sair do quarto para descer.

— Val? — meu pai chamou do outro lado do corredor, e passei pelo topo das escadas para chegar ao seu escritório.

— Bom dia, pai — eu disse, sorrindo para ele sentado em sua cadeira, e esperei que me desse permissão para entrar.

Ele não gostava de pessoas entrando ali sem pedir permissão, mas, quando me viu, rapidamente acenou com a cabeça e sorriu de volta para mim.

— Durmiu bem?

Assenti, caminhando até ele, envolvendo os braços ao redor de seu pescoço e beijando sua cabeça. Sempre fui a filhinha do papai, e tive sorte de ter ele e Della, é claro. Mas sempre foi ele, não importava quão severo e rigoroso ele fosse enquanto me criava.

— Fomos dormir um pouco tarde, mas tenho algumas coisas para resolver hoje antes de poder relaxar.

— Você merece uma pequena pausa, pai. Quando foi a última vez que tirou férias? — perguntei, olhando para a tela onde ele tinha três e-mails abertos ao mesmo tempo.

— Faz mais de um ano. O aniversário de Della está chegando em algumas semanas, e eu estava pensando em levá-la a algum lugar. Não se preocupe, estou me cuidando.

Assenti com a cabeça, franzindo os lábios e olhando para ele novamente.

— Leve-a para as Maldivas. Della está falando sobre isso há meses.

Meu pai riu e assentiu.

— Acho que ela está insinuando isso, hein?

— Parece que sim. — Eu ri.

Eles irem para o resort significava que eu teria a casa só para mim, o que, claro, era uma maravilha, considerando todas as coisas que eu poderia fazer sem eles por perto.

— Você vai descer? — perguntei, me afastando dele.

— Vou em seguida. Diga a Della para não usar aquele tempero mexicano nos ovos de novo. Apenas sal no meu está ótimo.

Eu sorri e assenti com a cabeça, então desci as escadas e entrei na cozinha onde o cheiro de bacon encheu meus sentidos.

— Bom dia — falei, olhando para o fogão para ver se ela já estava cozinhando os ovos.

— Bom dia, querida. Você acordou cedo — Della comentou, parecendo surpresa.

— Tenho que estudar e, se dormir até tarde, não vou ter coragem para me levantar e realmente fazer alguma coisa.

— Isso é bom. Você gostaria de ovos também? — questionou, sorrindo para mim.

— Sim, por favor. O pai me pediu para avisá-la que ele quer apenas sal nos ovos. Sem tempero especial.

— Ah... ele não gostou do tempero, hein? Pelo menos eu sei o que não comprar mais. Tenho tantas coisas na despensa que não sei o que fazer.

— Você vai encontrar uma maneira de usá-las — eu encorajei. — Ei, quando Riggs foi embora ontem à noite? — perguntei, sabendo exatamente quando. Ouvi seu carro indo embora, mas precisava de uma maneira de começar a falar sobre ele.

cinquenta e seis

47

— Um pouco depois que você foi dormir. Foi bom vê-lo novamente, não?

— Sim, muito bom — respondi, mordendo o interior da bochecha. — Então ele se aposentou… e ainda mora sozinho — comentei, só querendo ter certeza.

— Acho que ele tinha uma namorada há alguns meses, mas ela mora em Nova York e ele não vai mais para lá.

Uma namorada?

Ele a tocava do jeito que me tocou? E ela era jovem como eu?

Ciúme não era algo que eu sentia com frequência, mas saber que ele tinha outras mulheres em sua vida me incomodava um pouco. Eu não era do tipo que queria um relacionamento, mas não queria que ele ficasse com outras.

De agora em diante.

— Ele parece bem para a idade, não? — insisti, precisando continuar falando sobre ele. Talvez não fosse a melhor ideia fazer isso com minha madrasta, mas ela não veria meu elogio como nada mais do que isso.

— Com certeza. Riggs nos disse ontem à noite que transformou seu antigo escritório em uma academia e que gosta de correr algumas vezes por semana. Tentei convencer seu pai a se juntar ao Riggs, mas ele não é de corridas matinais — Della comentou, rindo baixinho.

Eu sorri.

— O pai está ficando mais preguiçoso a cada dia. Seu corpo mais do que sua cabeça.

— Ele precisa entender que a vida não terminará se ele se aposentar. Acho que é disso que ele mais tem medo. Se sentir entediado e perdido sem o trabalho.

Assenti, sabendo que o que ela dizia estava certo.

— Talvez ele perceba isso em breve.

Eu a ajudei a colocar a mesa, e esperamos meu pai descer e sentar conosco para tomar o café da manhã.

Minha mente já estava decidida a estudar e, depois, queria me recompensar com algumas compras on-line.

Talvez eu ligasse para Kennedy para ver se ela poderia vir aqui, mas eu sabia o quanto os pais dela eram rígidos, e já que ela saiu para uma festa ontem à noite, isso provavelmente foi o suficiente para a semana.

seven rue

Perdi a noção do tempo estudando, e de repente eram cinco da tarde. Pelo menos eu tinha feito algumas coisas, lido alguns capítulos para uma tarefa e absorvido as informações para a prova de terça-feira.

Eu estava tão concentrada que até esqueci de almoçar, e só comi os biscoitos cobertos de chocolate que tinha em cima da minha mesa.

Depois de deixar tudo de lado e arrumar as coisas para segunda-feira, me levantei e saí do quarto para encontrar Della de pé no banheiro de visitas, dobrando toalhas.

— Seu pai e eu pensamos que você tinha dormido. Estudou até agora? — perguntou, com um sorriso.

— Sim, e estou com uma grande dor de cabeça — respondi, suspirando.

— O jantar estará pronto em breve. Tenho certeza de que a sua dor de cabeça é por falta de comida. — Ela olhou para o meu corpo e franziu o cenho. — Talvez seu pai esteja certo, querida. Você está perdendo peso de novo.

De novo.

Isso não era verdade.

— Você viu meus peitos e minha bunda? — perguntei, sem rodeios, arqueando uma sobrancelha para ela.

Ela parou de se mover e franziu a testa.

— Sim, e eles são lindos. Mas sua cintura e barriga... você parece desnutrida.

— Não pareço não — murmurei. Eu simplesmente não tinha o tipo de corpo para ganhar peso facilmente. Mas, de qualquer maneira, não era como se eu estivesse tentando.

Eu amava meu corpo e sabia o efeito que ele tinha sobre homens e mulheres.

Para evitar outro comentário dela, me virei para voltar ao quarto para pegar o celular e depois desci as escadas, encontrando pai sentado no sofá e conversando com alguém no telefone.

— Isso não importa. Se ele realmente quiser mudar de vida, aceitará minha proposta.

Escutei, me sentando no sofá ao seu lado, e ele me deu um aceno rápido para me cumprimentar.

— Eu não vou oferecer de novo. Ele pode concordar, ou continuar arruinando sua vida. E esta é a última vez.

cinquenta e seis

Mordi os lábios, ainda ouvindo e olhando para o meu celular, verificando as mensagens que Kennedy escreveu ao longo do dia.

Focada como fiquei ao estudar, esqueci totalmente de verificar as mensagens depois de perguntar se ela queria vir aqui esta noite. Surpreendentemente, ela me mandou cinco vezes uma mensagem com "sim", esperando que eu respondesse. Digitei rapidamente uma resposta, dizendo a ela que poderia vir mais tarde, depois do jantar. Uma festa do pijama era exatamente o que eu precisava.

Um bom filme, comida e talvez alguns nudes dos meus homens. Como deixei Garett me ver ontem à noite em vez desta, eu tinha tempo para passar com minha melhor amiga.

— Tudo bem. Me avise sobre o que ele decidir. Vejo você amanhã.

Meu pai desligou e olhou para mim enquanto eu voltava a olhar para ele, e com um sorriso, eu disse:

— Kennedy está vindo mais tarde. Teremos uma festa do pijama.

Ele assentiu.

— Terminou de estudar?

— Sim.

— Que bom — ele falou, se levantando e colocando o telefone sobre a mesa de café. — Riggs virá para o jantar amanhã à noite. Temos algumas coisas para conversar.

Isso me fez me endireitar no sofá.

— Ah, isso é ótimo. Você deve ter sentido falta dele no ano passado, não é?

— Sim. Ele é o único com quem posso falar sobre qualquer coisa além de negócios. Um cara ótimo. Estou feliz por ele estar de volta.

Se ele soubesse o que seu melhor amigo fez comigo ontem à noite...

— Estou animada para vê-lo novamente.

Mais animada do que estive em muito tempo.

Parecia que todos os homens com quem eu geralmente me divertia não eram tão excitantes quanto antes, e não importava o quanto eu tivesse que dar duro para isso, queria ver Riggs nu. Tocar e sentir cada centímetro dele, e mostrar quão má eu poderia ser.

Ele gostou do jeito que eu o provoquei, apesar de seu comportamento mal-humorado e irritado na noite passada. Ele gostou de me tocar, e eu queria mais.

Muito mais.

— Ajude Della na cozinha, sim? Tenho mais alguns e-mails para enviar e depois podemos jantar.

Assenti com a cabeça enquanto ele saía, me deixando sozinha na grande sala de estar com meus pensamentos impertinentes sobre o melhor amigo do meu pai. Olhei para o telefone dele na mesa de centro e pensei em desbloqueá-lo para conseguir o número de Riggs.

Mandar para ele uma foto minha de calcinha parecia intrigante, e imprudente como era, peguei o telefone e digitei a senha para acessar os contatos. Não era correto fazer isso, mas não era como se eu lesse seus e-mails ou mensagens, certo?

Quando encontrei o nome dele na lista, tirei rapidamente uma foto de seu número com o meu celular, porque não podia usar meu telefone real para enviar uma foto daquele tipo.

Poderia até ser divertido fazê-lo adivinhar quem enviou tais fotos, o que tornava tudo ainda mais emocionante. Sorri, porque embora eu estivesse acostumada a fazer coisas malucas como essa, algo sobre ser Riggs fez meu coração bater mais rápido.

— Você não acha que é um pouco...
— Sacana? — perguntei, terminando a frase de Kennedy depois que contei a ela meu plano de enviar a Riggs uma foto travessa do meu segundo telefone.

Quão divertido seria saber que ele recebeu a mensagem, viu uma foto minha seminua, mas não tinha ideia de quem tinha enviado?

— Eu só quero me divertir um pouco com ele, Kennedy. Ele estava... intenso ontem à noite. Quero dar uma resposta. Provocá-lo um pouco mais.

Kennedy me observou, se recostando na cama. Nós duas estávamos de pijamas, prontas para nos aconchegar debaixo das cobertas e assistir a um filme.

— Mas e se ele souber que é você? Se ele foi tão rude quanto foi ontem à noite, não consigo imaginar o que ele faria se descobrisse que é você na foto.

Ele não foi rude.

Bem, pelo menos foi assim que interpretei.

cinquenta e seis

Eu fiquei excitada com o seu comportamento irritadiço, e precisava desesperadamente de mais.

Olhei para o meu celular e dei de ombros, verificando a foto do número dele que eu tinha tirado no início desta noite. O número de Riggs estava salvo nos contatos do meu segundo aparelho e, com um sorriso maroto, abri a mensagem e cliquei no ícone da câmera.

— Ele não vai descobrir se eu não mostrar meu rosto e prender meu cabelo em um coque. Além disso, ele nunca viu minha lingerie, então não tem como descobrir.

Embora eu quisesse que fosse assim, não tinha dúvidas de que ele saberia mais cedo ou mais tarde, já que provavelmente não havia nenhuma outra jovem de dezoito anos querendo mexer com ele.

Levantei o celular na minha frente no modo selfie, me posicionei de uma forma que a parede atrás de mim estivesse vazia e tirei algumas fotos com a outra mão cobrindo os seios ou puxando um pouco a alça do sutiã.

— Você é maluca — Kennedy murmurou, com uma risada suave.

— Você deveria tentar isso algum dia. É empoderador — eu disse a ela. — Empoderador? De que forma?

Dei de ombros, sentando ao seu lado e me cobrindo com as cobertas antes de olhar as fotos que acabei de tirar.

— Estou no controle do que acontece com esta foto. Meu rosto não está aparecendo, e este sutiã não é de uma determinada marca. Você tem um igual, se não me engano. Riggs não me pediu essas fotos, mas sei que quando ele as vir, vai definitivamente ficar olhando para elas por um tempo antes de começar a se perguntar quem é essa garota misteriosa. E isso, minha amiga, é o que me excita.

Parecia idiota e nada lógico para ela, mas esses joguinhos que eu gostava de jogar me faziam sentir bem. Era divertido e, para ser totalmente honesta, eu queria que Riggs descobrisse que fui eu quem enviou aquelas fotos para ver como ele agiria amanhã à noite.

— Então você vai enviar as fotos? — perguntou.

— Sim. Agora mesmo — respondi com um sorriso, pressionando em "enviar" para mandar as fotos que tinha certeza que ele gostaria de ter em seu celular.

— Espero que ele não fique bravo. A aparência dele ontem à noite me deixou com medo. Ele era tão... alto e assustador. Nunca vi um homem de cinquenta e seis anos como ele.

Nem eu, e era por isso que Riggs me intrigava.

Capítulo oito

Valley

Levou quase quatorze horas para Riggs ver as fotos que enviei e, como esperado, ele não respondeu, nem bloqueou meu número. Acho que ele não se importaria que eu lhe mandasse mais algumas, não?

Sorri como uma boba, me sentando na frente do espelho no meu quarto no dia seguinte, modelando o cabelo enquanto Kennedy arrumava suas roupas na mochila.

— Tem certeza de que não pode ficar mais? — perguntei.

— Meu pai já me ligou quinze vezes, e minha mãe me mandou mensagens desde as oito da manhã. Se eu não estiver em casa em vinte minutos, provavelmente não terei permissão para sair nos próximos vinte anos.

Neguei com a cabeça para ela e suspirei.

— Você tem dezoito anos. Quando eles vão te dar um pouco de privacidade e espaço? — Eu não detestava os pais dela, mas estava feliz por não serem os meus.

Kennedy revirou os olhos e deu de ombros.

— Provavelmente no segundo em que me casar. Eles querem me arrumar com um cara. O filho de um amigo que é igualmente rico e mimado.

— Eles são muito controladores — murmurei, deixando outro longo e lindo cacho cair sobre meu peito.

— Agora entende por que eu nunca poderia me tornar uma *camgirl*? Vejo você na segunda. Quero saber tudo sobre esta noite com Riggs — ela disse.

Sorri para Kennedy e assenti, então me virei para me olhar no espelho.

— Vejo você segunda.

Depois que Kennedy saiu, terminei de arrumar o cabelo e guardei o modelador de cachos para depois me vestir. Riggs vir para jantar era uma ótima oportunidade para vestir algo legal. Talvez outro vestido, ou uma mini saia com uma camisa justa.

Entrei no closet para olhar minhas roupas, encontrando uma saia que eu costumava usar muito quando tinha dezesseis anos. Quase parecia a saia do meu uniforme, mas era muito mais curta, mal cobria minha bunda. Cresci um pouco nos últimos dois anos, mas ainda cabia em mim e era o item perfeito para esta noite.

Escolhi uma camisa branca justa com mangas compridas para combinar com a saia e, depois de me vestir rapidamente, tentei decidir se seria necessário ou não usar meias compridas. Estava quente o bastante em casa e eu tinha me depilado no banho esta manhã, então talvez mostrar um pouco de pele não fosse tão ruim.

Eu vi o jeito que Riggs me observou ontem à noite, e parecia que ele gostava muito de encarar as minhas pernas.

— Isso vai servir — sussurrei, olhando para mim mesma no espelho e escolhendo tênis brancos para finalizar o look. Eu não tinha que usar sapatos dentro de casa, mas sandálias ou sapatilhas não serviriam para esta noite.

— Val? Poderia descer e me ajudar com o jantar, por favor? — Ouvi Della chamar do pé da escada e rapidamente saí do quarto para chegar até ela.

— O que tem para o jantar? — perguntei, caminhando para a cozinha onde ela já estava cortando alguns vegetais.

— Comida mexicana e italiana. Um pouco de tudo — Della respondeu. — Interessante.

— Temos tantas coisas na geladeira e eu não conseguia decidir o que cozinhar. Já coloquei a pizza no forno. Agora me ajude a temperar o frango, por favor.

— Não é muito cedo? Achei que Riggs viria para o jantar.

— São quase cinco horas, querida, e tenho mais algumas coisas para fazer antes de podermos comer. Ele estará aqui às seis.

E a pizza realmente tinha que ficar tanto tempo no forno?

Me virei para verificar, então notei que não estava nem ligado ou pré-aquecido. Por mais que eu quisesse, eu não iria julgá-la sobre sua maneira de cozinhar. Era Della que colocava as refeições na nossa mesa todos os dias, então eu não podia me permitir comentar sobre a maneira como ela preparava nossa comida.

— Essa saia não é um pouco curta demais para você, Val? Achei que a tinha descartado anos atrás.

Eu pretendia, mas então descobri o mundo das *camgirls* e decidi que poderia usá-la. Alguns dos homens gostavam dessa vibe colegial, e como eu ainda era uma estudante, eles ainda eram capazes de viver suas fantasias comigo vestindo essas roupas para eles.

— Achei que ainda poderia me servir, então guardei. Está ruim?

— Ah, não, você está linda. Só não acho que seu pai vai gostar do jeito que você está vestida esta noite.

Não só meu pai.

Eu estava animada para ver o rosto de Riggs quando me visse.

Dei de ombros para o seu comentário e continuei a temperar o frango com tudo que ela havia colocado para eu usar, e como eu estava no controle, não coloquei muito no frango, sabendo que esses temperos poderiam arruinar rapidamente um ótimo jantar.

Eu me sentia bem com o que estava vestindo e sempre gostei de usar roupas justas. A saia era apenas um bônus, e embora eu estivesse usando calcinha, a brisa fresca entre minhas coxas era agradável. Ela me livrava de todo o calor que crescia lá embaixo, apenas esperando Riggs chegar e me deixar mais molhada do que eu já estava.

Apenas pensar nele já me excitava, e eu me certificaria de colocar meu prato ao lado do seu para que eu não ficasse sentada muito longe esta noite.

— Bem na hora — Della falou com um sorriso quando a pizza ficou pronta.

Eu já tinha arrumado a mesa com quatro lugares e colocado as tigelas e os pratos com a comida no meio para que todos pudessem alcançá-la.

— Riggs já chegou? — meu pai perguntou, descendo as escadas.

— Ele acabou de chegar — respondi, sorrindo para ele. — Você trabalhou o dia todo de novo. É domingo, pai.

— Eu tinha coisas para cuidar. Quando você tem uma empresa, não há tempo para pausas. Apenas espere, você verá.

Eu ainda não achava que algum dia seria dona de uma maldita empresa. Bem, nenhum outro negócio que não seja para *camgirls*. Isso seria divertido.

— Você não está com frio? — perguntou, quando notou minhas pernas expostas.

— Não — respondi, com um encolher de ombros, esperando que ele não dissesse mais nada.

Para minha sorte, ele apenas franziu a testa por alguns segundos antes de atravessar o hall para chegar à porta da frente quando Riggs tocou a campainha.

Afastei seu olhar crítico e o segui para ver nosso convidado entrar e abraçá-lo. Quando Riggs me notou, não pude deixar de sorrir para ele antes de me aproximar para também cumprimentá-lo.

— Olá, Riggs — eu disse, tentando não soar muito doce.

Ele me deu um aceno rápido antes de desviar o olhar e, quando percebeu que não podia ficar mudo, olhou para mim e disse:

— Olá, Valley. — Sua voz profunda enviou arrepios pela minha pele e mordi meu lábio inferior para me impedir de sorrir ainda mais.

— Ah, você chegou bem na hora, Riggs. Valley e eu acabamos de cozinhar e estamos todos prontos para comer — Della anunciou, da sala de jantar.

— Que maravilha, Della. O cheiro está incrível.

Ele estava vestido quase como na noite anterior, embora um pouco menos elegante. Sem camisa sob o suéter, e sua calça jeans parecia confortável o suficiente para ter um jantar agradável e descontraído esta noite.

Esperei meu pai passar por mim e então observei Riggs de perto enquanto ele se movia em minha direção com os olhos enevoados e sombrios. Quando estava perto o suficiente, ele deixou seus olhos se moverem pelo meu corpo, analisando cada centímetro antes de enfiar as mãos nos bolsos e soltar o ar pelo nariz como um maldito garanhão.

Embora ele estivesse sensual esta noite, Riggs não tinha aquele brilho esperado em seus olhos. Ele realmente não sabia que fora eu quem lhe enviou aquelas fotos. Poderia ser isso?

Nem realmente não desconfiava?

— Sem jogos esta noite — ele rosnou em uma voz profunda e de advertência, então se afastou para a sala de jantar, me deixando sozinha na entrada.

Que pena.

Essa é a única coisa que eu queria fazer esta noite.

Mas ele realmente achava que eu iria ouvi-lo?

Deixei escapar uma risadinha antes de me virar e ir para a sala de jantar. Conforme planejado, Riggs se sentou exatamente onde eu queria que ele sentasse, e quando me sentei ao seu lado, ele me observou por um momento antes de decidir que estava tudo bem eu me colocar à sua esquerda.

— Então, Riggs, você teve um bom domingo? — Della perguntou, enquanto meu pai servia vinho nas taças, deixando a minha vazia.

— Sim, foi bom. Tive que lidar com algumas coisas, mas nada muito estressante.

— Que coisas você teve que lidar? — insisti.

Ele não respondeu a princípio, se questionando se valia a pena responder, porque já sabia que eu não estava realmente interessada no que ele fez hoje, mas sim no que aconteceria esta noite.

Como se eu fosse apenas ficar sentada, ouvindo sua conversa sobre o que diabos eles estavam interessados.

— Nada de especial — ele respondeu, sua voz baixa. Riggs moveu o olhar para meu pai e Della, que o encararam com mais interesse do que o esperado, e soltou um suspiro, acrescentando mais à sua resposta: — Já contei sobre o meu irmão. Ele concordou em voltar para a cidade e ficar comigo até voltar aos eixos.

Essa foi uma resposta boa o suficiente para meu pai continuar falando sobre seu irmão.

— E o que ele disse sobre a minha proposta?

— Está pensando nisso. Ele é preguiçoso. Muitas vezes fica apenas sentado, fumando maconha, esperando a vida acontecer.

— Você já fumou maconha? — devolvi, apimentando a conversa.

— Valley! — meu pai exclamou, me dando um olhar de desaprovação.

— O quê? Não é como se eu estivesse pedindo as informações bancárias dele — retruquei, levantando as mãos em defesa.

— Você não tem que responder isso — Della disse, se desculpando.

E Riggs não respondeu.

— Ele estará de volta na semana que vem — respondeu.

Revirei os olhos e comecei a comer o que coloquei no prato, enquanto os outros continuavam a falar e também jantavam.

Eu tinha imaginado que esta noite seria um pouco mais interessante e divertida, e odiava quanto controle ele tinha sobre mim sem nem dizer mais uma palavra.

Talvez eu tivesse que mudar de estratégia.

Eu nem tinha motivação para provocá-lo por baixo da mesa como fiz na noite passada.

Mas, de qualquer maneira, era inútil, então continuei a desfrutar do meu jantar, ouvindo a conversa adulta deles, e esperando que em breve eu pudesse passar alguns minutos sozinha com Riggs.

cinquenta e seis

Capítulo nove

Valley

Eu estava entediada.

Meu pai, Della e Riggs decidiram continuar a conversa na sala de estar depois que ajudei minha madrasta a limpar a mesa de jantar, e como eu não gostava muito de falar sobre os negócios do meu pai, pedi licença para subir.

Você poderia até dizer que eu estava chateada por não conseguir fazer as coisas que queria fazer esta noite, e eu odiava o controle silencioso que Riggs tinha sobre mim. Meu pai e Della também estavam na sala conosco, e embora eu gostasse de ir além dos limites, não estava com vontade de provocar Riggs.

Talvez um dos meus leais assinantes queira me ver com esta roupa que estou usando, pensei.

Entrei no quarto e arrumei meu notebook com a webcam presa no topo. Eu poderia ter usado a própria câmera do meu computador para conversar por vídeo com eles, mas às vezes eu gostava de me aproximar, segurando a webcam perto dos meus mamilos ou boceta para que pudessem ver o quão molhada eu estava.

Fiquei molhada só de pensar nisso, e sorri satisfeita comigo mesma.

Enviei uma mensagem a alguns dos homens, dizendo que o primeiro que estivesse on-line poderia se divertir comigo esta noite, e o sortudo vencedor foi Frank. Um motorista de ônibus britânico de cinquenta e quatro anos.

Eu gostava do sotaque dele e estava animada para vê-lo novamente, porque ele era extremamente tímido. Talvez esta noite eu pudesse instigá-lo a explorar seu corpo um pouco mais, já que ele só esfregava o pau enquanto queria me ver massageando os seios. Nada mais, então achei que era hora de fazer Frank sair de sua concha.

Seu nome apareceu na tela, mas mandei rapidamente uma mensagem para ele, dizendo que precisava de mais um minuto para ficar pronta.

Peguei minha máscara de esqui debaixo do travesseiro e meu vibrador, achei que seria legal brincar com ele enquanto Frank brincava consigo mesmo.

Assim que eu me sentei na cama para aceitar a chamada de Frank, Della chamou do andar de baixo, me fazendo suspirar e sair do quarto.

— O que foi? — perguntei, vendo-a no pé da escada.

— Você gostaria de descer para comer a sobremesa?

— Ahm, não, obrigada. Estou cheia do jantar — respondi.

Ela sorriu e assentiu com a cabeça, e quando se afastou, eu me virei para voltar ao meu quarto.

Mas não saiu como planejado, quando uma grande mão agarrou a parte de trás da minha cabeça, agarrando meu cabelo com força e me empurrando contra a parede ao lado da porta do meu quarto. Eu não tinha ouvido Riggs subir e se aproximar de mim, mas o que quer que ele estivesse fazendo parecia um ato de vingança.

Antes que eu pudesse olhar em seus olhos sem ele me forçar, Riggs segurou meu pescoço com a outra mão e empurrou meu queixo para cima, inclinando minha cabeça para trás para encontrar seus olhos.

— Seu pai sabe que você mexe no celular dele? — Riggs perguntou, sua voz mais sombria do que nunca, me fazendo estremecer.

Então ele sabe que era eu naquelas fotos.

Não pude deixar de sorrir, mas meu sorriso rapidamente desapareceu quando ele apertou meu cabelo e meu pescoço, me fazendo ofegar por ar.

Meu Deus, ele não tinha ideia do quanto isso estava me excitando.

Seu corpo estava pressionado contra o meu com o joelho entre minhas pernas e sua coxa contra a minha umidade. Minha saia tinha subido, não cobrindo mais muito da minha bunda, e toda essa situação estava ficando mais sensual só por ele olhar nos meus olhos.

— Pensou que eu simplesmente deixaria isso passar? Aquelas malditas fotos de você nesse sutiã... Porra, Valley. Não sabe que deveria ter me ouvido quando eu disse para não mexer comigo? — perguntou, soltando uma risada profunda que fez seu peito vibrar.

Eu não me importava com o que ele estava me dizendo para fazer ou não. Isso era exatamente o que eu queria, e embora estivesse pensando que estava me ensinando uma lição, ele estava fazendo exatamente o oposto.

Estava me dando exatamente o que eu queria: sua atenção... E logo eu

cinquenta e seis

teria controle sobre ele da mesma forma que tinha sobre todos esses outros homens. O bom era que ele não estava negando que gostou das fotos.

Tentei falar, mas ele ainda estava pressionando minha garganta, dificultando não apenas a fala, mas também a respiração. Comecei a gostar disso, tendo que prender a respiração enquanto ele puxava meu cabelo com força.

Riggs percebeu que eu estava tentando dizer alguma coisa, mas a princípio não me soltou. Em vez disso, empurrou sua perna contra minha virilha, me fazendo esfregar contra sua coxa. Tudo o que ele estava fazendo, pensando que estava me assustando, só me fazia querer mais. Acho que ele não era tão inteligente quanto pensava que era.

— Eu odeio fazer isso, mas, assim como você, não tenho medo de ser pego. Você está me provocando, e não importa a sua idade, eu não vou deixar essas malditas fotos de lado.

Se ele não tivesse afrouxado seu aperto no meu pescoço, eu definitivamente teria ficado roxa. Mas Riggs me deixou respirar fundo.

Aproveitei a oportunidade para responder e, com um sorriso maroto no rosto, eu disse:

— O quanto você olhou para aquelas fotos antes de vir aqui esta noite?

Fui forçada a ficar de joelhos em um instante, sua mão ainda segurando meu cabelo com força e sua virilha perto do meu rosto.

— Demais, para o meu próprio bem — ele rosnou, sua voz baixa para que meu pai e madrasta não o ouvissem.

O corredor do andar de cima era disposto em um semicírculo, tendo que virar para um lado depois de subir as escadas para chegar a cada quarto, e como estávamos um pouco escondidos, eu tinha certeza que ninguém tinha ideia do que estava acontecendo no andar de cima.

Olhei para Riggs, meus olhos arregalados e cheios de luxúria. Ele estava realmente tornando isso fácil para mim, e por um breve segundo eu me perguntei se era divertido o jogo dele. Riggs disse que jogava de forma diferente, mas parecia que eu o estava vencendo em suas próprias regras.

— Me escute bem, Valley — ele sussurrou, sem nunca tirar os olhos escuros dos meus. — Se é isso o que você realmente quer, eu te aconselho a parar de brincar enquanto Andrew e Della estão por perto. Porque se eles descobrirem que você está mandando fotos para um homem com o triplo da sua idade, haverá consequências.

Eu sabia disso, mas o negócio era que... o que eu estava fazendo não era muito divertido sem a chance de ser pega.

Onde estava a diversão nisso?

Suas palavras não significaram muito para mim, e como ele já estava ali, com o pau na frente do meu rosto, aproveitei a oportunidade para provar um pouco.

Subi minhas mãos pelas suas pernas enquanto ele me observava atentamente. Riggs me queria, ou então nem se incomodaria em mencionar as fotos.

Ele poderia ter ignorado.

Poderia ter excluído.

Mas não fez isso.

— E se saber que eles estão por perto é o que torna tudo isso tão… emocionante?

— Então você não tem limites — ele rosnou, apertando o punho no meu cabelo mais uma vez quando minhas mãos alcançaram sua bunda.

Ele puxou minha cabeça para trás contra a parede e seus lábios se separaram, sua língua lambendo lentamente seu lábio inferior, fazendo minha boceta doer enquanto eu começava a esfregar seu sapato entre minhas coxas. Eu sempre encontrava maneiras de me agradar sem que a outra pessoa pretendesse me deixar fazer isso, mas Riggs não parecia se importar nem um pouco.

Mas assim que a fricção contra meu clitóris ficou mais erótica, Riggs se aproximou ainda mais e pressionou a protuberância em sua calça contra minha boca, cerrando os dentes.

Viu? Fácil.

Ele estava se metendo em mais problemas.

— Você é muito safada, mas sabe muito bem disso — ele murmurou, movendo minha cabeça para esfregar meu rosto contra o tecido áspero de sua calça.

Minha boca estava bem aberta, sentindo a espessura sob o tecido ficando mais dura e o pressionando ainda mais contra mim, puxando seus quadris em minha direção.

— Isso é realmente o que você quer, Val? — Riggs perguntou, ambas as mãos agora segurando a parte de trás da minha cabeça para manter meu rosto pressionado contra ele.

Assenti com a cabeça, olhando para ele e fincando os dedos em sua bunda para mostrar a ele que suas ameaças físicas eram exatamente o que eu queria.

O que eu *precisava*.

— Não tenho certeza se você pode lidar comigo, novinha. Eu vou quebrar você.

Tomei seu aviso como um desafio, movendo minhas mãos para sua protuberância e apertando suas bolas para fazê-lo me deixar inclinar para trás. Quando ele fez isso, segurei seu pau e comecei a esfregá-lo sobre a calça, e o latejar pesado que eu podia sentir me fez sorrir vitoriosamente.

— Então me quebre — respondi o desafio, sentindo seu comprimento ficando mais duro sob o meu toque.

Ele prendeu a respiração enquanto eu continuava a acariciar seu pau e apertar suas bolas, mas por mais que eu quisesse que ele me deixasse chupá-lo e depois me fodesse aqui no corredor, eu tinha que soltá-lo.

Eu o provoquei o suficiente, e sabia que não havia como ele não voltar para mais algum dia desses, então esta era a minha oportunidade de assumir novamente o controle sobre Riggs.

Eu o empurrei para trás e levantei com suas mãos ainda no meu cabelo. Depois de afastá-las de mim, fiquei na ponta dos pés e me aproximei o suficiente para sussurrar em seu ouvido:

— Você tem o meu número.

Seu corpo ficou tenso por um segundo antes que ele percebesse o que estava acontecendo, e para me mostrar que não estava perdendo o controle tão facilmente, ele agarrou minha bunda com força, quase chegando a doer, antes que eu me virasse para entrar no quarto e trancar a porta.

Levei um momento para recuperar o fôlego, já que ele dificultou minha respiração com a mão em volta do meu pescoço. Eu o ouvi ajeitar a calça do lado de fora do meu quarto antes de voltar para o andar de baixo e agir como se nada tivesse acontecido.

Esta noite foi mais bem sucedida do que eu pensava depois da decepção no jantar, e com meu coração acelerado no peito, corri para minha cama para iniciar a conversa com Frank.

Com Riggs ainda na mente, eu definitivamente queria usar o vibrador mais de uma vez esta noite.

Riggs

Imprudente.

Tão imprudente, sem filtro e sem vergonha. Valley sabia exatamente o que queria, e sabia que poderia conseguir tudo de mim.

O fato de eu ter jogado esses jogos com ela me surpreendeu, já que ela era a última garota com quem eu iria querer mexer.

Desde que Valley era criança, não havia muito sobre ela que gritasse que um dia seria do jeito que ela era agora, mas, de novo, eu era próximo de seu pai, então nunca tive lidar muito com ela. Andrew manteve a filha afastada na maior parte do tempo enquanto estava trabalhando, e em todos os eventos que participava ou organizava, Valley ficava quieta em segundo plano, observando as pessoas e não dizendo muito.

Valley e eu também nunca conversamos muito.

A única vez que conseguia me lembrar foi há mais de um ano, quando convidei alguns dos meus amigos mais chegados antes de ir embora a trabalho, e nem mesmo então ela tinha algum tipo de tendência a ser madura o suficiente para saber como excitar um homem adulto.

Algo deve ter mudado nesse curto período de tempo, ou ela era apenas boa em esconder seu verdadeiro eu. Valley ainda era boa nisso, já que seu pai e Della não tinham ideia de quão safada ela realmente era.

Eu não vi garotas da idade dela tão maduras, e embora eu soubesse que havia adolescentes suficientes sabendo exatamente o que gostavam e precisavam, nunca pensei que encontraria uma que quisesse a mim.

Claro, havia mulheres mais jovens do que eu tentando me levar para a cama sempre que eu me sentava sozinho em um bar, mas nenhuma delas me intrigou tanto quanto Valley.

Ela tinha idade suficiente para tomar suas próprias decisões.

Valley era confiante e tinha sua própria mentalidade, forte o suficiente para conhecer seus limites. Só que a maneira como eu jogava era nova para ela. Vi em seus olhos quando agarrei seu cabelo e a empurrei contra a parede. Houve um rápido sinal de insegurança antes que ela me lesse como um maldito livro e continuasse com seu comportamento habitual.

Eu não tornaria a vida mais fácil para ela de agora em diante.

Valley fez de tudo para chamar minha atenção, mas eu tinha certeza de que não levaria muito tempo para ela perceber que não importa o quanto estivesse no controle agora, eu não a deixaria continuar assim.

Ela queria que eu a fodesse?

Claro.

Mas eu fodia com força, e não iria me segurar quando se tratava de Valley.

cinquenta e seis

— Ah, aí está você — Della disse, com um sorriso, quando voltei à sala de jantar. — Você gostaria de uma xícara de café com sua sobremesa?

— Não, obrigado, Della. Estou indo para casa em seguida. O jantar estava ótimo — eu disse a ela, dando uma mordida na torta de maçã que ela comprou.

Della era uma ótima cozinheira, mas doces não eram seu forte.

— Você pode vir quando quiser, e eu adoraria que seu irmão viesse jantar conosco em breve.

Ela não precisava convidar meu irmão apenas para mostrar quão gentil era, mas se era isso que ela queria, e se isso significava que eu veria Valley de saia curta e camisa apertada novamente, eu definitivamente não diria não para outro jantar na casa dos Bentleys.

Capítulo dez

Valley

— Senhorita Bentley, você poderia, por favor, vir ao meu escritório?

Me virei para olhar para o senhor Thompson, o diretor da faculdade.

— Fiz algo de errado? — questionei inocentemente, já sabendo a resposta. Eu nunca fazia nada para ser chamada ao escritório do diretor, então isso era novo e surpreendente para mim.

— Por favor, apenas venha ao meu escritório — ele repetiu, estendendo a mão para indicar o caminho.

Olhei para Kennedy, que estava me observando com um olhar questionador, e quando ela arqueou ainda mais as sobrancelhas, soltei uma risada.

— Não fiz nada de errado. Ele provavelmente só quer reclamar do meu uniforme — eu disse, sabendo que tinha puxado minha saia um pouco alto demais esta manhã, me sentindo ainda mais confiante do que nunca.

— Bem, seja o que for... por favor, não o provoque. Não quero que você seja expulsa daqui.

Revirei os olhos com suas palavras e balancei a cabeça.

— Não vou ser expulsa. Lembre-se de todo o dinheiro que meu pai investiu na minha educação. Além disso, sou a melhor aluna da minha sala, se não de toda a turma do primeiro ano.

— Verdade. Esqueci que atrás de toda essa perversão tem um cérebro muito inteligente — completou, com um sorriso.

Era verdade, mas só porque eu tinha inteligência e capacidade suficientes para terminar a faculdade dois anos antes, não significava que eu sempre colocava essas coisas em bom uso no meu tempo livre.

Tive uma ótima noite com Frank, imaginando que era Riggs acariciando o próprio pau enquanto eu lhe dizia para usar a outra mão para massagear as bolas e até brincar um pouco com seu ânus. Frank foi surpreendentemente corajoso na noite passada, e me disse que realmente gostou de como forcei seus limites e mostrei a ele que gozar com um de seus dedos dentro de si era incrível. Era hora de ele explorar um pouco mais, e eu estava orgulhosa de ser a pessoa a mostrar a ele todas essas coisas novas.

Peguei minha mochila do chão e deixei Kennedy perto de nossos armários, seguindo o senhor Thompson até seu escritório.

— É importante? — perguntei, mas, antes que ele respondesse minha pergunta, o senhor Trapani estava sentado em uma das cadeiras, recostado e com os dedos roçando sua mandíbula sombreada com a barba por fazer.

— Digamos que é importante encontrarmos uma solução para o que estou prestes a lhe dizer.

O senhor Thompson se sentou em sua grande cadeira e soltou um suspiro pesado, então olhou para o senhor T antes de clicar sua caneta algumas vezes, sem saber como começar essa conversa e olhando minhas roupas.

Espera... era realmente sobre o meu uniforme.

— Estou vestida de forma inadequada? — comecei, soando um pouco desafiadora e arqueando uma sobrancelha para o senhor Trapani.

— Digamos que tivemos algumas reclamações — o senhor Thompson respondeu, seus olhos focados novamente no meu rosto.

— De quem?

— Alguns dos alunos veteranos.

Certo.

Eles provavelmente reclamaram só para mexer comigo.

— É a primeira vez que eles reclamam? — prossegui, arqueando a sobrancelha e olhando novamente para o senhor Trapani, que estava me observando atentamente.

Pena que ele nunca me deixou ficar em sua sala de aula depois do horário, porque o jeito que olhava para mim com certeza gritava por atenção sexual de uma de suas alunas.

— Sim. Primeira vez, e espero que também seja a última.

— E não houve reclamações dos professores?

— Não — o senhor Thompson devolveu, deixando seus olhos vagarem novamente pelo meu uniforme.

— Então, eu não estou realmente pressionada a mudar a maneira como uso o uniforme desta linda universidade, estou?

seven rue

O senhor Trapani riu, se sentando ereto e balançando a cabeça para o senhor Thompson.

— Eu disse que esta reunião não era necessária.

Realmente não era, se eles não me mandassem abotoar a camisa ou abaixar a saia para cobrir mais minhas pernas.

— Então... posso ir?

O senhor Thompson assentiu, então também balançou a cabeça ao perceber que isso era realmente uma perda de tempo.

— Só... pare de dar falsas esperanças a esses caras. É tudo o que eles falam nas minhas aulas, e eu não tenho tempo para ouvi-los falar sobre você e como você se veste — Trapani falou.

Eu sabia que os garotos desta faculdade não tinham nada melhor para fazer do que falar sobre mim pelas costas, magoados porque sabiam muito bem que eu nunca iria para a cama com eles.

— Eu nem mesmo falo com eles. Esses caras são imaturos. Não é problema meu se eles ficam de pau duro sempre que me veem no campus.

— Senhorita Bentley — o diretor advertiu. — Não há razão para usar tais palavras. Tenho certeza de que seu pai não gostaria da maneira que você fala.

Sorri para ele e dei de ombros.

— Meu pai não está nesta sala, e só porque eu falo assim aqui, não significa que eu também use uma linguagem vulgar em casa — respondi a ele.

Quando me levantei da cadeira para me virar e voltar para a porta, o senhor Trapani pigarreou e murmurou algo em italiano baixinho, me fazendo virar e olhar para ele. Ele me desafiou apenas com o olhar, e com um encolher de ombros, saí do escritório para me juntar à Kennedy.

— O que ele disse? — indagou, quando me aproximei.

— O que *eles* disseram. O senhor T também estava lá, dizendo que seus alunos veteranos falam de mim o tempo todo.

— E você deve gostar de toda a conversa sobre seu corpo insanamente sexy — um cara disse, e quando me virei, quatro veteranos com quem tive algumas interações antes estavam ali.

Cruzei os braços sobre o peito e inclinei a cabeça para o lado.

— Sim, a atenção é legal. Não que eu me importe se vocês continuarem falando sobre mim — provoquei, fazendo os três arregalarem os olhos.

Cedric foi quem falou; um notório *badboy* da faculdade. Havia muitas garotas que ele tinha comido, incluindo Kennedy.

cinquenta e seis

Por isso eu não gostava muito dele. Mas a questão era que... Kennedy era muito ingênua, e mesmo depois de dizer a ela para não cair nos joguinhos idiotas dele, minha amiga fez exatamente isso.

— Eles ainda deixam você andar assim? Mesmo depois de reclamarmos?

— Talvez da próxima vez você deva ser mais convincente sobre sua reclamação. Eles não levaram a sério, Ced.

Ele arqueou uma sobrancelha, deixando os olhos vagarem por todo o meu corpo antes de se aproximar, se inclinar e falar mais baixo só para eu ouvir.

— Quando você vai finalmente parar de ser uma vaca e deixar um homem de verdade te foder?

Bufei, incapaz de me segurar.

— Você gostaria de poder foder como um homem de verdade. Pare de incomodar a mim e a todas as garotas nesta universidade e cresça.

— Já sou crescido. Não ouviu todas aquelas garotas falando sobre como eu as fiz sentir? Não quer isso também? Esses velhos não têm nada a oferecer de qualquer maneira.

Eu não ia falar sobre quão melhor era transar com um homem mais velho, mas não podia deixar seu comentário sobre as garotas passar sem revidar.

— Foi um quinto das garotas que você fodeu que disseram essas coisas, mas o resto está desapontado com o que tiveram que suportar enquanto dormiam com você. Melhore, Cedric, e talvez um dia, o que duvido muito, você tenha uma chance comigo.

E lá estava... eu dando a ele falsas esperanças.

Depois do que eu disse, os olhos de Cedric se encheram de animação e desafio, pensando que poderia realmente me foder em algum momento.

— Isso não acabou — ele falou com um sorriso, mas eu apenas revirei os olhos e me virei para ir para a aula com Kennedy.

— Ele nem olhou para mim — ela sussurrou.

— Ah, não! Você não vai ficar assim por causa dele, Ken! O cara usou você. Esqueça ele. Meu Deus, eu realmente deveria te arranjar um cara que não fica de joguinhos.

Ela arqueou uma sobrancelha.

— Mas você fica de joguinhos com homens o tempo todo.

— Mas também não sou o tipo de garota que é de relacionamentos — eu disse a ela com um suspiro. — Vamos lá. Depois da aula vamos fazer compras e vou encontrar para você alguém que saiba como tratar bem uma mulher.

— E onde você quer encontrar um cara assim? — Kennedy perguntou.

— Não sei. Talvez encontremos alguém que pareça legal.

Ela não era o tipo de garota que gostava de ficar sozinha, e tinha namorado apenas um cara no passado. Seu pai foi rápido em encerrar o relacionamento quando descobriu que ele não tinha pais ricos e era basicamente inútil aos seus olhos.

— E você? Faz tempo que não te vejo com um cara na vida real. Sabe, ninguém além dos da tela do seu notebook — ela disse, mantendo sua voz baixa quando entramos na sala de aula.

— Eu tenho alguém agora — respondi. — É apenas uma questão de tempo até eu vê-lo novamente.

— Você foi fazer compras sem mim? — Della perguntou, fazendo beicinho quando entrei em casa.

Olhei para ela e sorri, me desculpando.

— Foi uma decisão espontânea. Mas eu adoraria fazer compras com você em breve — eu disse a ela.

Somos próximas por muitas coisas, mas gastar dinheiro em roupas era o que mais gostávamos de fazer.

— Quero ver tudo o que comprou depois do jantar. Desça em uma hora, ok, querida?

Assenti com a cabeça e corri para cima para guardar minha mochila com os trabalhos que eu teria que fazer mais tarde, e então peguei cada item que comprei para cortar as etiquetas.

Pena que a maioria dessas roupas nunca seria vista por ninguém, a não ser pelos homens, por meio de uma webcam. Comprei principalmente lingerie, algumas saias e vestidos, e dois suéteres que achei que pareciam confortáveis.

Levantei o sutiã vermelho com calcinha combinando para admirar sua beleza, sabendo que meus homens iriam adorar. Eles não eram exigentes.

Bem, todos menos um.

Daryl sempre queria que eu não usasse nada além de uma camisa branca transparente. Sem roupa íntima, sem brinquedos, nada. Ele tinha quarenta e nove anos e esse sonho recorrente de uma mulher sentada na

cinquenta e seis

frente dele em uma cama, seus mamilos aparecendo através de uma camisa branca e pernas abertas para expor a boceta. Ele não conseguia entender por que isso o excitava tanto, mas porque não era eu quem decidia o que eles queriam ver ou fazer pelo seu dinheiro, eu sempre o assistia esfregar o pau até que gozava sem que eu fizesse muito além de ficar sentada.

Alguns homens eram estranhos, mas... eu também tinha algumas coisas que gostava de fazer antes de atingir um orgasmo que a maioria das pessoas acharia estranho. Mas isso era outra história.

O fato de que só eles me veriam com essa lingerie me chateou, então peguei meu segundo celular e abri o ícone de Riggs, pensando em enviar algumas fotos minhas com as peças.

Eu tinha um pouco de tempo antes do jantar, então larguei o celular e coloquei rapidamente meu novo conjunto de calcinha e sutiã, arrumando meu cabelo. Sentei na frente do grande espelho no closet para tirar algumas fotos. Riggs iria adorar, e provocá-lo poderia fazê-lo reagir como na noite passada.

A excitação cresceu dentro de mim, e depois de tirar umas vinte fotos em posições diferentes, olhei todas e apaguei as que não gostei. Não mostrei meu rosto na maioria delas, principalmente querendo que ele se concentrasse no meu corpo.

Assim que escolhi três que achei boas o suficiente, mandei para ele sem hesitar ou repensar. Um sorriso apareceu em meus lábios, sabendo que Riggs definitivamente ficaria bravo comigo por lhe enviar aquelas imagens. Mas tanto quanto as odiaria, ele definitivamente iria gostar de olhar para elas.

Decidi tomar um banho rápido antes de descer para ajudar Della a arrumar a mesa, e já que deixei meu celular no andar de cima, não tinha como saber se Riggs já tinha visto minhas fotos.

Eu queria que ele me mandasse uma mensagem em resposta. Talvez algum tipo de provocação, mas sendo o cara mal-humorado que era, a única coisa que eu provavelmente receberia dele seria a confirmação de que viu as fotos graças à notificação de visualização.

— Onde meu pai está? — questionei, me perguntando por que ela só colocou dois pratos na mesa.

— Ah, ele está no clube de campo esta noite. Ele não lhe contou?

— Não. O que ele está fazendo lá? Tem algum evento ou algo do tipo?

Della balançou a cabeça, negando.

— É apenas um encontro com alguns de seus amigos. Seu pai também levou Riggs para que ele não ficasse sozinho em casa. Ele mudou no ano passado.

Eu não sabia, já que nunca interagimos muito antes, mas havia uma coisa que eu tinha certeza: ele recebeu as minhas fotos, e o pensamento de Riggs sentado ao lado do meu pai deixou toda a situação mais divertida.

cinquenta e seis

Capítulo onze

Valley

Ele me bloqueou.

Depois que enviei a ele aquelas fotos insanamente sensuais de mim mesma quase uma semana atrás, ele me bloqueou. Não só isso, eu não o vejo desde que ele veio para o jantar.

Estava com raiva dele.

Por que ele me bloquearia depois do que fez comigo naquela noite?

Eu basicamente tive seu pau pressionado contra meu rosto e minhas mãos em seu corpo, mostrando a ele o quanto o queria, e ele teve a audácia de me bloquear?

Se fosse eu fazendo essa merda, ele estaria na minha porta em dois segundos, se vingando de mim com seu comportamento mal-humorado. Mas como foi ele quem me bloqueou, e eu não podia simplesmente aparecer na sua casa no caso de ele estar realmente bravo comigo, passei a semana inteira agradando outros homens, até os fiz se doer por prazer, só para me vingar de Riggs.

Claro que foi algo idiota, já que ele não tinha ideia do que eu fazia no meu tempo livre com todos aqueles caras, mas era bom imaginá-lo pingando cera no peito ou fazê-lo amarrar as bolas e o pau até ficarem azuis.

Caramba, até o pobre do Frank teve que se torturar por mim ontem à noite, fazendo algo que nunca fez antes só porque imaginei que fosse Riggs. Fiz Frank empurrar a ponta de uma escova redonda em seu ânus, testando seus limites, mas rapidamente descobrindo que, depois de toda a dor que suportou, ele realmente havia gostado.

Agora, se eu pudesse fazer Riggs fazer o que eu disse a ele...

Em apenas um pequeno gesto, me bloqueando, ele assumiu o controle novamente sobre mim. No começo, me senti derrotada, pensando que tudo acabaria ali; que ele já teve o suficiente e não queria mais mexer comigo.

Mas Riggs convidou minha família para jantar em sua casa, já que seu irmão estava de volta; e eu não poderia ficar com raiva por muito tempo. Eu o veria esta noite, ele gostando ou não, e poderia contar comigo parecendo uma deusa esta noite. De jeito nenhum eu iria me segurar depois disso.

Ele me chateou o suficiente para me fazer odiá-lo, e esse joguinho que estávamos jogando logo seria ganho por mim.

Saí do armário vestindo uma das saias novas que comprei na segunda-feira, sem calcinha. Sutiã também era desnecessário, porque eu tinha a sorte de meus seios se sustentarem se a camisa fosse apertada o suficiente. Meu pai e Della definitivamente me diriam para vestir algo mais apropriado para o jantar, mas essa roupa parecia boa, e definitivamente faria Riggs repensar sobre me bloquear.

Meu celular estava na posição vertical e contra o travesseiro na cama, com Kennedy na tela fazendo seus trabalhos e esperando que eu mostrasse a roupa de hoje à noite.

— O que você acha? — perguntei, olhando para mim mesma no pequeno retângulo no canto da tela, então observando sua reação quando levantou o olhar do livro.

Primeiro Kennedy franziu o cenho, depois inclinou a cabeça e tensionou os cantos da boca para baixo.

— Mesmo que essa saia seja bem curta... você não parece um piriguete.

Olhei para mim mesma, pensando que, de qualquer maneira, piriguete não era o que eu estava querendo parecer.

— Parece que você está indo para uma reunião de negócios, mas vai acabar em um bar com todos os caras ricos desta cidade — ela acrescentou.

Ótimo.

— E eu adoro esse suéter. Gola alta cai bem em você.

Sorri e ajustei minha a saia na cintura.

— Obrigada. E os meus sapatos? — insisti, levantando o pé direito para mostrar a ela outro par de tênis branco com um pouco de plataforma na sola.

— Eu gosto desse visual de colegial. Tenho certeza de que Riggs também.

Suspirei, de repente me sentindo insegura sobre tudo.

— Falta de confiança? — Kennedy questionou, com uma sobrancelha arqueada e um sorriso presunçoso no rosto. — Qual é, Valley. Ele já te bloqueou, e isso deve ser um bom sinal. Qual é a pior coisa que poderia acontecer?

— Ele me estrangular, mas não em um ato de asfixia — murmurei.

— Você realmente acha que ele está tão bravo assim?

Dei de ombros.

— Eu não o conheço assim *tão* bem para saber o que ele está pensando. Só sei o quão duro Riggs pode ser. Ele não se conteve naquela noite, mas acho que ficou um pouco surpreso com meu próprio comportamento.

— Bem, ele não vai te matar, isso é certo. Pelo menos não com seu pai por perto — Kennedy brincou.

Revirei os olhos e sentei na cama, então peguei o celular para segurá-lo na frente do meu rosto.

— Preciso ir. Depois te conto como foi tudo.

— Ok, aproveite sua noite — ela falou, sorrindo.

Nos despedimos e desligamos, então rapidamente coloquei um pouco de rímel e blush para completar meu visual de colegial, como Kennedy chamava.

Eu estava incrível, não havia como negar.

Mas estava começando a me sentir um pouco nervosa, o que não era normal para mim. Respirei fundo algumas vezes antes de descer as escadas, onde meu pai já estava sentado no sofá, vestido e pronto para sair.

— Você está bonito esta noite — falei para ele, sentando na poltrona ao lado do sofá.

Ele ergueu os olhos de seu tablet, me olhando atentamente antes de voltar para a tela.

— Você não vai sentir frio com essa saia? — perguntou, notando minhas pernas mais uma vez expostas.

— Vamos ficar dentro de casa, não?

Ele deu de ombros, tocando algumas vezes na tela antes de colocar o tablet ao seu lado.

— O irmão de Riggs estará lá. Por favor, não faça comentários sobre ele.

— Hã? — Arqueei uma sobrancelha.

— Só... não diga nada ofensivo ou qualquer coisa do tipo. Você disse algumas coisas na presença de Riggs que não achei muito apropriadas para a mesa de jantar.

Levei a mão aos lábios e fiz um gesto para fechar a boca e depois jogar a chave fora. Eu poderia ficar quieta pelo menos uma vez. Talvez provocar Riggs apenas com os olhos e, de qualquer maneira, minha roupa seria suficiente para chamar sua atenção.

— Estou pronta. Desculpem, demorei muito, mas este vestido simplesmente não queria cair direito — Della falou, suspirando e puxando seu vestido vermelho-escuro.

— Você está linda — disse a ela com um sorriso.

— Ah, obrigada, querida. Estamos prontos para ir?

— Sim. Deixe-me pegar a garrafa de champanhe — meu pai avisou, se levantando do sofá e voltando para a cozinha enquanto Della e eu nos dirigíamos para a porta da frente.

— Você não ficar com fri…

— Não, não vou — respondi, sem ela ter que terminar a frase.

Se mais alguém me perguntasse se eu iria ficar com frio, eu perderia a cabeça.

— É uma saia nova? — Della perguntou, mudando de assunto, mas ainda soando um pouco crítica.

— Sim. Bonita, não?

— Muito.

Entramos no carro assim que meu pai voltou com a garrafa de champanhe. Ele me entregou, e partimos para a casa de Riggs.

Eu ainda podia conter minha excitação, enquanto o nervosismo estava aumentando como nunca antes. Não era a maneira que eu estava vestida que me fazia sentir assim, era mais a sua reação, e me ver depois de me bloquear.

Claro, eu estava chateada, mas se ele pensou que isso me faria parar, estava enganado. Eu só jogaria com mais afinco, e ainda mais sujo.

Pronto ou não, Riggs… aqui vou eu.

Chegamos depois de alguns minutos à casa, localizada a uma curta distância de carro do centro da cidade, em uma pequena colina. Esta área era um pouco mais tranquila, com muitas famílias morando perto, mas todas cercadas por grandes árvores, separando-as e garantindo privacidade.

Eu gostava de onde Riggs morava, mas essa era uma das poucas razões para vir aqui. Eu poderia facilmente aparecer sem avisar, surpreendendo-o com nada além de lingerie por baixo de um casaco comprido, mas depois do que ele fez, me bloqueando, certamente não gostaria que isso acontecesse.

Meu coração começou a bater mais rápido quando saí do carro com meu pai e Della, indo em direção à grande porta da frente. Todas as luzes estavam acesas e era fácil ver o que havia dentro de sua casa, mas apenas se você ficasse bem na frente dela.

Eu sabia que ele tinha uma ótima vista do outro lado da casa, onde havia um penhasco íngreme logo abaixo. Só me lembrava do interior de sua residência porque já estivemos aqui uma vez para algum tipo de festa. Não tenho certeza se era um dos aniversários dele, mas eu ainda era pequena, e mesmo naquela época eu não cruzava muito seu caminho.

Riggs estava sempre em segundo plano, mas meu pai falava muito sobre ele e muitas vezes passavam um tempo juntos. Fora isso, o homem não era realmente uma presença constante em grande parte da minha vida.

Até agora.

Deixei meu celular no carro porque odiava carregá-lo o tempo todo e, já que iríamos jantar, não havia necessidade de usá-lo esta noite. Eu também não levei uma bolsa comigo, pois não gostava muito.

— Comporte-se — meu pai murmurou, quando Della apertou a campainha, e eu olhei para ele com o cenho franzido, questionando seu pedido.

— Eu sempre me comporto — respondi, quando a porta se abriu.

— Andrew, que bom ver você de novo — Riggs cumprimentou em sua típica voz baixa, embora não tivesse aquele tom rouco de sempre quando falava comigo.

Acho que esse jeito era reservado apenas para mim.

— Obrigado por nos convidar. Trouxe uma coisa para você — meu pai comentou, apontando para a garrafa de champanhe que Della estava segurando.

— Obrigado, esse é o meu favorito — Riggs afirmou, com um aceno de cabeça. — Bom te ver de novo também, Della. Você está linda — Riggs disse a ela, beijando suas bochechas da mesma maneira que fez naquela primeira noite em que o encontramos depois de mais de um ano. — Por favor, entrem. Preparei alguns aperitivos. O jantar está no forno e estará pronto em breve — explicou, e quando meu pai e Della entraram, Riggs se voltou para mim e seu olhar imediatamente escureceu.

Senti vontade de sorrir por simples despeito, mas o pensamento dele me bloquear me impediu de fazer exatamente isso.

— Valley — ele murmurou, provavelmente esperando que eu apenas o cumprimentasse e seguisse meu pai e Della até a sala de estar.

— Olá, Riggs — respondi, me aproximando e envolvendo os braços ao redor de seu pescoço para abraçá-lo, pressionando o pequeno corpo contra ele.

Riggs ficou imediatamente tenso, e quando percebeu que eu não iria soltá-lo a menos que me abraçasse de volta, colocou um braço em volta das minhas costas, não hesitando em colocar a mão na minha bunda.

— Você é descuidada — ele rosnou, aumentando seu aperto e me fazendo pressionar meus quadris contra sua virilha com mais força.

Della e meu pai estavam fora de vista e, como Riggs se mostrou inesperadamente ousado, pensei em entrar no jogo.

— Você gostou delas — pontuei, referindo-me às fotos.

Movi uma mão para a parte de trás de sua cabeça, sentindo seu cabelo ondulado, escuro e grisalho entre os dedos, enquanto virava a cabeça para pressionar os lábios contra seu pescoço.

— Eu bloqueei você por uma boa razão — ele rosnou, dando um último aperto, quase doloroso, na minha bunda, antes de me afastar de si com as duas mãos em meus ombros. — Eu disse a você não brincar comigo, Valley. Aquele aviso não foi suficiente?

Franzi os lábios para não sorrir, passando as mãos ao longo da saia para endireitá-la.

— Não me pareceu um aviso.

— Entre — ele falou, com os dentes cerrados, não querendo me ouvir mais.

Engoli uma risada e soltei um suspiro pesado. Quando passei por ele, deixei minha mão roçar sua coxa e recebi um olhar irritado.

Puxa... alguém está mal-humorado esta noite.

Eu o ouvi me seguir até a sala de estar, mas tive que parar no batente da porta quando vi o homem que supostamente era irmão de Riggs. Meu pai e madrasta estavam conversando com ele, se apresentando e já rindo de alguma coisa.

Poderia realmente ser...?

Não mesmo.

Ele disse que morava no Canadá. Isso não é nem perto de Nevada.

Eu fiquei parada, com os olhos colados no irmão de Riggs, e por mais estranho que isso pudesse se tornar, eu estava me sentindo divertida com o que estava acontecendo.

— Não se meta com ele — Riggs rosnou, quando passou por mim.

— Tarde demais — murmurei baixinho, sorrindo ao ver Garett ali.

Que incrível coincidência, pensei.

Esta noite não poderia ficar melhor.

Eu me aproximei deles, e quando Garett me notou, ele deu um sorriso amigável e estendeu a mão.

— Você deve ser Valley. Meu nome é Marcus — ele se apresentou, me fazendo arquear uma sobrancelha para o que eu imaginava ser seu nome real.

— Prazer em conhecê-lo, Marcus — respondi, apertando sua mão e olhando em seus olhos.

Ele era mais alto do que eu imaginava, mas, de novo... eu só o via na tela do meu notebook. A outra coisa estranha era que ele e Riggs não tinham nenhuma semelhança.

Claro, ambos eram muito altos, mas Riggs tinha uma estrutura larga e bem encorpada, enquanto Garett — ahm, Marcus — não tinha muitos músculos. O rosto de Riggs também era mais anguloso, com um nariz não muito reto que deve ter quebrado algumas vezes na vida.

Mas Garett, merda... ah, caramba. Ele era Garett para mim.

O nariz dele era muito menor, mais reto e um pouco arrebitado na ponta. Agora que ele estava bem na minha frente, não parecia mais tão atraente, mas ainda era o mesmo que bebia sua própria urina na frente dos meus olhos.

Ainda bem que ele não sabia como eu era, ou então teria me reconhecido no segundo em que me viu.

— Marcus acabou de chegar aqui do Novo México. Você sempre quis ir para lá, não é? — Della me perguntou, com um sorriso.

Então ele mentiu para mim sobre estar no Canadá. Ou ele poderia estar mentindo sobre de onde veio. De qualquer forma, isso realmente não importava, desde que ele não soubesse que eu era a suposta jovem de vinte anos que ele pagava para sentar nua na frente de uma webcam.

— Eu adoraria ir para o Novo México algum dia. Como é lá? — questionei, dando uma rápida olhada em Riggs, que estava com seu copo na mão e uma sobrancelha erguida, com uma expressão mal-humorada.

— É lindo. Vale a viagem — ele me disse com um sorriso.

É, esse cara definitivamente não era quem fingia ser. Então, de novo... eu não era quem realmente era.

Capítulo doze

Riggs

Sua atenção estava voltada para o meu maldito irmão.

Depois de bloqueá-la e torcer para não ter que vê-la novamente usando aquela porra de lingerie, cometi o erro fatal de convidar sua família para jantar por causa da chegada de Marcus.

E a pior coisa disso tudo? Ela não estava usando a porra de um sutiã.

Seus mamilos praticamente faziam buracos no tecido de seu suéter justo, e a visão me fez pensar se ela também não estava usando nada por baixo da saia.

A quem eu estava enganando?

Aquela garota não tinha limites, então por que ela só se livraria do sutiã?

E o jeito que me cumprimentou na porta… eu queria bater nela ali mesmo. Empurrá-la contra a parede e lhe ensinar outra lição. Não que ela tenha aprendido alguma coisa com a primeira, de qualquer maneira.

Ela agiu toda inocente e imperturbável em torno do meu irmão, mas eu não tinha terminado com ela ainda. Apertar sua bunda e sentir seus seios pressionados contra meu peito não era suficiente, e no momento em que eu a tivesse para mim esta noite, mesmo que apenas por alguns segundos, mostraria a ela quanta raiva eu fiquei por causa daquelas fotos que ela enviou sem que eu as tivesse pedido.

Ela sabia exatamente o que fazia, quão gostosa era, mas só porque eu posso ter me masturbado e gozado enquanto olhava para aquelas fotos, não significa que eu a deixaria escapar sem mais nem menos. Valley estava brincando comigo, e embora tenha lhe dito que ela não estava preparada para esse tipo de coisa, eu não poderia me afastar como um adulto.

Durante todo o jantar, Valley conversou com Marcus sobre isso e aquilo, mencionando como estava indo bem na faculdade e quais eram seus planos para o futuro. Tudo isso enquanto seu pai e madrasta me faziam milhares de perguntas sobre meu passado como piloto da Força Aérea ou minha situação atual de aposentado. Eles já sabiam muito sobre a minha vida, e para mudar um pouco as coisas, inverti as perguntas para fazê-los falar um pouco mais e me deixar ficar quieto pelo menos uma vez.

Valley estava focada em Marcus, e eles pareciam ter se dando bem em tão pouco tempo. Não que isso me incomodasse, mas do jeito que Valley era, eu esperava que ela não tentasse chegar muito perto dele.

— Alguém quer uma sobremesa? — perguntei para interromper a conversa de Valley e Marcus sobre biologia. Ambos pareciam gostar muito de corpos humanos, o que não era uma surpresa vindo de uma garota sexualmente motivada como ela e um homem solteiro de quase cinquenta anos.

— Eu adoraria algo doce depois deste jantar delicioso. Não sabia que você cozinhava tão bem, Riggs — Della comentou, com um sorriso.

— É algo que sempre gostei de fazer — respondi, me levantando da mesa e voltando para a cozinha com os pratos vazios.

Apenas mais algumas horas e eu poderia finalmente parar de ficar tão tenso. Tive que tentar manter meus olhos longe de Valley enquanto ela empinava os seios praticamente no rosto do meu irmão. Ela estava tentando provocá-lo, mas, surpreendentemente, Marcus não reagiu. Talvez ele soubesse que não deveria ir atrás de uma jovem de dezoito anos cujos pais estavam sentados bem ao lado deles.

Pelo menos meu irmão tinha autocontrole, diferente de mim.

Era quase onze horas, e os Bentleys ainda estavam na minha casa.

Expulsá-los era errado, mas, para minha sorte, Della disse ao marido que, depois de voltar do banheiro, queria ir para casa e dormir.

Que bom.

Eles poderiam levar Valley com eles e trancá-la em seu maldito quarto para que ela não pudesse mais mostrar seu corpo para ninguém. Por que ela tinha que ser tão gostosa?

— Vamos nos despedir, Valley. Della já estará de volta — Andrew disse à sua filha, mas, quando levantou o olhar do livro que estava estudando, com Marcus sentado ao seu lado, ela franziu o cenho e fez beicinho.

Ela não estava pronta para ir embora.

— Marcus e eu estamos conversando sobre algo que estou aprendendo na faculdade. Ele sabe muito sobre organismos vivos e também é muito bom em química. Você sabe que essa é a única matéria que tenho problemas.

— Você tem um oito em Química, Valley. Eu já disse que não tem problema em ter uma nota imperfeita.

Valley inclinou a cabeça para o lado e deu de ombros.

— Mas eu quero uma ainda melhor. Talvez Marcus possa me ensinar coisas que ainda não sei. Não estou cansada, e tenho certeza que um deles pode me levar para casa mais tarde — insistiu, fazendo meu sangue ferver em um segundo.

Fechei as mãos em punhos e prendi a respiração para esperar a resposta de Andrew, tentando não dar um olhar furioso para Valley.

— Acho que deixar você ficar para estudar não é uma coisa tão ruim. Afinal, não há mais muitos jovens que queiram se sentar e estudar por vontade própria — respondeu com uma risada.

— Obrigada, pai! — Valley sorriu alegremente para ele.

Naquele momento, eu não tinha certeza se ela estava apenas tentando mexer comigo, ou se estava realmente falando sério.

De qualquer forma, eu a queria fora da minha casa, mas expulsá-la bem na frente do seu pai não ia dar certo. Eu também não tinha uma desculpa, porque era Marcus quem teria que lhe fazer companhia. E desta forma eu poderia ter certeza de que eles não fariam algo idiota. Como beijar. Ou foder. Era isso que eu queria fazer com ela.

— Leve-a para casa à meia-noite, ok? — Andrew falou para mim.

Eu não podia dizer não, então assenti com a cabeça e dei uma olhada rápida em Valley antes de Della voltar.

— Você vem, Val? — perguntou.

— Ela vai ficar mais um pouco para estudar. Marcus sabe algumas coisas sobre biologia e todas essas coisas.

— Ah, sim? Você estudou sobre isso? — indagou, surpresa.

Marcus se virou para olhar para Della e assentiu.

— Sempre gostei dessa matéria. Se eu tivesse um pouco mais de controle sobre minha vida quando tinha a idade de Valley, poderia ter me tornado um professor.

Você era um maldito preguiçoso, pensei, tirando os olhos de Valley novamente.

— Ah, nunca é tarde demais, sabe? Vejo você novamente em breve, Marcus. Foi bom finalmente conhecê-lo.

— Igualmente, Della. Boa noite — Marcus falou, acenando para Andrew. Ambos estavam desempenhando um papel esta noite, e eu não tinha certeza se eles sabiam disso.

Acompanhei o casal até a porta da frente e agradeci por terem vindo, e depois de me despedir, respirei fundo antes de voltar para a sala onde Valley e Marcus estavam sentados próximos um do outro com o livro que ele pegou do quarto de visitas. Não tenho certeza por que ele tinha aquele livro, mas ele trouxe mais coisas do que o necessário do Novo México. Acho que ele planejava ficar um pouco mais do que eu esperava.

Enquanto eles conversavam sobre coisas que eu não entendia muito, fui até a cozinha e me servi um copo de uísque, precisando de algo forte e puro.

Palavras com as quais descreveria Valley se não estivesse com raiva. Ela me deixava louco e sabia muito bem disso. Mas em vez de me poupar de ainda mais ódio, ela continuou a forçar meus limites de todas as formas possíveis.

Tomei longos goles da minha bebida e servi um pouco mais no copo para voltar à sala. Sentei no sofá do outro lado da mesa de centro e os observei lerem outra página do livro, murmurando coisas e apontando para certas partes de um parágrafo.

— Que dupla de nerds — murmurei, incapaz de segurar as palavras.

Valley olhou para mim imediatamente com uma sobrancelha arqueada, e a expressão séria em seu rosto não era muito uma prova de que ela realmente gostava de ficar sentada em uma noite de sexta-feira com um maldito livro de biologia no colo. Ela não me enganava do jeito que estava enganando Marcus.

— Você não está sendo um anfitrião muito amigável esta noite, Riggs. Minha presença está incomodando tanto assim? — ela perguntou, soando quase como uma criança perdida pedindo a um funcionário de uma loja para ajudar a encontrar a mãe.

— Não — respondi, indiferente, desejando poder arrastá-la pelo cabelo para o andar de cima. Ela sabia exatamente o que estava fazendo, e eu tinha que admitir... ela era boa nisso.

— Ah, qual é, cara. De qualquer maneira, isso não vai demorar muito. Estou cansado, e você pode levá-la para casa em meia hora — Marcus garantiu.

Olhei para ele por um tempo, depois para Valley, antes de me recostar e tomar outro gole do meu uísque.

— Continuem.

Meia hora passou rápido e, como prometido, Marcus se levantou do sofá e se despediu de Valley apertando sua mão educadamente antes de subir as escadas, onde ficavam os quartos de visitas.

O último andar da minha casa não era muito habitado, já que meu quarto ficava no final do corredor. Eu disse a Marcus que ele poderia ficar lá em cima e usar qualquer um que precisasse, mas ele também teria que cuidar da limpeza.

Observei Valley se levantar do sofá e, enquanto ela ajeitava o cabelo para trás para prendê-lo atrás da orelha, tive que deixar meus olhos vagarem por seu corpo.

Sua cintura era tão pequena, fazendo seus seios e bunda parecerem ainda maiores do que já eram. Eu gostava de mulheres de todas as formas e tamanhos, mas Valley era diferente, com suas curvas e pernas compridas.

— Acho que agora você vai me levar para casa — comentou, arqueando a sobrancelha de uma forma quase desafiadora.

— Acho que sim.

Também me levantei e coloquei o copo na mesa para segui-la para fora da sala. Mas antes que ela pudesse chegar à porta da frente, eu não podia simplesmente deixá-la ir sem lhe mostrar como aquelas fotos me faziam sentir.

Estendi a mão ao redor dela para envolver meus dedos em seu pescoço com força, puxando-a de costas contra mim e minha outra mão espalmada em sua barriga. Inclinando sua cabeça para trás, me aproximei para sussurrar em seu ouvido.

— Não pense que vou deixar você ir embora sem sofrer as consequências depois daquelas malditas fotos que me enviou. — Eu rosnei, minha voz mais baixa do que nunca e fazendo meu peito vibrar.

cinquenta e seis

Sua respiração ficou arfante, mas, assim como da última vez, seu rosto estava relaxado; ela parecia satisfeita e excitada.

Maldita.

— Estou tentando lhe ensinar uma maldita lição, mas tudo que você faz é não levar a sério. Acho que vou ter que ser mais duro com você, não?

E a pequena diabinha assentiu.

Soltei uma risada áspera.

— Porra, novinha. Você não está com medo do que vai acontecer, está?

Meus dedos apertaram sua garganta com força, e vi o leve pânico em seu rosto quando ela não conseguia mais respirar. Mas mesmo isso fez seu corpo relaxar cada vez mais, me fazendo pensar que não havia nada para o que ela não estivesse pronta.

Sem dizer mais nada, comecei a andar pelo corredor até o quarto, que felizmente estava escondido e, portanto, à prova de som do resto da casa. Ela foi de boa vontade, seus passos confiantes.

Quando entramos, afrouxei o aperto em torno de seu pescoço para ter certeza de que não iria realmente sufocá-la, mas no segundo que fiz isso, ela se virou para mim com um sorriso diabólico.

— Você vai me punir agora? — perguntou, com uma voz angelical, contradizendo sua expressão facial.

Senti meu pau endurecer, querendo sair da calça e deixá-la brincar com ele pelo resto da noite. Mas tanto quanto eu queria isso, eu não podia deixá-la assumir o controle sobre mim desta vez. Era a minha vez e, depois, queria manter tal domínio.

— De joelhos — ordenei, e sem hesitação, ela ficou de joelhos e lambeu os lábios lentamente.

— Você vai me deixar brincar com seu pau, daddy?

— Não me chame assim sem minha permissão — rosnei, estendendo a mão para segurar sua mandíbula com força. — Mantenha sua maldita boca fechada.

Assim ela o fez, e a excitação em seus olhos ficou maior.

Essa coisa de "daddy" não era a minha praia, mas o jeito como Valley disse essa palavra fez meu pau estremecer.

— Abra — ordenei, meu polegar em seu lábio inferior. — Eu disse para abrir!

Ela estava começando a aprender a não mexer comigo enquanto estava de joelhos, e quando ela abriu os lábios, empurrei meu polegar dentro de sua boca para molhá-lo antes de tirá-lo e colocar três dedos para esfregar contra sua língua.

— Coloque essa língua para fora, baby.

Baby.

Nunca tinha chamado ninguém assim, mas combinava com Valley.

Esfreguei os dedos contra sua língua para molhá-los e, ao fazer isso, desabotoei a calça com a outra mão.

— Vamos ver o quanto você pode realmente aguentar. Acha que pode lidar comigo? Já esteve com alguém da minha idade?

Ela balançou a cabeça, mas algo me disse que já havia experimentado algo com um homem muito mais velho antes. Talvez ela ainda não tenha deixado alguém da minha idade fodê-la, mas eu tinha certeza que os provocava tanto quanto a mim.

E pensar nela como uma virgem era muito errado, embora eu fosse adorar ser o único a romper aquela barreira dentro de sua bocetinha.

Quando meu pau estava para fora, comecei a me masturbar com o rosto dela bem ali na frente dele, e tirei os três dedos de sua boca, esfregando sua própria saliva em seu lindo rosto.

Ela gostou, fechando os olhos por um segundo antes de olhar de volta para os meus com uma expressão lasciva.

— Se recoste na cama — ordenei, e no segundo em que a parte de trás de sua cabeça encostou lá, enfiei meu pau na sua boca sem aviso prévio.

Ela engasgou quando a cabeça atingiu a parte de trás de sua garganta, e eu o mantive dentro de sua boca por mais alguns segundos até que ela começou a mover a cabeça.

— Não tão confiante assim, hein? Merda, baby. Você tem o olho maior que a barriga — eu disse com um sorriso.

Seu rosto começou a ficar vermelho, mas em vez de deixá-la respirar, eu enfiei meu pau ainda mais em sua boca, puxando seu cabelo no topo de sua cabeça e segurando sua mandíbula novamente para mantê-la no lugar.

Ficou claro que ela não estava esperando isso de mim, e quanto mais ela lutava, mais tempo eu manteria meu pau no fundo de sua garganta.

Capítulo treze

Valley

Todas as coisas que desejei que aqueles homens fizessem comigo estavam acontecendo graças a Riggs, que estava sendo mais do que apenas rude comigo.

Ele estava me torturando da melhor maneira possível, mantendo seu pau bem fundo na minha garganta sem me deixar respirar ou me afastar dele. Isso era algo que me excitava muito, então enquanto ele me impedia de respirar, abaixei a mão para debaixo da minha saia para esfregar minha boceta e intensificar o que eu estava sentindo.

Meus olhos estavam nos dele, arregalados e lacrimejantes enquanto eu tentava o meu melhor para não perder a consciência. Sempre fui boa em prender a respiração por muito tempo debaixo d'água, mas até este momento nunca tive a sorte de mostrar meu talento com um pau grosso e comprido na boca. Era emocionante saber que ele estava fazendo isso para se vingar de mim por ter enviado aquelas fotos, e quanto mais ele rosnava baixinho e empurrava mais fundo na minha boca, mais toda essa situação me excitava.

— Ainda não desistiu? — ele desafiou, e balancei a cabeça o máximo possível para negar, porque ele ainda estava me segurando e pressionando contra a cama. — Você vai precisar de ar mais cedo ou mais tarde. — Riggs sorriu, movendo os quadris mais uma vez quando a saliva começou a escorrer da minha boca.

Um gemido alto ecoou pelo seu peito quando finalmente se afastou, fios da minha saliva se estendendo da minha boca até o seu pau e pingando no meu colo, enquanto eu continuava a esfregar meu clitóris.

Respirei fundo agora que tive a chance, mas depois de um tapa rápido na minha bochecha, ele inclinou minha cabeça para trás, contra a cama, e empurrou seu pau duro de volta na minha boca.

— Porra, baby. Você fica linda pra caralho com meu pau nessa sua boquinha. Acho que ficaria ainda melhor com ele dentro da sua boceta apertada — Riggs rosnou, agora empurrando lentamente para dentro e para fora da minha boca.

Mantive os olhos nos dele, minha boca fechada em volta do seu comprimento e minha língua girando em torno da cabeça toda vez que ele se afastava.

Sua excitação já tinha gotejado na minha língua, me dando uma noção do seu sabor, enquanto ele mantinha o controle sobre mim.

— Tire essa mão da sua boceta, Valley — ordenou, quando notou como eu movia meus quadris contra a mão, mas eu já estava sentindo o orgasmo crescendo dentro de mim, e não queria parar. — Eu disse: tire a porra da mão da sua boceta!

Mas antes que eu pudesse ouvi-lo e fazer o que disse, Riggs tirou o pau da minha boca, me agarrou pelo cabelo com as mãos em punhos e me puxou para cima para me virar e me empurrar na cama com minhas pernas penduradas na borda do colchão.

Um tapa alto, e então uma sensação de ardência se espalhou pela minha bunda quando ele empurrou minha cabeça contra o colchão.

— Falei que estamos jogando pelas minhas regras, e se você não me ouvir, vou punir você — avisou, com sua voz grave.

Mordi o lábio inferior e movi as mãos para levantar um pouco mais a saia, para mostrar a ele o quão molhada essa curta, mas muito intensa interação me deixou. Com as pernas abertas, eu podia ouvi-lo murmurar algo baixinho, olhando diretamente para minha boceta exposta.

— Você vai brincar com minha boceta, então? — perguntei, minha voz rouca, mas cheia de confiança e excitação.

Sua mão apertou o meu cabelo, e como eu não podia ver o que ele estava fazendo atrás de mim, esperei pacientemente que reagisse ao que eu disse. O suspense estava me matando, e meu clitóris latejava, precisando de atenção.

Então, outro tapa alto, fazendo minha nádega direita arder novamente. Eu gemi, incapaz de abafar a maneira que me fazia sentir, e enquanto eu lentamente me recuperava, Riggs me deu mais um tapa antes de soltar o meu cabelo, segurando meus pulsos atrás das costas com uma das mão e, com a outra, abrindo ainda mais as minhas pernas. Ele não disse nenhuma palavra sobre quais eram suas intenções, mas quando senti sua barba fazer cócegas na minha pele, eu sabia exatamente o que estava por vir.

Senti a saliva escorrer entre as minhas dobras, e logo depois, sua língua lambeu todo o caminho do meu clitóris até o meu ânus.

Meu corpo estremeceu, querendo que ele provasse mais de mim. Mexi minha bunda para mostrar que queria que ele fizesse isso de novo, mas Riggs se levantou e colocou a mão nela para apertá-la com força.

— Eu não vou te foder esta noite. Você não merece. Mas você vai me fazer gozar. Vire.

Ele soltou meus pulsos e eu lentamente me virei para sentar na frente dele, com seu pau ereto bem frente do meu rosto. Levantei as mãos para fechar os dedos em torno de seu eixo, mas Riggs as afastou com uma expressão profunda e zangada.

— Eu disse para você tocar na porra do meu pau? — perguntou.

— Não, daddy — escapou, mas a maneira como ele agiu só me fez querer chamá-lo assim.

Foi um erro, porém; ele deu um tapa na minha bochecha de novo, desta vez um pouco mais forte e rapidamente segurando minha mandíbula para evitar perder o contato visual.

— Eu lhe dei permissão? — Riggs questionou, sua voz sombria e provocante.

Balancei a cabeça e não consegui evitar um sorriso.

— Não.

— Então por que você continua a forçar meus limites e fazer as coisas que eu disse para não fazer?

— Porque eu sei o quanto odeia a maneira que eu o provoco. Você me quer — ronronei, e minha resposta resultou nele colocando os dedos de volta na minha boca, empurrando minha língua para baixo e indo o mais fundo possível na minha garganta.

— Vou tomar o que eu quero, quando quero. Não preciso que essa sua boca safada peça. Sei que quer meu pau dentro da sua boceta, mas você não merece assim tão facilmente.

Seus dedos empurraram ainda mais em minha boca, me fazendo engasgar e fechar os olhos por um momento antes de tirá-los novamente. Eles estavam molhados, e Riggs estendeu a mão entre minhas pernas e esfregou minha própria saliva por toda a minha boceta, molhando ainda mais.

— Porra, baby. É assim que eu faço você se sentir? Você tem o gosto de uma putinha. Doce demais para o seu próprio bem — ele rosnou, e sem nenhum aviso, enfiou dois dedos na minha boceta. — Você quer que eu foda este buraco apertado, não é? Pena que não vou fazer o que você quer. Eu disse que iria acabar com você, Val, mas vou me segurar. Você não está pronta para mim, novinha.

Gemi quando ele moveu mais rápido os dedos na minha boceta, enfiando-os em mim com mais força e mais rápido até que eu tive que inclinar a cabeça para trás e fechar os olhos para aproveitar a sensação.

Sua outra mão voltou a agarrar o meu cabelo, me fazendo olhar para ele e ver como seus olhos ficaram mais escuros.

Riggs não estava mais jogando.

Ele estava falando sério, mas, em vez de ficar intimidada, eu queria mais. Muito mais.

— Continue apertando meus dedos com essa bocetinha. É isso o que você vai fazer quando meu pau estiver aí dentro? Me provocar como uma putinha? — ele rosnou.

Riggs me chamando de putinha só intensificava a maneira como eu me sentia, então assenti.

— Me fode — implorei, movendo os quadris contra sua mão, enquanto ele continuava a me masturbar.

— Mantenha essa boca fechada — ele grunhiu em resposta, e assim como eu esperava, afastou os dedos para cortar o meu orgasmo.

Idiota.

Ele levantou a mão, com os dedos cobertos em meus próprios fluidos, e então os levou à minha boca, mas não disse nada. Em vez disso, olhou para mim com uma expressão desafiadora e eu, de imediato, fiz exatamente o que ele queria que eu fizesse.

Envolvi os lábios em torno de seus dedos, mantendo meus olhos nos dele e lambendo cada gota de seus dedos.

— Porra… — ele murmurou, de repente afrouxando o aperto no meu cabelo para desfrutar plenamente me vendo lamber seus dedos. — Você gosta disso, hein? Sua novinha safada… — Riggs murmurou, usando a mão esquerda para acariciar o pau.

Quando terminei de me provar em seus dedos, o que não era novidade para mim, ele se aproximou para me deixar envolver meus lábios em torno de seu eixo.

— Me mostre o que você pode fazer com essa boquinha, baby — ele ordenou, e como tinha se acalmado um pouco, usei esse momento para colocar as mãos na base de seu pau e começar a chupá-lo.

cinquenta e seis

Riggs me observou atentamente, franzindo o cenho de vez em quando e suas mãos segurando cada lado da minha cabeça enquanto eu a movia para frente e para trás. Seu pau era realmente como nenhum outro, grosso, comprido e todo cheio de veias.

Apesar da sua idade, cada parte de seu corpo se assemelhava a uma pessoa de trinta anos, em vez de quase sessenta. Definitivamente valeu a pena todo o tempo que passou malhando.

— Puta merda — ele gemeu, apertando levemente o meu cabelo, mas ainda não me mostrando seu lado rude.

Ele queria ver o que eu podia fazer com minha boca, mas depois de um tempo apenas chupando, eu queria apimentar um pouco as coisas. Movi minha mão direita da base de seu pau para suas bolas, apertando-as, seu comprimento estremecendo.

Não havia nenhum homem que não gostasse de brincar com suas bolas, pelo menos nenhum dos que tive o prazer de interagir virtualmente, mas também na vida real.

Lentamente, Riggs estava me deixando assumir o controle novamente, mas assim que movi os dedos para seu ânus, provocando e tocando, ele puxou meu cabelo, fazendo minha cabeça inclinar para trás. Seu pau saiu da minha boca, e a raiva em seus olhos estava de volta.

— Se concentre no meu maldito pau, Val — ele sussurrou, me fazendo pensar que eu tinha encontrado um lugar em seu corpo para usar para deixá-lo com raiva. Riggs gostou que eu rocei ao longo da borda de seu ânus com a ponta do dedo, ele só não queria admitir isso. — Há tanta merda que você ainda tem que aprender, baby — rosnou, deixando escapar uma risada áspera. — Me faça gozar — ordenou. — E mantenha essas malditas mãos no meu pau.

Eu definitivamente não diria não a isso, mas esperava que um dia pudéssemos fazer algo a mais.

Meus lábios estavam novamente em torno de seu membro, mas em vez de me deixar assumir, ele segurou minha cabeça no lugar e começou a estocar rápido em minha boca, batendo na parte de trás da minha garganta.

— Olhe para mim — Riggs ordenou, e levantei o olhar, enquanto o deixava foder minha boca com força, engasgando quando ele inesperadamente empurrou muito fundo. Saliva escorria no meu colo, e como ele não queria que eu me tocasse, comecei a esfregar o clitóris contra sua coxa. — Você não me ouviu, não é? Você nunca me escuta — ele rosnou, estocando mais forte do que antes.

Senti seu corpo ficar tenso, e assim como ele disse, não o escutei e movi os dedos para minha boceta para molhá-los, então os coloquei de volta em seu ânus e enfiei um dedo dentro de seu buraco apertado, com ele se movendo lentamente, cada vez mais perto de seu orgasmo.

— AAAH! — Seu corpo ficou ainda mais tenso, mas quando ele começou a perder o controle sobre o próprio corpo, estocando seu pau ainda mais fundo na minha garganta, comecei a mover o dedo para estimulá-lo ainda mais.

Senti o gosto do seu gozo quando um orgasmo explodiu, e para tornar as coisas difíceis para mim, ele manteve minha cabeça ali enquanto eu não tinha outra opção a não ser engolir tudo.

— Porraaaaa!

Eu esperava que seus gemidos altos não tenham sido ouvidos no andar de cima, onde Garett estava hospedado, mas mesmo se tivessem sido... Eu não teria me importado com ele assistindo ou mesmo entrando na diversão, sabendo que ele tinha muitos fetiches que eu queria experimentar na vida real um dia. Talvez Riggs me deixasse fazer isso, mas do jeito que ele agiu esta noite, tão rude e mandão, não acho que me deixaria vê-lo esfregar o próprio gozo em sua pele ou até mesmo prová-lo.

Mantive meus olhos abertos, enquanto ele lentamente voltava do que parecia ser um orgasmo intenso e incrível, e quando tirou o pau da minha boca, sorri para ele e envolvi as duas mãos ao redor de seu eixo novamente.

— Não me diga que você não pode ir para a segunda rodada — provoquei, arrancando uma risada baixa dele.

— Tenho que te levar para casa — murmurou, afastando minhas mãos dele e voltando a vestir a cueca boxer e a calça.

— Esta não foi a última vez que chupei seu pau — avisei, querendo que ele soubesse que isso ainda não tinha acabado para mim.

Riggs fechou a calça e me olhou com cuidado, então estendeu a mão e limpou uma gota de seu gozo misturado com a minha saliva do canto da minha boca e levantou-a até os lábios para prová-la.

Isso.

Eu queria ver mais disso.

— Não, não foi — ele respondeu, sua voz severa como sempre.

Isso era bom o suficiente para mim, e assim que me levantei e endireitei a saia, me aproximei dele e coloquei as mãos em seu peito.

— E talvez da próxima vez você possa me fazer gozar também — sussurrei, perto de seus lábios.

cinquenta e seis

91

Seu braço direito envolveu meu corpo e sua mão segurou minha bunda, mas ele a moveu mais para baixo, debaixo da saia, para deixar seus dedos se moverem ao longo da minha umidade. Minhas coxas estavam pegajosas e molhadas de todos os fluidos que saíam de mim.

— Talvez eu esteja com sorte e você chupe e lamba meu clitóris agora — eu disse calmamente e cheia de esperança.

Um sorriso presunçoso apareceu em seus lábios, e quando colocou dois dedos dentro da minha boceta, por trás, ele balançou a cabeça.

— Eu disse que você não merece isso esta noite.

Meus lábios se separaram com a forma quase gentil com que ele me tocou novamente, não o reconhecendo sendo tão cuidadoso para não me machucar. Não tenho certeza se gostava dessa parte dele, mas Riggs estava brincando de novo, e eu tinha que manter isso em mente. Ele não me faria gozar esta noite, deixando isso para mim e meu vibrador.

— Que pena — sussurrei, mantendo meus olhos nos dele e apertando a boceta, querendo mais. Mas antes que a tensão do orgasmo começasse a se formar, ele afastou os dedos.

— Vamos — Riggs falou, lentamente, se afastando de mim e saindo do quarto.

Aproveitei para dar uma olhada ao redor do cômodo. Era mobiliado como o resto de sua casa; quase parecia uma cabana na floresta, mas em vez de ver árvores ao olhar pelas grandes janelas, havia uma vista incrível da cidade.

Deve ser bom acordar aqui todas as manhãs com uma vista dessas.

Segui Riggs e o vi esperando por mim na porta da frente, e assim que ele a abriu, saímos da casa em direção ao seu carro.

— Você não estava com medo de que seu irmão pudesse nos ouvir? — perguntei, assim que entramos no carro.

— Onde está a diversão sem a possibilidade de ser pego? — devolveu, me fazendo rir.

Touché.

Ainda era esquisito que Garett fosse irmão de Riggs, mas eu estava feliz por ele não ter ideia de quem eu era. Era uma estranha coincidência, mas mesmo com todas as coisas que fizemos pela webcam, ele pareceu ser um cara genuinamente legal esta noite.

Também não havia nenhum sinal de ele ser estranho ou um cara mau, como eu tinha primeiramente imaginado com Riggs e meu pai falando sobre ele gostar de vender drogas e tudo mais.

A viagem para minha casa foi tranquila, e quando ele estacionou o carro na frente da nossa garagem, eu me virei para olhá-lo com um leve sorriso no rosto.

— Quando eu vou te ver de novo?

Ele observou meu rosto por um tempo, fazendo parecer que não tinha certeza sobre querer me ver novamente e continuar o que começamos minutos antes.

— Quando eu disser — ele respondeu, me fazendo revirar os olhos.

Soltei o cinto de segurança e me inclinei para ele, colocando minha mão na lateral de seu pescoço e depois beijando seus lábios suavemente.

Eu não pude me conter, mas ele não pareceu se importar.

Sua língua se moveu ao longo do meu lábio inferior e para dentro da minha boca, girando em torno da minha língua, mas manteve as mãos paradas.

Em casa, as luzes estavam acesas, e eu sabia que meu pai esperava que eu entrasse, mas eu não podia sair sem provar uma última vez o gosto de Riggs.

— Talvez isso deixe você querendo mais um pouco mais cedo — sussurrei contra seus lábios, pressionando um último beijo antes de sentar e abrir a porta do carro. — Boa noite, Riggs — eu disse, dando um olhar intenso em sua direção.

Ele pigarreou, aparentemente perturbado pelo nosso beijo.

— Boa noite, Valley.

Eu estava feliz comigo mesma, e assim que fechei a porta, caminhei até a casa e entrei sem olhar para trás, sabendo que ele estava me observando o tempo todo.

— Cheguei! — anunciei ao entrar, indo direto para a sala onde meu pai estava sentado no sofá.

— Como foi? — perguntou.

— Muito divertido — respondi com um sorriso, pensando no gosto do pau de Riggs na minha boca.

Caramba, eu gostaria de ter ficado mais tempo, ou que ele tivesse feito mais do que apenas me tocar.

— Que bom. Eu não pensava em Marcus como um homem tão inteligente. Depois de todas aquelas histórias que ouvi sobre ele... — meu pai começou.

— O que você ouviu sobre ele? — questionei, sentando no braço da poltrona reclinável, olhando-o.

— Que ele se envolveu com algumas garotas menores de idade. Não sei se isso é verdade, mas ele pareceu confiável o suficiente para mim. Além disso, Riggs estava lá, então não havia como Marcus ter feito algo com você.

cinquenta e seis

Franzi os lábios e tentei pensar em algo além de quão pervertido Garett realmente era, mas isso não significava que ele era um cara mau. Além disso, Riggs não foi tão inocente quanto meu pai pensava que seria; ele quase me sufocou a ponto de eu ficar inconsciente apenas meia hora antes.

— Bem, Marcus foi muito legal e eu aprendi algo novo hoje. Vou para a cama agora. Boa noite, pai — desejei, andando até ele e beijando sua cabeça antes de subir as escadas.

Dormir era exatamente o que eu precisava depois de uma noite como essa, mas, antes disso, eu definitivamente tinha que pegar meu vibrador e imaginar que era a língua de Riggs lambendo meu clitóris.

Deslizei para debaixo das cobertas e peguei meu amiguinho de debaixo do colchão para terminar o que Riggs havia começado.

Capítulo catorze

Valley

Eu me sentia poderosa e forte quando entrei na mansão de Cedric na noite seguinte, vestindo outra minissaia. Normalmente eu não teria aceitado um convite para a festa dele, mas como Kennedy queria desesperadamente ir, eu concordei e decidi ver como eram suas festas.

Havia álcool e comidas, que foram outra razão pela qual vim aqui esta noite, e disse a Kennedy que não ficaria muito porque dois homens esperavam para me ver pela webcam.

Apesar de que todos esses garotos não eram o que eu normalmente gostava, eu não conseguia ficar longe da pista de dança do lado de fora no grande jardim. Uma música boa estava tocando, e como eu não queria ficar parada vendo os outros se divertirem, decidi me divertir sozinha até a hora de ir embora.

Kennedy estava andando de um lado para o outro, para fazer alguns garotos notá-la, mas isso nunca funcionava bem, a menos que ela chamasse a atenção de um filho da puta que alegremente a levaria para um dos quartos no andar de cima. Eu só esperava que ela não os deixasse levá-la para cama de novo do jeito que Cedric fez, mas além de avisar a ela sobre eles, não havia muito que eu pudesse fazer.

Movi meu corpo ao som da música, com os olhos fechados e os braços no ar, balançando os quadris e me soltando. Era o que eu precisava depois da noite de ontem, e já que não podia entrar em contato com Riggs depois que ele me bloqueou, eu esperava tirá-lo da mente para ver se ele era realmente o que meu corpo ansiava.

Claro que eu poderia ter adicionado o número dele no meu celular verdadeiro, ou simplesmente ir até a sua casa, mas por alguma razão, eu queria que ele viesse atrás de mim pelo menos uma vez. Já fui atrás dele o suficiente nas últimas semanas, e se Riggs realmente quisesse mais de mim, ele certamente não ficaria afastado e me evitaria.

Dois braços me envolveram por trás enquanto eu continuava dançando, e por uma fração de segundo eu estava determinada a afastar aquele cara de mim. Mas antes que eu pudesse fazer isso, um segundo par de mãos se moveu sobre meu corpo.

Quando abri os olhos, olhei diretamente para os de Cedric, que tinha um sorriso arrogante no rosto.

— Achei que você poderia querer companhia esta noite, gata — falou, me puxando para mais perto de seu corpo, enquanto o cara atrás de mim empurrava sua virilha contra mim.

Por mais que eu gostasse da ideia de sexo a três, esses dois não eram minha primeira escolha.

— Não preciso da sua companhia, Ced.

Tentei afastá-los, mas eles só me seguraram com mais força, rindo como idiotas.

— Ah, qual é, Valley. Se somar as nossas idades, temos mais que o dobro da sua — ele sorriu, me fazendo revirar os olhos.

— Ainda assim não deixaria você me foder — murmurei, finalmente afastando-o de mim, antes de me virar para olhar para o cara atrás de mim.

Denzel, acho que era o nome dele. Embora fosse definitivamente um dos caras mais bonitos da faculdade, eu não o deixaria chegar mais perto do que isso.

— Cai fora — ordenei, e depois que ele se afastou com as mãos no ar para se proteger, passei por ele balançando a cabeça.

— Eu vou te comer um dia! — Ouvi Cedrico falar.

Que ridículo, pensei, soltando uma risada sem humor.

— Nem em um milhão de anos — murmurei.

Encontrei Kennedy sentada sozinha na grande mesa de jantar com uma bebida na mão e uma expressão chateada no rosto. Suspirei, andando até ela e sentando ao seu lado.

— Acho que eu não deveria ter deixado você sozinha — falei, estendendo a mão para afastar uma mecha de seu longo cabelo loiro.

— Ele disse que falaria comigo esta noite. Está dançando com outras garotas desde que chegamos e nem sequer me cumprimentou — ela sussurrou.

— Quem?

— Reece.

— Keller? Aquele Reece? — perguntei, arqueando uma sobrancelha e tentando segurar uma risada.

— Sim. Caramba, o que tem de tão engraçado nisso? — Kennedy rebateu, franzindo o cenho, me dando um olhar irritado.

— Nada... eu só acho que você merece mais do que Reece Keller.

— Então por que ele disse que gosta de mim?

Porque ele é um adolescente controlado pelo seu maldito pau.

Observei seu rosto por um tempo, então decidi que era hora de ela ver como eram os homens de verdade. Não que não houvesse caras legais da nossa idade, mas a maioria deles já estava em um relacionamento, e outros simplesmente estavam muito focados nos estudos para namorar alguém.

— Venha, vamos conhecer alguns caras legais com quem você pode ter conversas reais — eu disse a ela, levantando da cadeira e a puxando comigo.

— Não podemos simplesmente sair. Para onde iríamos?

— Eu sei de um bar que podemos ir. Vamos, Ken. Vai ser divertido.

— Temos dezoito anos, Valley. O que podemos fazer em um bar?

— Curtir e observar homens apreciando suas cervejas. Talvez até comer umas batatas fritas e um bom chá gelado — sugeri, sabendo que não beberíamos álcool naquele bar. — Conheço o dono. Ele não vai nos expulsar — acrescentei.

Primeiro ela pareceu pensar sobre isso, então assentiu com a cabeça e se levantou com um suspiro.

— Ok. Vamos lá.

O bar pertencia a um amigo de faculdade do meu pai e, embora não tivesse permissão, meu pai muitas vezes me levava lá quando queria tomar uma cerveja depois do trabalho. Eu costumava sentar em uma mesa, bebendo algum tipo de refrigerante e comendo amendoins salgados ou batatas fritas. Não era o melhor lugar para uma criança frequentar, mas eu gostava de brincar com as cartas que eles tinham nas mesas ou pintar as últimas páginas vazias de um livro de colorir infantil que o dono estranhamente tinha em uma das gavetas.

Quando entramos lá, olhei em volta antes de puxar Kennedy em direção ao balcão para cumprimentar Henry.

— Valley! Que surpresa agradável — falou, quando me viu, e sorri para ele, andando ao redor do bar para abraçá-lo.

— Espero que esteja tudo bem se ficarmos aqui esta noite. Viemos de uma festa da faculdade. Estava entediante — eu disse a ele, dando um passo para trás.

— Claro, vão se sentar. Levarei algo para beber e batatas fritas. Que tal?

— Você é o melhor. Obrigada, Henry.

Segurei novamente a mão de Kennedy e caminhei até uma mesa de canto. Quando nos sentamos, olhei em volta para ver se havia algum homem em potencial para minha amiga conversar e talvez flertar.

— Então… e agora? — ela perguntou, olhando ao redor do bar, um pouco insegura.

— Agora sentamos, comemos, bebemos e curtimos a música até encontrar o cara certo para você. Qual é o seu tipo? — perguntei, sabendo que sempre mudava.

— Ahm, não sei. Alto, moreno… muito bonito. Sem barba — ela me disse, com um encolher de ombros.

— Que tal alto, moreno, bonito e com barba por fazer? — indaguei, sorrindo para ela.

— Onde você está vendo esse tipo de homem?

— Logo ali. — Apontei para alguém em uma mesa do outro lado do bar, sentado com outro cara que eu sabia que parecia assustador demais para Kennedy, com todas as suas tatuagens.

— E se eles forem casados? — ela perguntou, com a voz preocupada.

— Acho que antes vamos ter que descobrir se eles são.

Henry nos trouxe duas bebidas que pareciam o chá gelado que eu sempre tomava quando vinha aqui, com um prato cheio de batatas fritas.

— Obrigada, Henry. Como vão as coisas?

— Ah, você sabe, agitadas como sempre. Minha esposa esteve no hospital por alguns dias no mês passado, mas já está bem. Como está o seu pai? Faz tempo que não o vejo.

— Ele está ótimo. A propósito, esta é Kennedy, minha melhor amiga — apresentei.

Ele acenou para ela com um sorriso.

— Prazer em conhecê-la. Tenham uma ótima noite. Me chamem se precisarem de alguma coisa.

Assenti com a cabeça e o observei se afastar, então tomei um gole da minha bebida e coloquei o copo de volta na mesa para me levantar.

— Você não vai lá, vai? — Kennedy entrou em pânico, e eu sorri para ela e pisquei.

— Claro que vou. Olha, um pouco de companhia não vai fazer mal. Você precisa superar Reece Keller.

Ela suspirou e escondeu o rosto com as mãos, murmurando algo baixinho.

Sem esperar por mais, fui até a mesa onde aqueles homens bonitos estavam sentados e, quando me aproximei, ambos viraram a cabeça para olhar para mim.

— Podemos ajudar? — o cara com tatuagens cobrindo os braços perguntou. As dele não eram tão bonitas quanto as de Riggs, que parecia combinar bem. Riggs também tinha tatuagens por todo o peito, e eu até vi algumas em sua barriga quando fiz aquele boquete e sua camisa levantou.

— Não eu, mas a minha amiga ali... Ela acabou de... digamos, levar um pé na bunda, e eu queria que ela soubesse que nem todos caras são idiotas. — Antes de continuar, olhei para ambas as mãos dele para garantir que não havia nenhum anel de casamento, e quando não vi nada, sorri. — Que tal vocês virem fazer companhia a ela?

O cara com tatuagens não parecia muito animado, mas eu sabia que ele estava apenas tentando esconder seu interesse.

— Que tal fazermos um pouco de companhia a você também? — ofereceu, me fazendo rir baixinho.

— Claro — respondi para ele, me virando para seu amigo com um sorriso. — Ela é um pouco tímida, mas se você conversar por tempo suficiente, ela vai se abrir.

Ele olhou para Kennedy, então arqueou uma sobrancelha.

— Quantos anos vocês têm? — indagou, fazendo a pergunta correta.

— Dezoito.

Essa foi uma resposta boa o suficiente para eles, e como não eram muito velhos, talvez com trinta e poucos anos, imaginei que Kennedy não ficaria tão tímida esta noite.

— Aliás, meu nome é Valley, e o nome da minha amiga é Kennedy —

cinquenta e seis

eu disse, antes que eles se levantassem e pegassem suas cervejas.

— Eu sou Mason, e este é Derrick — o homem sem tatuagens apresentou.

— Prazer em conhecê-los — respondi, com um sorriso doce, então caminhei até a mesa que Kennedy estava esperando. — Kennedy, estes são Mason e Derrick. Eles vão nos fazer companhia — apresentei, voltando a sentar à mesa, com Derrick rapidamente ao meu lado.

Bem como eu queria.

Mason com a atenção toda voltada para Kennedy.

— Como você está, Kennedy? — ele perguntou a ela, com um sorriso gentil.

Mason parecia ser um cara mais tranquilo, enquanto o amigo tinha uma boa chance de me levar para casa esta noite. Mas embora eu não me importasse de passar a noite com ele, não conseguia tirar Riggs da mente. Ele deixou uma marca na noite passada, e meus joelhos ainda tremiam toda vez que eu pensava nele. Então decidi que flertar com Derrick era o máximo que eu faria esta noite.

Pareceu que Kennedy realmente gostou de Mason, e quanto mais eles conversavam e riam, mais próximos ficavam um do outro. Eu sabia que não demoraria muito para ela aproveitar a atenção de um homem mais velho, e ela até deu o primeiro passo e tocou na mão dele sobre a mesa, mantendo-a ali.

— Ela é uma garota doce — Derrick sussurrou no meu ouvido, se aproximando mais, sua mão na minha coxa.

— Ela é. E o seu amigo gosta dela — comentei, virando para olhar para ele.

Eu sabia que ele queria levar isso para outro lugar, mas não estava com vontade de trair Riggs, embora tivesse dois homens esperando por mim mais tarde esta noite. Eu tinha que estar em casa à meia-noite para ficar na frente da minha webcam e ver primeiro Frank, depois Daryl.

— Algo me diz que você é exatamente o oposto — ele murmurou, sua mão se movendo mais para cima e levantando minha saia.

seven rue

— Você não está muito longe da verdade — admiti. — Mas sinto muito ter que desapontá-lo, Derrick. Esta noite não é um bom momento.

Ele parecia chateado, e o vinco entre suas sobrancelhas se aprofundou ao perceber que estava apenas sentado aqui para que seu amigo pudesse se dar bem com Kennedy.

— Posso pelo menos pegar seu número? — pediu, sua voz esperançosa.

— Claro — respondi, pegando meu celular que eu tinha enfiado entre o cós da saia.

— Talvez você possa passar na minha casa algum dia desses. Desfrutar de uma noite solo — ofereceu.

— Parece ótimo, Derrick. Eu te ligo — disse a ele. — Talvez você possa me levar para casa? Podemos deixar esses dois aproveitarem o resto da noite — comentei, piscando para Kennedy.

Ela sorriu, feliz por ter Mason só para si.

Eles realmente pareciam ótimos juntos, e se eu fosse ela, não largaria mais Mason. Ele parecia um cara muito bom, que não estava apenas conversando com ela para se divertir.

— Aproveitem o resto da noite, ok? Cuide bem dela — avisei, olhando para Mason.

— Cuidarei. Tenham uma boa noite — respondeu, voltando sua atenção para Kennedy.

Eu diria que foi uma noite de sucesso.

Ela estava confortável o suficiente para ficar sozinha com ele, e depois de me livrar de Derrick, eu poderia me transformar na putinha travessa, meu verdadeiro eu, quando estivesse de volta ao meu quarto e na frente da minha webcam.

cinquenta e seis

Capítulo quinze

Valley

Fazia uma semana desde a última vez que vi Riggs, mas ele ficou na minha mente o tempo todo.

A faculdade tem sido um saco, e tive que me concentrar nas aulas durante toda a semana antes da sexta-feira finalmente chegar de novo.

Era a sexta-feira que meu pai e Della iriam para um resort no aniversário dela, me deixando sozinha por dez dias inteiros.

Eu estava animada ao chegar em casa e, depois de guardar a mochila, fui tomar um banho rápido e vesti algo mais confortável, ou seja, calça de yoga e um moletom largo. Não era sempre que eu me vestia assim, mas como não precisava sentar na frente da webcam esta noite, tive a chance de ficar confortável.

Desci as escadas para chegar à cozinha e, quando passei pela sala, parei na velha jukebox que meu pai ganhou de aniversário para colocar uma música para tocar. Eu adorava músicas antigas dos anos sessenta até os oitenta, então fiz minha escolha e fui para a cozinha preparar algo para o jantar.

Eu estava morrendo de fome, mas, graças a Della, que fez compras para mim esta manhã, a geladeira estava cheia com todas as minhas coisas favoritas.

Esta noite eu estava a fim de uma salada de brócolis com peito de frango e purê de batatas.

Que garota prendada.

Eu gostava de ficar sozinha nesta casa grande, com música tocando baixinho ao fundo e o cheiro de uma comida deliciosa enchendo a cozinha. Eu já tinha planejado a noite: me aconchegar no sofá e assistir um filme que não via há um tempo, comer chocolate e batatas fritas sem nada para me preocupar.

Della e meu pai acharam que uns quilinhos extras cairiam bem em mim, não? Então, por que não tentar ganhar um pouco com alimentos não saudáveis após um jantar agradável e farto?

Acabou mais rápido do que o esperado, porque minha fome começou logo depois que coloquei o peito de frango para cozinhar na panela, e minha boca não parava de salivar até que estivesse pronto para comer. Depois de terminar o jantar, desliguei a jukebox e me acomodei no sofá, puxando um cobertor sobre as pernas e depois ligando a televisão.

Escolhi o filme *Burlesque*; Christina Aguilera estava tão confiante no filme quanto sempre me esforcei para ser eu mesma, e achei que estava indo muito bem, já que não me faltava confiança alguma. A trilha sonora também era ótima, e muitas vezes eu cantava junto no chuveiro, tentando me mover do jeito que ela fazia no filme.

No meio do filme, eu já tinha comido um saco de batatas fritas, uma barra de chocolate inteira e estava na minha segunda. Exatamente o que eu precisava, mas fui interrompida pela campainha tocando.

Franzi o cenho e pausei o filme para me levantar e caminhar até o hall, espiando em direção à porta da frente para ver se eu conseguia reconhecer a silhueta da pessoa parada lá.

Quando notei quem era, um enorme sorriso se espalhou pelo meu rosto, e corri para abrir a porta para o meu convidado.

— Você está aqui — afirmei, embora fosse uma pergunta.

Riggs me encarou com seus olhos escuros e misteriosos, as mãos enfiadas nos bolsos da frente e peito aberto, quase como se ele estivesse pronto para lutar comigo.

No começo, ele não disse uma palavra, mas quando arqueei uma sobrancelha, ele finalmente falou:

— Vai me deixar entrar? — perguntou, com a mandíbula cerrada.

Como eu poderia dizer não a isso?

Ele deve ter se lembrado de que eu estava sozinha em casa, e o plano de eu não ir atrás dele, mas deixá-lo vir até de mim também funcionou perfeitamente.

Dei um passo para o lado e o deixei passar. Assim que fechei a porta, ele se virou para me olhar novamente.

— Bela roupa — Riggs murmurou, parecendo divertido.

— Não achei que teria visita esta noite. Se soubesse, teria vestido algo mais revelador — provoquei.

cinquenta e seis

Ele não respondeu. Em vez disso, se virou e caminhou em direção à sala para se sentar no sofá sem nem pedir permissão. Não que eu quisesse que ele pedisse. Neste momento, ele poderia estar literalmente fazendo o que quisesse e eu não reclamaria. Não reclamaria de jeito nenhum.

— Quer algo para beber? Sei que meu pai tem vinho tinto e champanhe em algum lugar — ofereci.

— Gin — disse, simplesmente.

Tudo bem então.

Eu me virei para ir para a cozinha, então abri a despensa onde meu pai guardava todas as bebidas alcoólicas ao lado da grande variedade de comidas de Della. Procurei o gin e isso me tomou um tempo, mas assim que o encontrei, peguei dois copos do armário e voltei para a sala.

— Você gostaria de algo mais? — perguntei, colocando tudo na mesa de centro e depois servindo para nós dois.

— Você tem dezoito anos — pontuou.

— E?

— Com que frequência você bebe?

Dei de ombros.

— Já tomei champanhe antes — eu disse, pegando um copo e olhando para ele. — O quê? Vai contar ao meu pai que bebi? — eu o desafiei.

— Não. — Sua resposta foi curta e direta, e ele pegou o próprio copo para tomar um gole. Eu fiz o mesmo, tendo que evitar que meu rosto fizesse caretas por causa do sabor forte da bebida.

Ficamos quietos por um tempo antes de eu me sentar ao lado dele, sentando sobre minhas pernas e segurando o copo com as duas mãos.

— Existe uma razão pela qual você veio aqui sem avisar? — questionei.

Ele arqueou uma sobrancelha para mim novamente, soltando uma risada.

— Você *acha* que há uma razão pela qual vim até aqui?

Dei de ombros, sabendo exatamente por que Riggs veio, mas querendo ouvir isso dele.

— Não nos vemos há quase uma semana e você bloqueou meu número. Você parece estar indeciso sobre mim, então...

— Eu não estou indeciso. Estou sendo cuidadoso.

— Cuidadoso? — indaguei, e ele assentiu. — Por quê?

— Porque apesar de eu estar no controle sobre você a maior parte do tempo, você me mostrou quão safada pode ser. É inesperado, para ser honesto, e se eu não tivesse mantido distância, teria ferrado com tudo enquanto seu pai estivesse na cidade.

Então ele esperou para me ver quando meu pai e madrasta estavam fora da cidade para...

— Eu não vou foder você esta noite, Valley — ele falou, deixando meu eu interior fazendo beicinho.

— Então por que você está aqui?

— Para mostrar a você do que mais eu sou capaz. E para você me mostrar o mesmo.

Pelo menos não ficaríamos aqui sentados sem jeito, desconfortáveis. Sorri e coloquei meu gin na mesa, e então me levantei do sofá.

— Deixe-me vestir algo mais sexy — eu disse a ele, pronta para subir as escadas.

Ele me parou, segurando meu pulso com força, e depois de deixar seus olhos vagarem por todo o meu corpo, voltou para os meus olhos e disse em um rosnado baixo:

— Você fica sexy vestindo qualquer coisa, Valley. Sente-se no meu colo.

Abri a boca para dizer alguma coisa, sem saber se ele estava falando sério. Quão sexy poderia ser calça de yoga e moletom?

— Você está falando sério?

— Monte no meu maldito colo, Valley! — ordenou.

Eu rapidamente fiz o que ele falou, deixando-o me puxar o mais perto possível de seu corpo com as duas mãos na minha bunda. Minha virilha pressionou contra a dele, e a protuberância já inchada em sua calça não passou despercebida.

— Quero que você goze em mim esfregando essa sua boceta contra o meu pau. Não me importo como vai fazer isso, mas você não pode usar as mãos — Riggs desafiou, me fazendo sentir toda quente e excitada por dentro.

Agora, isso era o que eu chamava de uma noite divertida. Será que um universitário teria essa ideia? Provavelmente não. Eles tirariam rapidamente as nossas roupas, me colocariam na cama e me foderiam como quisessem.

Neste momento, Riggs estava pensando em mim, e eu sabia que se apenas me esfregasse contra ele da maneira certa, eu chegaria ao meu orgasmo.

Comecei a rebolar meus quadris em pequenos círculos, tentando descobrir como seu pau estava posicionado sob o tecido. Ele estava de calça jeans, o que ajudou um pouco com a pressão contra minha boceta, mas eu queria senti-lo ainda mais, então coloquei a mão em seu peito e olhei novamente em seus olhos.

cinquenta e seis

— Você vai pelo menos tirar a calça? — pedi, esperando que ele não me torturasse e me fizesse sentir seu pau através de um tecido mais fino.

Ele pensou sobre isso por um segundo antes de me fazer levantar novamente para tirar a calça. Eu podia ver a protuberância em sua cueca boxer muito melhor agora, e sabia que seria capaz de sentir ainda mais também.

Riggs me puxou de volta para seu colo, me fazendo montar nele novamente e colocando as mãos na parte inferior das minhas costas.

— Vá em frente — incitou, se reclinando no sofá e abrindo mais as pernas para ficar o mais confortável possível. Seu pau estava semiduro, mas quanto mais eu rebolava, mais duro ele ficava, e logo seu comprimento aumentou, com a cabeça espreitando para fora do cós da cueca.

Sorri ao ver a gota brilhante de excitação no pequeno buraco da cabeça de seu pau, mas como não tinha permissão para usar as mãos, olhei de novo nos olhos de Riggs e mordi o lábio inferior.

— Posso provar? — pedi a ele, sabendo exatamente o que queria.

Ele moveu a mão entre nós, enquanto eu continuava me esfregando contra ele em movimentos circulares, e Riggs passou o dedo indicador sobre a ponta do pau e o levou até meus lábios para me deixar lamber.

— Você gostou de engolir meu gozo, não é? — perguntou, com a voz rouca.

Assenti com a cabeça, envolvendo seu dedo com meus lábios e chupando com força, enquanto os seus se separavam e seus olhos me observavam atentamente.

— Se você tiver sorte, vai ter mais hoje — prometeu, me fazendo sorrir e rebolar os quadris um pouco mais rápido, esfregando a boceta contra ele ainda mais.

— Porra, baby... Você não tem ideia do quanto eu vou te foder quando for a hora certa.

Eu esperava que fosse logo, porque, por mais paciente que eu fosse, não achava que poderia esperar por muito tempo.

Minha boceta se contraía toda vez que meu clitóris esfregava contra seu pau, acertando o ponto certo e enviando faíscas por todo o meu corpo. Riggs tirou o dedo da minha boca e segurou meu queixo com força, movendo a outra mão até meus seios. Exatamente onde eu queria; e ele segurou um deles com a mão grande, apertando-o suavemente sobre o meu moletom.

— Continue esfregando essa boceta molhada contra meu pau enquanto eu brinco com esses lindos seios — ele me disse, soltando meu rosto e levantando meu moletom para me desnudar.

Meus mamilos estavam excitados e duros, prontos para sua boca, mas antes que fizesse isso, ele tirou meu moletom e o jogou ao nosso lado no sofá. Um gemido me escapou quando senti algo dentro de mim começar a tensionar, sabendo que não levaria muito tempo para gozar em seu colo do jeito que ele queria.

— Caramba, tão perfeitos — rosnou, segurando meus seios e apertando-os com força com suas mãos ásperas.

Meus seios eram do tamanho perfeito, e ele não hesitou em começar a brincar com eles, beliscando meus mamilos e empurrando-os uns contra os outros.

— Ah, sim... — Eu gemi.

Senti a necessidade de fechar os olhos de puro êxtase, mas não queria perder nada do que ele fez com o meu corpo. Além da noite em que ele enfiou os dedos profundamente na minha boceta, esta foi a única vez que tocou meu corpo corretamente.

Claro, Riggs apertou a minha bunda algumas vezes, mas isso foi além, me fazendo desejar mais.

— Não pare de se mover — murmurou, e percebi que estava ficando mais lenta graças a ele me distraindo com as mãos.

Riggs finalmente se inclinou para mais perto, sua boca cobrindo meu mamilo direito enquanto ele os apertava em suas mãos. Agarrei seu cabelo com força, mantendo-o ali quando ele começou a mover a língua contra meu mamilo, girando-a em torno da pequena protuberância e mordendo com bastante força. Outro gemido me escapou, mas quanto mais rude ele era comigo, mais eu gostava.

Seu pau estava latejando contra minha boceta e, em vez de um movimento circular, comecei a me esfregar contra seu pau para cima e para baixo, me certificando de não perder nem um centímetro de seu eixo. Ele era longo e duro, e senti que sua ponta estava totalmente para fora da cueca boxer.

Eu precisava provar de novo, mas para ele me deixar fazer isso, eu precisava me esfregar contra ele com mais força. Nesse momento, eu nem estava mais pensando no meu próprio orgasmo.

Quando Riggs se moveu do meu mamilo direito para o esquerdo, ele olhou para cima, e eu agarrei seu cabelo com as mãos, empurrando seu

cinquenta e seis

rosto contra meu seio para mostrar a ele que eu precisava de mais.

Riggs riu, felizmente me deixando ter o que eu queria.

— Ah, meu Deus... não pare — eu implorei, minha visão lentamente começando a embaçar e a tensão dentro de mim aumentando.

Já que eu estava segurando sua cabeça perto dos meus seios, ele os soltou e colocou as duas mãos na minha bunda para me ajudar a rebolar contra si, me puxando para mais perto, sua língua continuando a provocar meu mamilo sensível.

Meu corpo começou a tremer e meus quadris lentamente desistiram depois de se mover por tanto tempo, mas, com a ajuda de Riggs, continuei a esfregar o clitóris ao longo de seu pau e finalmente alcancei o orgasmo que estava buscando.

Soltei um gemido alto e inclinei a cabeça para trás quando o orgasmo me atingiu com força, me fazendo ficar fora de controle por um longo tempo. Eu não queria voltar daquele momento e encarar a realidade, porque havia uma grande chance de Riggs ir embora sem antes me deixar chupá-lo até secar.

Então fiquei ali pelo maior tempo humanamente possível, sentindo-o pulsar e brincar com meus mamilos um pouco mais.

É... eu definitivamente poderia me acostumar com o jeito que Riggs jogava.

Capítulo dezesseis

Riggs

Observei seu rosto cheio de luxúria, enquanto ela lentamente começou a voltar do orgasmo, suas mãos agarrando meu cabelo com força e sua boceta ainda contra meu pau.

Eu a fiz dar duro pelo seu próprio prazer, e Valley parecia incrivelmente gostosa fazendo isso. Meus olhos vagaram de seu rosto para os seios, seu peito subindo e descendo rápido, com ela ainda tentando recuperar o fôlego.

A ponta do meu pau estava saindo do cós da cueca, e mantive os olhos nele quando comecei a mover seus quadris com as mãos em cima de mim novamente.

Eu precisava de mais de Valley, mas já tinha dito a ela que não iria comê-la esta noite. Não era a hora ou o lugar certo, e antes que eu pudesse lhe dar o que ela queria, eu tinha que segurar aquele momento até que ela não fosse mais paciente.

Ela gostou do meu jogo, então por que não continuar por mais um tempo?

Sua língua apareceu para lamber ao longo do lábio inferior, e eu a puxei para mais perto do meu pau para ter certeza de que continuaria duro, mas, de qualquer maneira, isso não era difícil com ela no meu colo.

Valley era tão pura, mas escondia tanta devassidão dentro dela que me hipnotizava. Havia muitas mulheres bonitas nesta cidade, mas nenhuma jamais despertou meu interesse e necessidade como Valley. Ela me manteve interessado o suficiente para ir atrás dela, e se eu não fosse cuidadoso, um dia ela seria quem mandaria em mim.

— Abra os olhos — murmurei, olhando para seu rosto enquanto ela movia os quadris contra os meus sem que eu a controlasse.

Seus olhos azuis estavam com lágrimas, mas a expressão neles me disse que ela estava se sentindo bem. A confiança nunca os deixou, o que era outra coisa excitante.

Deslizei os indicadores ao longo de seus mamilos duros, provocando e gentilmente os puxando antes de apertá-los entre o dedo e o polegar. Um gemido suave escapou de sua garganta e ela mordeu o lábio inferior, mantendo seus grandes olhos nos meus.

— De joelhos — ordenei, mas em vez de fazer o que eu disse, ela colocou as mãos no meu peito e se inclinou mais perto, me beijando apaixonadamente e enfiando a língua na minha boca. Não era o que eu queria que ela fizesse, mas sua bravura tinha que ser recompensada. Porém, apenas por alguns segundos.

Deixei minha língua mergulhar profundamente em sua boca, lambendo a dela e, em seguida, a empurrando para longe de mim com um rosnado de raiva.

— De joelhos, Valley! — rosnei, conseguindo primeiro um maldito sorriso dela e, finalmente, o que eu queria.

Agarrei seu cabelo quando ela se ajoelhou na minha frente, entre minhas pernas, e com a outra mão deslizei a cueca pelos quadris. Seus olhos brilharam com necessidade e fome, mas ainda não a deixei ir atrás do que queria.

— Diga-me onde você quer meu gozo, baby.

Comecei a esfregar meu pau bem na frente do rosto dela, segurando-o firme na mão e apertando a ponta com os dedos para intensificar a sensação. Valley focou o olhar na minha mão, faminta pelo meu pau e pronta para chupar. Mas primeiro, eu queria que ela respondesse minha pergunta.

— Responda, Valley. Onde você quer meu gozo?

— Na minha boca — declarou, sua voz rouca e doce.

Boa resposta.

Inclinei meu pau em direção aos lábios dela, mas a mantive no lugar com a mão ainda agarrando seu cabelo.

— Você vai chupar com fome? Vai me mostrar o quanto quer o meu gozo, Val? — comecei, seus lábios estavam separados e sua língua pronta para lamber outra gota de excitação na cabeça do meu pau. — Você quer? — provoquei, observando o vinco entre suas sobrancelhas se aprofundar quando ela percebeu quão difícil eu tornaria tudo isso para ela.

— Sim, daddy — respondeu, com um tom malicioso.

Arqueei uma sobrancelha e puxei seu cabelo.

— O que eu disse sobre me chamar assim?

Mas em vez de deixá-la responder, trouxe sua cabeça para mais perto do meu pau, fazendo-a fechar os lábios em torno dele e empurrando a cabeça para baixo até que ela tivesse a maior parte na boca. Valley engasgou, tentou se ajustar à intrusão repentina, mas eu a mantive ali como punição, não a deixando se mexer.

— Nunca me chame assim sem minha permissão, entendeu?

Não era realmente uma pergunta que eu queria que ela respondesse. Valley sabia que tinha que ouvir, e já que ela não podia falar, mantive seu rosto pressionado contra a minha barrga, com meu pau profundamente em sua boca.

Senti a parte de trás de sua garganta com a ponta do meu pau, e movi um pouco sua cabeça para tentar aprofundar ainda mais. Ela engasgou novamente, empurrando as mãos contra minhas coxas, lutando para poder respirar um pouco, mas quão divertido seria se eu apenas a deixasse ter o que queria?

Ela tinha que sofrer agora, até que seu maldito rosto ficasse azul. Eu a mantive ali mesmo, não a deixando respirar.

Depois de lutar contra por um tempo, ela finalmente acalmou o corpo e relaxou, me fazendo sorrir. Suas mãos se moveram até minha barriga para acariciá-la suavemente.

— Assim mesmo, baby. Segure sua maldita respiração e me mostre quão boa você pode ser — murmurei, afrouxando um pouco o aperto em seu cabelo e acariciando o lado de sua cabeça com os polegares, cada músculo de seu corpo relaxando. — Porra — rosnei baixinho, meu próprio corpo tenso em resposta ao dela. — É assim que vai ser daqui para frente. Você se comporta mal, eu lhe dou uma lição. Parece que você aprende rápido.

Seus dedos se moveram pelos meus músculos definidos, se certificando de não pular nenhum. Eu gostava desse lado de Valley quando ela se rendia e fazia o que lhe era dito, sabendo que não havia outra maneira de sair desta situação. E embora eu quisesse fazê-la sofrer mais, sabia que, se não afastasse sua cabeça logo, ela perderia a consciência por não ter ar em seus pulmões.

Puxei sua cabeça para trás lentamente sem ela fazer nenhum movimento brusco, e no segundo que foi capaz de respirar novamente, ela inspirou fundo, seus olhos nos meus e fios de saliva se estendendo do meu pau até seus lábios. Seus olhos estavam lacrimejantes e ela havia derramado algumas lágrimas, mas, sendo a garota travessa que era, Valley lambeu os lábios e sorriu, parecendo uma maldita estrela pornô.

Uma que eu ficaria feliz em foder na frente de uma câmera e mostrar ao mundo que era minha.

Era isso é o que ela era.

Raramente reivindiquei mulheres, mas esta era especial e Deus a livre de chupar o pau de outro homem enquanto eu mostrava a ela o quanto poderia ser divertido jogar com um homem de cinquenta e seis anos.

Ela gostava.

É claro que gostava.

— Você é tão linda — murmurei, afastando o cabelo do seu rosto e deslizando o polegar ao longo de seus lábios carnudos. — Você quer mais?

— Sim, por favor — ela respondeu rapidamente, olhando ansiosamente para o meu pau.

— Coloque sua linda boca nele de novo — ordenei, a observando ela se aproximar para envolver os lábios ao redor do meu comprimento, começando a chupar imediatamente, com as mãos segurando a base.

Inclinei-me para trás novamente, segurando seu cabelo no topo da cabeça com uma das mãos, com ela se movendo para cima e para baixo ao longo do meu pau. Para uma garota de dezoito anos, ela com certeza tinha muita prática, mas só de pensar nela com outros homens me deixava com raiva.

Ela era minha agora.

Lambi o lábio inferior e ela afastou a boca do meu pau para lamber ao longo do comprimento, da base à ponta e depois de volta para baixo, onde chupou minhas bolas em sua boca.

Valley gostava de experimentar e mostrar o quanto sabia sobre o corpo masculino e do que gostava, e honestamente... eu não fiquei bravo com isso. Seu dedo na minha bunda me surpreendeu, mas não era a primeira vez que uma mulher brincava na minha entrada dos fundos no sexo. Era bom, então deixei Valley lamber todo o caminho até meu ânus, continuando a esfregar meu pau com a mão.

Ela não tinha medo, mas gostava de explorar.

Exatamente o que eu gostava, embora não esperasse tais coisas dela.

— Use seu dedo — eu disse, observando enquanto ela colocava o indicador na boca para molhá-lo e depois colocá-lo no meu ânus para empurrá-lo lentamente para dentro. — Agora continue chupando meu pau, baby. Quero ver meu gozo em toda essa sua boca safada.

Valley sorriu e se moveu ainda mais para voltar a colocar meu pau em sua boca, e já que não ia mais me provocar depois da lição aprendida, eu a deixei fazer o que fosse necessário para eu gozar.

— Mexa essa língua — encorajei, sentindo-a girar em torno da minha ponta antes que movesse os lábios mais para baixo ao longo do meu comprimento.

Eu a deixei fazer todo o trabalho, porque uma vez que ela tivesse feito o suficiente, seria a minha vez. Eu a foderia até que ela gritasse de agonia, e a faria gozar com tanta força que nunca esqueceria quão bom um homem mais velho pode fazê-la se sentir.

Senti a tensão dentro de mim aumentar, pronta para explodir e deixá-la engolir meu gozo, que ela tão desesperadamente queria. E, para sua sorte, não demorou muito até que a primeira gota atingisse sua língua inesperadamente.

Agarrei seu cabelo novamente, puxando sua cabeça um pouco para trás para que ela mantivesse a ponta do meu pau na boca, meu corpo começando a ficar cada vez mais tenso. Um gemido deixou minha garganta, e afastei suas mãos para esfregar meu pau e assumir o controle sobre ele.

— Abra — rosnei, e quando ela fez o que mandei, não pude mais me conter.

Uma poça de gozo se formou em sua língua rosada, e eu me aliviei dentro de sua boca. Seus lindos olhos ficaram nos meus o tempo todo, excitados.

— Isso mesmo, baby. Isso é o que você merece esta noite. Você foi boazinha — elogiei, através dos dentes cerrados.

Quando a última gota atingiu sua língua, continuei acariciando meu pau e a observei se ajoelhar na minha frente, com a boca bem aberta e cheia de gozo, esperando que eu a deixasse engolir.

Mas eu tinha outras coisas em mente.

Isso ainda não tinha acabado, e eu sabia que o quer que fizesse, ela gostaria.

Soltei meu pau, agora semiduro, e coloquei dois dedos em sua língua, deixando um pouco do meu gozo fluir pela garganta e pelo queixo. Ela engoliu para não engasgar com o fluido, e cobri meus dedos em meu próprio líquido antes de esfregá-los contra sua língua.

— Esta não é a única parte do seu corpo que eu quero coberta com meu gozo — falei baixinho para ela, e então inclinei a cabeça para cima, indicando para que ela se levantasse.

Ela veio depois que tirei meus dedos de sua boca, e quando estava na minha frente com aquela calça apertada e sem moletom, ordenei que ficasse nua.

cinquenta e seis

Como uma boa garota, ela fez exatamente isso, ficando entre minhas pernas com sua boceta nua bem na frente do meu rosto. Levantei a mão e coloquei dois dedos entre suas dobras, esfregando meu gozo ali.

— Eu quero aqui também. Quero gozar na sua boceta apertada e molhada — disse, olhando para ela.

Seus olhos estavam enevoados, e ela se apoiou com as mãos nos meus ombros, me encarando e abrindo um pouco mais as pernas para facilitar o acesso. Mergulhei os dedos em seu buraco apertado, esticando-a, ouvindo pequenos gemidos escaparem de seus lábios.

Valley arranhou suas unhas curtas, mas afiadas, em meus ombros, fechando os olhos quando comecei a tocá-la.

Me mantive em silêncio por um tempo, me certificando de que ela não gozaria. Esfreguei meus dedos contra suas paredes internas, cheirando sua excitação, sentado bem na sua frente.

Tão doce, mas eu tinha que esperar.

Eu já tinha provado sua boceta antes, e ela tinha um gosto viciante.

— Por favor — implorou, com os olhos fechados e lábios entreabertos. — Por favor, me faça gozar.

— Não.

— Por favor, Riggs... eu quero que você me faça gozar — sussurrou, suas pernas começando lentamente a tremer.

Sua boceta se apertou em volta dos meus dedos, com força. Mas antes que ela pudesse alcançar o orgasmo que precisava tão desesperadamente, tirei os dedos de dentro dela e a puxei de volta no meu colo, onde sua boceta nua pressionava meu pau.

— Abra — ordenei, meus dedos roçando seus lábios antes que ela os separasse o suficiente para deixar meus dedos entrarem.

Ela os chupou, lambeu meu gozo e seus fluidos, enquanto seus olhos se focavam novamente nos meus.

— Pare de implorar. Eu decido quando você vai gozar, entendeu?

Ela me deu um pequeno aceno de cabeça, então moveu novamente seus quadris em movimentos circulares para me provocar. Por mais que eu estivesse pronto para uma segunda rodada, não podia dar isso a Valley.

— Tenho que ir — eu disse a ela, colocando as mãos em seus quadris e a afastando de mim.

— Já?

Soltei uma risada.

— Passei tempo suficiente aqui com você esta noite.

Levantei do sofá e ajeitei a cueca boxer e calça enquanto ela continuava nua, não muito interessada em vestir sua calcinha ou moletom. Não que eu me importasse, mas Valley estava tentando tirar mais proveito dessa noite quando eu disse a ela que não haveria mais.

— Verei você de novo em breve?

Abotoei a calça jeans e peguei meu copo para terminar de beber o gin. Depois que o coloquei na mesa, olhei para ela e assenti.

— Amanhã à noite. Venha para a minha casa. Traga roupa de banho — eu disse a ela, então a deixei parada ali no meio da sala e fui em direção à porta.

— Roupa de banho?

— Pare de fazer tantas perguntas antes que eu mude de ideia.

Ela tinha me seguido, ainda nua, e agora estava novamente na minha frente com seus mamilos ainda duros e empinados.

— Amanhã às oito da noite. Vamos jantar e então... — parei, não querendo estragar o que eu tinha planejado contando a ela.

— Vamos transar?

Deixei meus olhos vagarem por seu corpo perfeito mais uma vez antes de me virar e abrir a porta sem responder à sua sugestão.

— Oito da noite — repeti. — E vista uma maldita roupa.

cinquenta e seis

Capítulo dezessete

Valley

Quando Riggs me convidou para jantar com ele, é claro que eu tive que mergulhar de cabeça na roupa que iria usar. Como me pediu, coloquei um biquíni por baixo que era um pouco pequeno demais para mim, mas como ele já me viu nua, não achei que isso o incomodaria.

No máximo, ficaria louco para querer tirá-lo de mim.

Escolhi um vestido justo, parecido com o que usei na festa de aniversário do meu pai, mas com um decote nas costas.

Fui pontual, até tive alguns minutos de sobra que passei no carro apenas olhando para a casa dele.

Todas as luzes estavam acesas, mas como a cozinha ficava escondida atrás da grande sala de estar, não consegui ver se tinha alguém lá dentro, pensando que Riggs deveria estar na cozinha preparando o jantar para nós.

Por "nós", eu quis dizer ele, seu irmão e eu.

Garett, com quem tive que cancelar o compromisso desta noite, porque não podia recusar a proposta de Riggs para passar a noite com ele. A ação ao vivo ainda era melhor do que através de uma webcam, mas o que Garett não sabia era que ele teria alguém para olhar esta noite. Então, aos meus olhos, não era como se eu tivesse realmente cancelado nosso compromisso on-line.

Quando chegou a hora de enfrentar Riggs, saí do carro e caminhei até a porta da frente para tocar a campainha, e apenas alguns segundos depois, Garett abriu a porta com um sorriso no rosto.

— Valley. Que bom te ver de novo.

Ele já tinha se preparado para nosso encontro on-line desta noite, já que vestia uma camisa de botão toda vez que eu o via na minha tela, mas não parecia muito desapontado.

— Olá, Marcus. Como você está? — perguntei, sorrindo e passando por ele ao se afastar da porta.

— Estou muito bem, obrigado. Legal da parte do Riggs convidá-la agora que seu pai e madrasta estão fora.

— Sim, muito gentil da parte dele. Você vai ficar para jantar também? — questionei, não querendo assumir nada, embora soubesse exatamente o que estava acontecendo em sua vida no momento.

— Ah, sim. Vou jantar com vocês. Mas depois vou sair para ir a um bar. Meu encontro foi cancelado, então vou procurar outra pessoa que possa me fazer companhia esta noite.

Bom para ele, mas a maneira como ele se referia a mim como um encontro me deixou desconfortável. Para mim, encontros eram relacionados a sentimentos, e isso era algo que eu não tinha por ele, apesar de todas as coisas que fizemos juntos.

— Sinto muito, Marcus. Tenho certeza de que encontrará alguém que gostará de lhe fazer companhia durante a noite.

— Espero que sim. Riggs está na cozinha. Logo me juntarei a vocês.

Eu me perguntei se ele percebeu que Riggs e eu tínhamos ficado próximos. Certamente ele não era cego e notou o jeito que eu estava vestida.

— Ok — respondi, observando-o se afastar e depois ir para a cozinha.

Riggs estava de costas para mim, todo focado, mexendo alguma coisa no fogão. Ele não se virou quando me aproximei. Parei bem atrás dele, passei os braços ao redor de seu peito e pousei as mãos ali, pressionando o corpo contra as suas costas.

— Sentiu minha falta? — ronronei, sorrindo como uma idiota.

Seu corpo relaxou sob meu toque. Quando ele apoiou a colher de pau no balcão, se virou para olhar para mim com olhos tempestuosos, quase raivosos.

Alguém está de mau humor, pensei.

— Tudo bem? — indaguei mais séria, mas mantendo as mãos nele e passando uma delas por seu cabelo.

— Tudo perfeito — Riggs murmurou, levantando as mãos e colocando-as na parte inferior das minhas costas. Ele deixou seus olhos vagarem pelo meu corpo, mantendo-os em meus seios por um tempo antes de encontrarem os meus novamente. — Você está linda.

Ele falava sério, mesmo que sua voz fosse monótona e sem motivação. Talvez Riggs precisasse de um pouco disso, e como eu era boa em deixá-lo de bom humor, fiquei na ponta dos pés e beijei seus lábios suavemente.

cinquenta e seis

Tudo fluiu naturalmente, e ele me beijou de volta enquanto uma de suas mãos se movia para mais perto da minha bunda, segurando e apertando forte. Nossas línguas se tocaram, começando lentamente a se mover uma contra a outra da maneira mais apaixonada possível.

Riggs nunca tinha sido tão gentil assim comigo, mas, quando tive esse pensamento, ele levantou a outra mão e colocou os dedos em volta do meu pescoço, apertando minha garganta com força e me deixando sem fôlego em um instante, o que me fez parar de mover os lábios, sua língua ainda dentro da minha boca. Ele explorou, até mordeu meu lábio inferior antes de se afastar e olhar novamente nos meus olhos.

Eu não conseguia falar ou respirar, mas quem precisava fazer essas coisas de qualquer maneira quando um homem bonito como Riggs estava apertando sua garganta?

— Sem provocações na mesa. Espere até que Marcus vá embora, então você pode voltar ao seu normal. — Ele quis dizer o meu eu travesso. — Acha que pode fazer isso? — Riggs perguntou, em voz baixa.

Assenti com a cabeça, ainda incapaz de usar minhas cordas vocais para me comunicar.

— Muito bem. Vá se sentar.

Ele finalmente me soltou, e depois de inspirar profundamente, me virei e caminhei até a mesa de jantar que já estava posta.

Eu tive que lhe dar o crédito.

Por ser um alfa, e um babaca na maior parte do tempo, Riggs tinha sua vida sob controle e não se deixava levar só porque agora estava aposentado. Eu tinha certeza de que ele foi correr esta manhã, ou fez algum treino em sua academia em casa. De qualquer forma, eu gostava de onde as coisas estavam indo.

Não esperava que nos apaixonássemos e morássemos juntos, porque, francamente, isso só complicaria as coisas. Mas gostava da ideia de nos vermos com mais frequência, mesmo com meu pai e madrasta voltando para a cidade. Eles não precisavam saber sobre nós, e poderíamos manter isso como nosso segredinho.

É... acho que eu gostaria disso.

— Você está planejando ficar por muito tempo, Marcus? — perguntei, dando outra garfada na comida no meu prato. Riggs era um ótimo cozinheiro, mas, por mais que eu gostasse do jantar, finalmente queria ficar sozinha com ele.

— Ainda estou pensando. Posso ficar até o final do ano e recomeçar em outro lugar no ano que vem.

— Você não vai ficar aqui tanto tempo. — Riggs não era idiota apenas comigo, mas também com seu próprio irmão. — Eu disse que você poderia ficar por algumas semanas, não quatro meses inteiros.

O anjinho no meu ombro direito me disse para convencer Riggs a deixar seu irmão ficar aqui um pouco mais, mas o diabinho do outro lado me fez ficar de boca fechada.

— Certo, então acho que vou embora logo — Marcus murmurou, terminando seu jantar. — Você precisa de uma carona para casa? Estou indo para a cidade, de qualquer maneira — ofereceu, mas balancei rapidamente a cabeça, negando.

— Vim dirigindo.

— Ah, certo. Bem, então... — Ele se levantou da mesa enquanto Riggs e eu ainda estávamos comendo, sem mostrar nenhuma educação. Claro, Marcus queria ir à cidade e ver se encontraria uma mulher para lhe fazer companhia durante a noite, mas ainda poderia ter esperado que acabássemos, em vez de sair no meio do jantar.

Riggs não parecia se importar e provavelmente estava feliz por ele estar saindo.

— Tchau — ele murmurou, e eu sorri para Marcus, acenando.

— Divirta-se.

— Obrigado. Provavelmente não será tanto quanto com meu encontro inicial...

Ah, bem... isso era um belo elogio.

Sorri novamente e o vi sair da cozinha, então me virei para olhar para Riggs até que ouvimos primeiro a porta da frente se fechar, e logo o carro de Marcus se afastando.

— Sabe, você poderia ser um pouco mais legal com o seu irmão.

— Sabe, você poderia apenas manter essa boca fechada e me deixar lidar com ele.

Grosso.

Mas, de novo, não havia mais nada que eu esperasse de Riggs quando ele estava de mau humor desse jeito.

cinquenta e seis

Dei a última garfada e abaixei os talheres para tomar um gole de água, já que ele não tinha nada além de álcool por perto.

— Posso pegar um pouco do vinho tinto? — pedi, apontando para a garrafa e olhando para Riggs.

— Se você conseguir aguentar. — Ele deu de ombros.

— Aguentar? É só um pouco de vinho, Riggs. Talvez isso me deixe no clima, já que você não está ajudando muito.

Ele arqueou uma sobrancelha enquanto eu me servia um pouco do vinho. Quando coloquei a garrafa na mesa, ele franziu o cenho.

— Você sabe por que está aqui esta noite. Deveria ter vindo preparada — ele me disse.

— Ah, eu estou preparada para qualquer merda que esteja planejando para esta noite, mas talvez você devesse deixar de lado esse humor de coroa ranzinza e me mostrar o que realmente quer. Tudo o que você está fazendo agora é me fazer querer voltar para casa e usar um vibrador para me fazer gozar.

Ele não gostou nada disso.

Afastando sua cadeira da mesa, Riggs se levantou e colocou a mão no meu pescoço, me fazendo levantar e derramar meu vinho por toda a mesa.

Merda.

— Isso é jeito de falar comigo? — ele rosnou.

Isso, ali estava... será que era tão difícil se transformar em seu eu de sempre?

Mordi o lábio inferior para segurar um sorriso e balancei a cabeça para responder à sua pergunta, provavelmente retórica.

Ele empurrou minha cadeira para o lado e afastou os pratos e talheres para, em seguida, me deitar de costas, com ele de pé entre as minhas pernas. Meu coração começou a bater forte, querendo-o ali mesmo com o rosto pressionado contra a minha boceta.

Para minha sorte, ele se ajoelhou e puxou meu vestido para cima para revelar minha boceta coberta pela calcinha do biquíni. Um rosnado vibrou em seu peito, e me apoiei com as mãos atrás de mim, sobre a mesa, para ver o que ele estava fazendo.

— Você não precisa disso — Riggs sussurrou, puxando para baixo o tecido minúsculo e jogando-o no chão, deixando minha boceta nua ainda mais exposta.

Ele afastou as minhas pernas e se inclinou para mais perto com os olhos ainda nos meus. Pressionou os lábios contra a parte interna da minha coxa, fazendo meu corpo ser tomado por arrepios e me fazendo agarrar seu cabelo.

— Por favor — implorei, mas isso não era o que ele queria ouvir.

— O que eu disse sobre implorar, Valley?

Apertei meus lábios um contra o outro para me impedir de suspirar pesadamente, e quando não respondi, ele soltou uma risada.

— Exatamente. Fique parada. Isso é o que você merece esta noite. — Ele não estava falando sobre um orgasmo, isso eu tinha certeza. Eu não me comportei, e ele me puniria novamente.

Seus lábios se aproximaram das minhas dobras, mas em vez de lambê-las como fizera antes, ele deixou sua língua se mover ao longo da parte interna das minhas coxas por um tempo, me provocando e me deixando louca. Respirei fundo e tentei mover os quadris de uma maneira para guiar sua boca para onde eu queria, mas quanto mais eu lutava para chegar lá, mais ele provocava.

Tive que relaxar e deixá-lo fazer o que queria, caso contrário eu nunca experimentaria meu primeiro orgasmo causado por ele. Nas outras vezes, tive que dar duro para conseguir um orgasmo, o que era bom de qualquer maneira, mas eu queria saber como seria gozar com sua língua atiçando meu clitóris.

Riggs colocou minhas pernas sobre os ombros e eu as mantive ali, suas mãos segurando minha bunda para me manter no lugar.

Finalmente, e com os olhos ainda nos meus, ele deixou sua língua se mover pelas minhas dobras, saboreando cada gota da minha excitação.

— Ah, sim… — gemi, agarrando seu cabelo com mais força e pressionando seu rosto ainda mais contra a minha boceta.

Eu não queria que ele se afastasse, não até que me fizesse gozar, o que era exatamente o que ele não queria que eu fizesse e eu tinha que admitir que o fato dele me impedir de gozar era intenso.

Seus dedos cravaram na minha pele, fazendo doer o suficiente para enviar faíscas por dentro do meu corpo. Elas estavam por toda parte, e agora que sua língua estava lambendo meu clitóris, eu finalmente pude relaxar um pouco e aproveitar cada momento.

cinquenta e seis

Capítulo dezoito

Riggs

Aqueles sons doces e a maneira como ela manteve minha cabeça no lugar para garantir que eu não me afastasse fez meu pau vibrar na calça, precisando de mais espaço, pois estava começando a ficar apertado lá dentro.

Valley tinha um gosto tão doce, que estava me deixando viciado nela. Mas, por mais que adorasse brincar com sua bocetinha, eu ainda queria fazê-la sofrer, negando a ela um orgasmo.

Sua boca suja foi o que nos trouxe até aqui, e a mesa de jantar não era onde eu pretendia fodê-la. Sim, depois de pensar muito sobre isso, decidi que não podia esperar mais. Eu tinha que fodê-la esta noite.

Os fluidos de sua excitação estavam sobre toda a minha barba, mas engoli o máximo que pude, segurando seus quadris parados no lugar para impedi-la de se contorcer. Eu poderia dizer que ela estava perto do orgasmo só pela forma como seu rosto se encheu de luxúria, seus lábios se separaram e seu clitóris pulsava contra minha língua. É exatamente onde eu a queria e, antes que suas pernas começassem a tremer, eu me afastei para ver pura frustração tomar conta de suas feições.

— Não, por favor, Riggs! Não pare! — choramingou, tomando o assunto em suas próprias mãos e tirando a mão do meu cabelo para esfregar seu clitóris e chegar ao tão esperado orgasmo.

— Não! — rosnei, agarrando seu pulso e afastando sua mão.

— Por favor — ela implorou novamente, tentando juntar as pernas e de alguma forma causar atrito entre elas.

Não deu certo, e apenas alguns segundos depois ela parecia derrotada.

— Você vai falar assim comigo de novo? — perguntei, afastando novamente suas pernas e segurando seus quadris para que ela não se movesse.

— Não — Valley respondeu, sem fôlego.

Voltei a lamber seu clitóris pulsante, observando seu corpo sacudir.

— E vai se comportar de agora em diante?

Ela hesitou, e me inclinei um pouco para trás para lhe mostrar que não continuaria se ela não respondesse.

— Sim, vou me comportar — sussurrou, sua mão voltando para o meu cabelo.

Sua resposta foi boa o suficiente, e me inclinei, com os olhos fechados desta vez, para terminar o que havia começado. Seus quadris empinavam mais e mais quanto mais rápido eu mexia a língua contra aquela pequena protuberância, e seu punho no meu cabelo puxava os fios com força para me guiar no caminho do ponto certo.

— Ah, sim... por favor, não pare — Valley gritou e, pela primeira vez, sem ser um idiota, eu a deixei ter exatamente o que queria.

Sua cabeça inclinou para trás e, embora o orgasmo a tenha atingido com força, ela manteve meu rosto ali entre as coxas para que eu continuasse lambendo seu clitóris latejante.

— Meu Deus! — choramingou, me fazendo sorrir quando seu corpo começou a tremer incontrolavelmente.

Isso era tanta tortura quanto não deixá-la gozar, já que a sensação só se intensificou dentro dela. Então, em vez de me dizer para continuar, ela murmurou para eu parar.

— Riggs... — Valley sussurrou, desta vez tentando me afastar. Ela realmente precisava decidir o que queria, mas, de qualquer forma, eu faria exatamente o oposto para lhe mostrar quem estava no controle.

Olhei para ela com a boca ainda cobrindo suas dobras e engolindo cada gota da minha saliva misturada com seu gozo.

Valley tinha perdido a força, e seu corpo estava se desligando lentamente, seu cérebro embaçando de prazer. Tive que parar antes que eu não pudesse usá-la para mais esta noite, então lambi sua boceta uma última vez e levantei, me inclinando sobre ela para beijá-la apaixonadamente.

Ela ainda estava em algum tipo de transe, e enquanto eu girava a língua ao seu redor, puxei seu vestido ainda mais para cima para segurar seus seios carentes.

— Mais? — murmurei no beijo, e ela assentiu com a cabeça, ainda se recuperando do que eu a fiz passar. — Diga o que quer — falei, me inclinando para trás para olhar em seu rosto.

cinquenta e seis

123

Suas bochechas estavam vermelhas em contraste com a pele pálida, e seus olhos azuis pareciam mais cinzas.

— Quero que você me foda com força — ela sussurrou, ainda tentando recuperar o fôlego.

Movi minhas mãos de seus seios para sua cintura; em seguida, puxei-a para mais perto até que sua boceta estivesse pressionada contra minha virilha, com as pernas abertas de cada lado do meu corpo.

— Tem certeza sobre isso? Sabe que não vou pegar leve. Quando eu estiver dentro de você, não vou me segurar, baby.

Valley lambeu os lábios e negou com a cabeça.

— Eu não me importo. Quero que você seja duro comigo.

Que bom.

Eu não sabia foder de nenhuma outra maneira.

Meu pau já estava duro, esperando que o tirasse de dentro da calça para lhe dar algum espaço. Eu estava ansiando por Valley e, depois de rapidamente tirar o vestido e, em seguida, o top do biquíni, desabotoei minha calça e a empurrei para baixo, junto com minha cueca boxer.

Esfregando meu comprimento, observei seu corpo se contorcer sobre a mesa. Não era o primeiro lugar que escolheria para fodê-la, mas não queria carregá-la para o sofá ou para o meu quarto.

Não agora.

— Pernas para cima — ordenei, observando enquanto ela as levantava no ar, onde passei um braço em torno delas e as pressionei contra o lado esquerdo da parte superior do meu corpo.

Usei minha saliva para molhar meu pau antes de colocar a cabeça em sua entrada e empurrá-la lentamente, testando seu aperto. Por mais que eu quisesse fodê-la, não queria quebrá-la no meu primeiro impulso.

Seus olhos se arregalaram quando ela sentiu meu pau esticá-la lentamente, e quando que tive certeza que poderia começar a me mover, estoquei dentro dela em um movimento rápido. Minha mão direita estava em seu quadril, segurando-a para impedi-la de se mover muito.

— Poooorra — rosnei, lembrando como era bom ter meu pau espremido por uma boceta molhada e quente. Valley era incrível; como uma luva quente me abraçando direitinho.

Seu rosto me disse que ela estava preparada para o que estava por vir. Para não fazê-la esperar mais, comecei a foder com força, sem me segurar. Os olhos de Valley reviraram e suas mãos agarraram a borda da mesa com firmeza para se certificar de que ela não seria empurrada para trás, para se manter firme enquanto eu estocava nela com tudo.

— Era isso que você queria? — rosnei, mostrando a ela quanta energia um homem tão *velho* como eu ainda tinha.

De maneira nenhuma eu a deixaria transar com outro homem da minha idade, ou qualquer outro cara neste planeta. Agora Valley era minha, e eu esperava que ela percebesse isso e não fosse para cama com outros. Não que ela fizesse isso de qualquer maneira, mas eu tinha que mostrar que, de agora em diante, era o único para ela.

Estendi a mão para segurar um de seus seios, apertando-o com força e puxando seu mamilo, enquanto continuava a fodê-la com força.

— Olhe para mim — falei, e ela assim o fez.

Sua beleza aumentou o tesão dentro de mim, fazendo meu pau pulsar ainda mais só de olhar para aqueles olhos bonitos.

— Mais forte — ela gemeu, me fazendo sorrir e agarrar seu quadril novamente, mas nesta posição em que estávamos, eu não poderia dar tudo de mim.

Empurrei suas pernas para um lado, então ela teve que virar um pouco, me permitindo um melhor acesso a sua boceta. Coloquei uma das mãos em sua bunda, empurrando contra a parte inferior de sua coxa, então comecei a mover os quadris novamente para continuar a fodê-la.

Valley apertou suas paredes ao meu redor, me avisando que já estava perto do orgasmo; embora eu ainda estivesse longe do meu.

— Não goze ainda — murmurei, levantando a mão e batendo forte em sua bunda para fazê-la sentir algo além do orgasmo crescendo dentro de si.

Mas quem eu estava enganando? Essa era Valley, e é claro que ela só ficou ainda mais excitada com o meu tapa. Seus gemidos ficaram mais altos com cada estocada, e eu me concentrei em mim ao invés dela, querendo encher sua boceta com meu gozo.

De certa forma, eu estava me segurando, mas também já queria gozar. Valley deve ter notado minha indecisão, porque esticou a mão em direção ao meu pau para segurar minhas bolas. Ela sabia como me deixar louco, e eu a deixei fazer o que fosse necessário para me fazer gozar dentro da sua bocetinha apertada.

Sua bunda estava vermelha dos meus quadris batendo contra sua pele, e enquanto ela continuava a puxar e apertar minhas bolas, a tensão dentro de mim se movia dos dedos dos pés até o meu abdômen, onde o orgasmo explodiu inesperadamente.

Era necessário, porque fodê-la por mais tempo se tornaria doloroso.

Me esvaziei dentro do seu corpo, observando o gozo escorrer entre suas dobras e ao longo do meu pau.

Sua respiração estava tão pesada quanto a minha, mas como ela ainda não tinha gozado, eu me afastei e me ajoelhei de novo na frente dela, abrindo suas pernas e lambendo ao longo de sua fenda para chegar ao seu clitóris e começar a mover minha língua contra ele. Eu não me importava de provar meu próprio gozo, e já que estava misturado com seus fluidos, não tinha um gosto ruim.

— Ah, sim! — choramingou, puxando meu cabelo novamente e rebolando os quadris para esfregar sua boceta contra minha boca. — Por favor, não pare, Riggs. Me faça gozar — pediu com os dentes cerrados, e felizmente não demorou muito para o orgasmo tomar conta dela.

Sua cabeça inclinou para trás contra a mesa e suas costas arquearam, enquanto eu chupava sua boceta uma última vez antes de voltar a ficar de pé para vê-la voltar lentamente de seu orgasmo.

Limpei a boca com as costas da mão, em seguida, movi as mãos ao longo de seu corpo para segurar seus seios e fazê-la relaxar.

— É assim que vai ser de agora em diante, Valley. Eu fodo sempre que eu quiser, onde eu quiser. E nós dois gozaremos. Não me importo como ou quando, mas quando eu foder você, vou agradar a nós dois — prometi a ela, fazendo um pequeno e exausto sorriso aparecer em seus lábios.

Seus olhos se abriram novamente, olhando de volta para os meus.

— Ok — ela sussurrou, sua respiração arfante.

Eu a observei por um tempo até me acalmar antes de puxar suas mãos para fazê-la se sentar. Segurei seu rosto com as duas mãos e me inclinei para beijar seus lábios. Valley colocou as mãos na minha barriga, levantando minha camisa e acariciando minha pele antes de subir ainda mais a minha camisa, querendo tirá-la. Achei que era justo, já que ela já estava nua.

Terminei o beijo e puxei a camisa sobre a cabeça, então a joguei no chão e segurei Valley com as mãos em sua bunda. Ela envolveu as pernas em torno dos meus quadris e eu a carreguei pela sala para chegar ao meu lugar favorito da casa.

Eu tinha uma piscina coberta aquecida com vista para a cidade, assim como meu quarto, e normalmente usava sunga para nadar sempre que eu queria, mas, como a noite não correu como planejado, eu não me importei de entrar na água morna com ela nua.

Valley gritou como uma criança animada ao ver a piscina, e enquanto ela mordia o lábio de emoção, eu a deixei descer na beirada da escada que levava à água.

— Eu não sabia que você tinha uma piscina coberta. Isso é incrível! E a vista... — ela arfou.

Sorri com o quanto uma maldita piscina a animava, pensando que era a coisa mais fofa que eu já tinha visto. Mas não iríamos apenas nadar na piscina esta noite. Eu queria transar com ela mais uma vez antes de levá-la para o meu quarto e fazer tudo de novo.

— Entre — ordenei, segurando meu pau e acariciando-o lentamente, com meus olhos ainda sobre ela.

Valley sorriu, dando um passo na água e depois mergulhando, submergindo sob a superfície. A forma como seu cabelo escuro fluía na água a fazia parecer uma maldita sereia. Ou devo dizer feiticeira, já que essas criaturas eram conhecidas principalmente por matar homens.

Valley era imprudente, caramba, até mesmo cruel, e apenas um olhar dela poderia matar, mas apenas da melhor maneira possível.

Eu a observei subir para respirar e tirar o cabelo do rosto com um sorriso brilhante.

— É lindo, entre! — exclamou.

Por mais que eu quisesse ficar ali e observá-la um pouco mais, eu queria tocá-la novamente. Queria estar dentro dela e fodê-la aqui mesmo na minha maldita piscina.

Uma e outra vez.

cinquenta e seis

Capítulo dezenove

Valley

Sexo na piscina era algo que eu nunca pensei que seria confortável, mas Riggs fez ser tão sensual quanto quando me fodeu na mesa da cozinha.

Eu estava nas escadas que levam à piscina de quatro, com Riggs atrás de mim, me fodendo com força, com as mãos nos meus quadris. Ele me puxava contra si com cada impulso, me fazendo gemer alto porque mantê-lo dentro de mim não era uma opção.

Era muito bom, e embora eu estivesse começando a sentir dor entre as pernas, não queria que ele parasse. A sensação de queimação não era dolorosa. Em vez disso, me fez querer que ele me desse um tapa novamente, me mostrando exatamente o quão duro ele poderia ser. Mas com seu pau dentro de mim, eu não podia falar muito. Ele me deixava sem fôlego.

Suas mãos se moveram dos meus quadris para minha bunda, espalhando minhas nádegas para então deslizar o polegar sobre meu ânus, me provocando. Olhei para ele com olhos lacrimejantes e lábios entreabertos, e quando o vi encarando meu corpo, sorri com a admiração que vi brilhando em seus olhos.

Um gemido baixo escapou de seu peito e ele parou de se mover por um segundo para levar a mão à boca e molhar os dedos com saliva antes de colocá-los de volta na minha fenda, pressionando o polegar contra o meu buraco apertado. Mordi meu lábio inferior, sabendo que qualquer coisa que tivesse a ver com anal era algo que eu iria gostar. Eu o observei atentamente enquanto ele estava em algum tipo de êxtase, sua respiração calma e controlada.

Seu pau ainda estava dentro da minha boceta, pulsando e me esticando sem que ele tivesse que se mover.

— Você gosta disso? — Riggs perguntou, mantendo os olhos na minha bunda, mas sabendo que eu o estava observando.

— Sim — respondi, movendo meus quadris para sentir mais de seu dedo contra a minha entrada. — Eu amo ser fodida na bunda.

Não que eu estivesse mentindo sobre isso, mas, até este momento, eu só tive o prazer de ter um outro pau no meu ânus, além dos meus vibradores e pênis de borracha. Fora que fazia cerca de um ano desde a última vez que fiz anal, então eu precisava que ele me alongasse e me preparasse para o seu membro, que é o que ele já estava fazendo, adicionando lentamente outro dedo e dedilhando meu ânus.

Fechei os olhos novamente, deixando-o fazer todo o trabalho.

Riggs sabia o que tinha que fazer para conseguir se colocar todo dentro de mim, então ele tomou seu tempo para se certificar de que não doeria muito quando me penetrasse lá atrás.

Enquanto trabalhava seus dedos no meu ânus, ele começou a entrar e sair da minha boceta novamente.

Apenas alguns minutos antes de ele me puxar para as escadas e ainda estarmos no fundo da piscina, ele me fez envolver braços e pernas ao redor de seu corpo coberto de tatuagens. Ele era incrivelmente bonito, com todos os símbolos diferentes em sua pele, e embora eu não tivesse estudado suas tatuagens muito de perto, tinha certeza de que um dia teria a chance de perguntar a ele sobre cada uma delas.

— Como está? — questionou com um rosnado, agora colocando três dedos no meu ânus.

— Perfeito — gemi, abrindo meus olhos novamente e o fitando.

Riggs levantou seu olhar para encontrar o meu, e quando viu quão pronta e disposta eu estava, tirou os dedos e o pau para fora de mim, pressionando a ponta dele contra minha entrada traseira.

Gemi novamente, relaxando o corpo e tentando não me mover.

— Porra, baby... você é tão apertada — murmurou, tentando empurrar mais dentro de mim, com cuidado.

Demorou um pouco até que ele estivesse completamente dentro de mim, e embora não me machucasse, eu podia senti-lo me esticando cada vez mais. Fechei os olhos de novo, e quando ele teve certeza de que poderia começar a estocar em mim sem se conter, ele fez exatamente isso.

A partir daquele momento, eu estava em puro êxtase, aproveitando cada segundo de Riggs me fodendo.

Gozar com penetração anal não era uma opção para mim, não importa o quão forte e profundo ele me estocasse, mas isso não o impediu de me tirar da piscina e entrar em seu quarto, nós dois ainda molhados da água.

Ele me fez deitar de bruços com as pernas penduradas na cama, se aproximando entre elas para empurrar seu pau de volta na minha boceta e começar a estocar em mim sem piedade.

Do jeito que eu gostava.

Ele não era tão falante como de costume, mas me mostrou por sua aspereza exatamente o que estava pensando, e quanto mais eu tentava segurar meu orgasmo, mais rápido ele se movia para dentro e para fora de mim.

— Se solte, Valley — ordenou, segurando minha bunda com força.

Eu estava gostando muito disso, e não queria gozar a menos que ele gozão fizesse ao mesmo tempo.

— Pare de se segurar, Valley! — Riggs rosnou, cravando os dedos em minha pele.

— Não — choraminguei, descendo a mão pelo meu corpo e pelo colchão para tocar minha boceta e aliviar a dor.

Riggs murmurou algo que não consegui entender, mas rapidamente me mostrou o quão infeliz estava, saindo de mim, me virando de costas, me penetrando novamente e envolvendo sua mão ao redor da minha garganta com força.

— Eu disse para você gozar — ordenou.

Por mais que eu adorasse provocá-lo um pouco mais, e que eu gostasse de vê-lo tão bravo, finalmente me soltei, deixando o orgasmo me atingir com força. Inclinei a cabeça para trás, fechei os olhos e agarrei as cobertas debaixo de mim, minhas pernas começando a tremer.

— Perfeito... simples assim, baby. Se solte — Riggs rosnou, afrouxando um pouco seu aperto ao redor da minha garganta para me deixar respirar.

Logo depois, ele parou de se mover e senti seu gozo me encher mais uma vez.

— Ah, Riggs — gemi, pegando sua mão e aumentando seu aperto novamente porque, bem... me sufocar estava começando a se tornar algo que eu queria que ele fizesse com mais frequência.

Ele deu uma risada baixa e seus dedos voltaram a agarrar minha garganta com mais força. Ao parar de se mover, ele se manteve dentro de mim, não deixando seu gozo fluir para fora do meu corpo. Em vez disso, ele se inclinou para pressionar os lábios contra os meus, com a barba fazendo cócegas na minha pele.

Beijá-lo começou a parecer normal, quase como se fosse necessário depois de sua maneira rude de me foder. Ele era gentil, mas ainda assim muito determinado.

Mas mesmo que estivesse mostrando um lado totalmente diferente de si naquele momento, nada mudaria entre nós. Ele ainda era apenas um cara com quem eu gostava de me divertir, e se eu fosse brutalmente honesta, não achava que haveria mais entre nós do que isso.

Claro, ele era um cara legal quando não agia como um completo idiota, mas eu ainda tinha dezoito anos. Um relacionamento ou até mesmo ter sentimentos por ele não era uma opção.

Pense bem, Val.

Não. Ele também não queria isso, então por que começar a esperar por algo que eu sabia que nunca aconteceria?

Sua língua se moveu contra a minha uma última vez antes de ele se endireitar e finalmente sair de mim. Mas ainda não tinha acabado, porque não importava o que fizéssemos, sempre havia algo mais para fazer. Riggs olhou para seu pau, então arqueou uma sobrancelha para mim com uma pergunta em seus olhos. No começo, eu não tinha certeza do que ele queria, mas quando pousei meu olhar em seu pau ainda duro, percebi rapidamente o que era.

Fiquei de joelhos, envolvendo uma mão em torno da base e, em seguida, lambendo ao longo de seu comprimento para limpar seu próprio gozo. Ele me observou atentamente, sua mão se movendo em meu cabelo e sussurrando elogios enquanto eu engolia o que restava em seu pau.

— Que garotinha safada. Você sabe exatamente como me fazer querer mais, hein? Um tesão total — murmurou, me fazendo sorrir.

Pensar que outras garotas da minha idade estavam agora festejando em uma casa de fraternidade idiota enquanto eu deixo um homem de cinquenta e seis anos me foder a noite toda, nunca me fez pensar que havia algo errado comigo. Fiz isso porque queria, sem ninguém me obrigar. Essa era quem eu era, e isso não fez de mim uma vagabunda.

Eu estava vivendo minha vida, sendo uma mulher, testando meus limites e dando ao meu corpo o que ele queria. Mas só porque eu era tão aberta sobre minha sexualidade e todas as coisas que eu gostava de fazer, não significava que pressionaria outras garotas a fazerem o mesmo. Era o corpo delas, e elas deveriam fazer o que se sentiam mais confortáveis.

Quando a última gota de gozo foi lambida de seu pau, Riggs me colocou de pé e apoiou as mãos na parte inferior das minhas costas.

— Você precisa ir para casa — ele me disse, e eu rapidamente concordei.

Ficar aqui não seria uma boa ideia, pois Garett voltaria em breve. Além disso, eu não conseguia me imaginar dormindo ao lado de Riggs sem uma terceira, quarta ou mesmo quinta rodada de sexo.

De maneira nenhuma dormiríamos.

Assenti com a cabeça, colocando as mãos em seu peito e sorrindo para ele.

— Esta noite foi ótima — falei para Riggs, e seu aceno rápido foi uma resposta aceitável o suficiente.

Nós nos olhamos por um tempo, então ele pigarreou e se afastou de mim.

— Vá pegar suas roupas e se vestir — ordenou.

Pressionei meus lábios um no outro, e então passei por ele para chegar à sala de jantar onde minhas roupas estavam. Riggs me seguiu para vestir suas próprias e começou a limpar a mesa e a cozinha.

Quando terminei de me vestir e calçar os sapatos, fui até a cozinha e o observei por um tempo antes de falar.

— Estou indo — anunciei, e ele se virou para me olhar.

— Pegou tudo? — Riggs perguntou, se aproximando de mim.

— Sim. Marcus não vai saber que você se despiu e me fodeu por toda a casa — respondi, com um sorriso.

Ele riu e negou a cabeça.

— Não tenho tanta certeza sobre isso. O cheiro da sua boceta molhada ainda está no ar.

Isso não era algo ruim. Agora ele tinha alguém em quem pensar pelo resto da noite.

Riggs me acompanhou até a porta da frente e colocou a mão na minha cintura, mas não pretendia me dar um beijo de despedida. Não que fosse necessário, mas eu queria um último gosto dele antes de deixá-lo.

Eu me aproximei e colei os lábios nos dele, com minha mão em sua nuca. No início ele se segurou, mas logo se entregou ao beijo, me puxando para mais perto de seu corpo.

Nosso beijo foi apaixonado e lento, mas não durou muito.

— Vá para casa — ele disse com a voz baixa, se afastando e abrindo a porta.

— Boa noite, Riggs.

— Boa noite — respondeu, me seguindo com os olhos enquanto eu caminhava para o meu carro.

Eu me sentia diferente esta noite, mas, por mais cansada que estivesse, não conseguia pensar direito e ver o que realmente estava acontecendo dentro de mim.

Riggs definitivamente deixou uma marca.

cinquenta e seis

Capítulo vinte

Valley

— Ele ao menos beijou você? — perguntei, minha animação estava nas alturas enquanto Kennedy me contava tudo sobre ela e Mason.

Ela veio depois da aula para que pudéssemos estudar juntas, mas já tínhamos feito o suficiente e, como eu ainda tinha a casa só para mim, queríamos aproveitar bem essa oportunidade.

Nós já planejamos uma festa de dança só para nós duas, então pediríamos tudo o que queríamos comer, e depois teríamos uma maratona de filmes pelo resto da noite.

As bochechas de Kennedy ficaram vermelhas, e enquanto eu guardava meus livros, ela caiu de volta na minha cama com as mãos sobre o peito.

— Quase. Ele disse que queria esperar o momento certo, mas depois me mandou uma mensagem dizendo que foi incrivelmente difícil para ele não me beijar.

— Entediante! — Fiz uma careta.

— Ele tem trinta e três anos, Val, e eu sou a garota de dezoito anos mais inexperiente de todos os tempos. Acho que não saberia o que fazer.

— Você beijou caras antes. Não é tão difícil, é?

— Não, mas homens mais velhos não beijam de forma diferente? Quer dizer, vejo isso o tempo todo nos filmes. Atores mais jovens beijam de maneira muito diferente do que os mais velhos.

Claro, você poderia dizer observando alguém beijar se você gostaria de beijá-los.

— Mas se você nunca tentar, não vai saber como é — eu disse a ela com um encolher de ombros.

— É verdade, mas...

— Me beije — sugeri, ganhando um olhar questionador de Kennedy.
— O quê?
— Me beije e vou dizer o que eu acho de suas habilidades de beijo — ofereci.

Ela observou meu rosto por um tempo antes franzir ainda mais o cenho, mas depois voltar a relaxar.

— Tem certeza? Isso não vai tornar as coisas estranhas entre nós?
— Ken, somos melhores amigas desde pequenas. Nós já fizemos xixi em uma piscina infantil enquanto estávamos dentro. Não tem como ficar mais pessoal do que isso. — Eu ri.

Ela bufou e negou com a cabeça.

— Acho que não. Ok, pelo menos você será brutalmente honesta se eu beijar como uma pessoa bêbada.

Eu ri e assenti com a cabeça, então deitei na cama com ela e esperei que estivesse pronta.

— Preparada? — perguntei, colocando a mão em sua coxa e me aproximando.

— Acho que sim.
— Relaxe, Ken. É só um beijo.

Ela assentiu e respirou fundo antes de olhar nos meus olhos e esperar que eu me movesse. Lambi os lábios e me inclinei para mais perto, movendo a mão até sua bochecha e segurando-a suavemente até que meus lábios tocassem os dela.

Beijar garotas sempre era uma experiência legal para mim, embora eu não fizesse isso há muito tempo. Kennedy era tímida, e eu podia dizer que não estava tão relaxada quanto parecia.

Em vez de usar minha língua imediatamente, eu a deixei tomar o comando um pouco mais, e quando Kennedy finalmente colocou a mão na minha coxa, eu sabia que ela não estava totalmente perdida quando se tratava de beijar. Seus lábios eram macios e se moviam lentamente contra os meus, e isso foi o suficiente para eu saber que ela não era ruim naquilo.

Movi meus lábios contra os seus uma última vez antes de me afastar, percebendo que ela queria mais, mas rapidamente notando quão bom era e ficando vermelha novamente.

— Não foi tão ruim, hein? — perguntei, com um sorriso.
— Não, foi... muito bom — ela admitiu.
— Também achei. Mason vai adorar o jeito que você beija. Talvez se

atreva a fazer um pouco mais. Use sua língua e vá em frente. Você vai ver; quanto mais você beija alguém, mais entende do que o outro gosta e não gosta, e mais cedo ou mais tarde isso vem naturalmente.

Levantei da cama e caminhei em direção à porta, mas ela não se mexeu.

— Alguma coisa aconteceu que fez de você a pessoa que você é hoje? — Kennedy perguntou.

— O que você quer dizer?

— Quero dizer... aconteceu alguma coisa que você nunca me contou? Essa necessidade de atenção de um homem mais velho deve vir de algum lugar.

Certo.

Como outras garotas com problemas com figuras paternas que precisavam de um homem mais velho para agir como seu pai porque os seus verdadeiros nunca estavam por perto. Nada contra essas mulheres, e eu certamente não as envergonharia por isso. Mas minha necessidade de um homem mais velho vinha apenas da experiência deles.

— Não tenho nenhum trauma, Kennedy. Eu só sei o que quero, e os homens mais velhos são os que mais me excitam. Não há realmente nada de errado com isso, e quando você ver além disso, porque sei que você também não tem problemas com a figura paterna na sua vida, verá o quão bom estar com Mason pode ser. Vá em frente sem ficar questionando tudo. Você gosta dele, e ele obviamente também gosta de você. Supere seus demônios e aproveite a vida.

Ela me observou por um tempo, e então sorriu.

— E talvez isso me deixe tão confiante quanto você sempre se mostra.

Dei de ombros.

— Ser confiante não significa que você tem que mostrar isso do lado de fora. O que importa é que seja fiel a si mesma. Agora, vamos pedir alguma coisa para comer porque estou morrendo de fome.

O sushi, dois hambúrgueres e uma porção de batatas fritas foram demais para Kennedy, então ela adormeceu assistindo ao nosso segundo filme da noite. Eu não queria acordá-la e dizer para subir; o sofá era confortável o suficiente para dormir, mas tive que pegar um cobertor do meu quarto, porque o que ela já tinha não estava quente o suficiente.

Coloquei o controle remoto sobre a mesa de centro e deixei o quarto filme começar; ainda não estava cansada, mas queria ficar um pouco mais, comendo o resto da comida que pedimos.

Subi as escadas para pegar meu cobertor, que era grande o suficiente para duas pessoas, e antes de descer, verifiquei meu segundo celular para ver se tinha recebido alguma mensagem de algum dos homens. E, surpresa surpresa... Garett me mandou uma mensagem perguntando se eu tinha tempo para ele esta noite.

Bem, já que Kennedy estava capotada e provavelmente não acordaria novamente, eu poderia facilmente voltar para o meu quarto e fazer um showzinho para Garett. Mandei uma mensagem de volta para ele dizendo que estaria pronta em quinze minutos, então desci bem rápido as escadas para colocar o cobertor sobre Kennedy e corri de volta para cima.

Tranquei a porta do quarto para o caso de ela acordar, então liguei meu notebook e configurei a webcam para então vestir algo mais sexy. A máscara de esqui foi a última coisa que coloquei na cabeça, me certificando de que ficasse no lugar e não mostrasse partes desnecessárias do meu rosto.

Quando eu estava pronta para atender a ligação de Garett, apertei o botão verde e ele apareceu na minha tela com um sorriso no rosto.

— Estou tão feliz em te ver. Fico feliz que tenha dado certo para você, Dove — ele disse. Garett já estava nu, esfregando seu pau lentamente e mantendo os olhos diretamente em mim.

— É claro. Depois de ter que cancelar com você algumas noites atrás, eu precisava compensá-lo — ronronei, mudando para o meu eu travesso.

— Uhmm. Eu saí naquela noite e tentei encontrar alguém para passar o tempo — ele me disse, como se eu já não soubesse disso.

— E você encontrou alguém para lhe fazer companhia? — perguntei, começando a brincar com a alça do meu sutiã para tirar sua mente da nossa conversa e apressar um pouco as coisas.

— Não. Não havia ninguém que pudesse preencher o vazio e a necessidade dentro de mim. Você é a única em quem estive pensando nos últimos dias, Dove — ele falou, sua voz falhando e parecendo derrotada.

Não era assim que ele parecia no jantar. Ele definitivamente sabia como agir em torno de outras pessoas e não parecia desesperado.

— Estou aqui agora, não estou? O que você quer que eu faça, daddy?

cinquenta e seis

Por alguma razão, chamá-lo assim causou arrepios na minha pele, mas não de um jeito bom. O fato de Riggs, seu irmão, não gostar de ser chamado desse jeito, também me fez não gostar do apelido.

Mas Garett não era Marcus ou o irmão de Riggs esta noite, e eu não era Valley.

Eu era Dove.

Riggs

O que quer que fosse a merda doentia que meu irmão estava fazendo no meu quarto de visitas, eu não deveria ter ficado ali por tanto tempo. Eu também não deveria ter ouvido todas as coisas que ele queria fazer com aquela garota. Por último, eu definitivamente não deveria ter ficado de pau duro ao ouvir aquela voz doce vindo do notebook de Marcus.

Não poderia ser ela.

Marcus a chamava de Dove, mas… ela o chamava de *Garett*.

Que porra estava acontecendo?

Aquela voz se aninhou no fundo do meu cérebro, me fazendo cerrar os punhos com força, segurando a vontade de abrir a porta e ver por mim mesmo o que estava acontecendo.

— Mantenha essas pernas bem abertas, Dove — ele ordenou, o que imediatamente me deixou com raiva. Se aquela garota realmente fosse Valley, ela não iria se safar dessa merda facilmente.

Mas eu tinha que ter cuidado, já que não tinha outra prova além da voz que estava ouvindo. Mas então, essas garotas, especialmente as *camgirls*, uma que assumi que Marcus estivesse falando com uma, tinham que fazer aquelas vozes agudas e provocantes para excitar ainda mais os homens.

Escutei atentamente, esperando que ela dissesse outra palavra.

— Assim, daddy?

Meu Deus.

— Assim mesmo, Dove. Porra, estou tão perto.

Tive que sair dali.

— Eu gostaria que você tirasse essa máscara de esqui — ele disse, me fazendo parar e ouvir um pouco mais.

Máscara de esqui? Mas que merda?!

— Você sabe que eu não posso fazer isso — ela disse a ele, com uma voz calma, mas determinada.

Quando Marcus soltou um gemido alto, percebi que era hora de eu sair dali e cuidar da minha vida. Era errado ficar e espionar meu irmão fazendo o que diabos ele estava fazendo lá dentro, mas aquela voz ainda se manteve na minha mente.

Ela me lembrava muito de Valley, e eu tinha que descobrir de alguma forma se era realmente ela. O tempo que passamos juntos alguns dias atrás foi intenso. Nunca pensei que ela me deixaria fazer o que eu quisesse com seu corpo, mas tudo o que eu fazia, ela aceitava como uma profissional e aproveitava cada segundo.

Seu gosto pelo sexo anal foi uma surpresa, mas, de qualquer maneira, não parecia haver nada que a impedisse de se divertir. Ela era selvagem, muito aberta quando se tratava de sexo, e não tinha medo de ultrapassar seus limites e tentar coisas novas.

Então, quão estranho seria para ela ser uma maldita *camgirl*?

Havia muitas coisas que eu não sabia sobre ela, mas não importava o que fosse, eu logo descobriria. Toda verdade vem à tona eventualmente.

cinquenta e seis

Capítulo vinte e um

Valley

Meu pai e Della voltariam em quatro dias, e o tempo sem eles estava começando a ficar divertido. Talvez eu devesse convencê-los a sair de férias com mais frequência para que tivesse a casa só para mim. Embora eu não tivesse dado nenhuma festa para o pessoal da faculdade, ainda gostava de receber Kennedy e fazer e comer o que queríamos, e talvez até beber um pouco de vinho e conversar sobre isso e aquilo.

Era quinta-feira depois da aula, e eu estava me arrumando no meu quarto para recebê-la de novo, mas, antes que eu pudesse entrar no banheiro para vestir algo mais confortável, meu segundo celular vibrou sobre a cama e eu rapidamente o peguei para ver qual dos homens estava me mandando mensagem.

Fiz uma careta quando vi o nome de Riggs na tela, e a mensagem não parecia com algo que ele me enviaria.

> Estou chegando em vinte minutos. Vamos jantar.

Primeiro... ele me desbloqueou?
Bem, isso é uma surpresa.

> Não vai rolar esta noite.

Respondi, não querendo decepcionar minha melhor amiga. Claro, era o Riggs, mas Kennedy sempre viria antes de qualquer outro homem.

> Amanhã à noite, então. Não faça planos.

Sua resposta veio em seguida. Eu podia sentir quão irritado ele estava, mas não iria colocá-lo em primeiro lugar, não importava o quanto o quisesse de novo dentro de mim. Riggs era como uma droga, e depois daquelas noites que passamos juntos, eu estava viciada.

Ele não respondeu à minha mensagem, então desliguei o celular e continuei com o que estava prestes a fazer antes que Kennedy chegasse. O fato de que ele queria jantar comigo de novo não era tão estranho, embora pudéssemos pular isso e ir direto para o sexo, já que esse era o seu plano de qualquer maneira.

Por que mais ele iria querer vir até aqui?

Por mais que eu gostasse de pensar nele, afastei todos esses pensamentos e me preparei para a noite, vestindo roupas confortáveis e depois descendo para pedir a comida que Kennedy e eu concordamos em comprar.

Meia hora depois, ela estava ao meu lado no balcão da cozinha, olhando para a comida que havia chegado minutos antes.

— Acha que pedimos demais de novo? — perguntou, pegando as batatas fritas e comendo.

— Pode ser. Vou levar o resto comigo para o almoço amanhã — respondi. — Vamos comer.

Pegamos tudo e levamos até a mesa de centro, nos sentando no sofá.

— Como estão as coisas com Mason?

— Ah, bem. Ele quer me ver no sábado, mas não tenho certeza se o meu pai vai me deixar sair, já que passo a maior parte da semana aqui.

— Apenas diga a ele que há algum tipo de noite de estudos no campus. Tenho certeza que te deixará ir.

Kennedy deu de ombros e pegou o mesmo hambúrguer que pediu da última vez, e observei enquanto ela o mordia alegremente, não se importando com nada naquele momento.

Sabendo que Della e meu pai achavam que eu precisava de mais alguns quilos, não comi nada além de *fast-food* desde que eles foram para o resort, mas, em vez de me sentir inchada, de alguma forma me senti melhor do que quando comia todas aquelas frutas e vegetais.

— Contei que o Reece me mandou uma mensagem hoje? — ela falou, olhando para mim com um sorriso divertido no rosto.

— Não. O que ele queria?

— Ele me convidou para sair, mas eu disse que já estava saindo com alguém. — Kennedy estava orgulhosa disso, seus olhos brilhando de felicidade.

cinquenta e seis

— Que bom. Ele não vale a pena. E Mason realmente parece ser um cara legal. Você já superou o fato de que ele é mais velho?

Ela deu de ombros e mordeu seu hambúrguer outra vez.

— Eu não penso muito sobre isso, mas tenho certeza de que quando o ver novamente vou lembrar e ficar nervosa.

— Não, você não vai. Basta vê-lo como um homem. A idade não importa quando ele é um cavalheiro.

— Então... Riggs é um cavalheiro?

Pergunta fácil com uma resposta ainda mais fácil.

— Não mesmo. — Eu ri. — Riggs é um alfa. Provavelmente não existe outro homem mais alfa do que ele.

— Então por que você continua com ele quando pode ter qualquer outro que iria tratá-la como uma princesa?

— Porque eu não sou uma princesa e nunca quis ser, Ken. O jeito que ele me trata é o jeito que eu quero ser tratada.

— Isso não é meio degradante?

Poderia ser, se você não gostasse desse tipo de coisa.

— Riggs não é abusivo e ele não faz nada que eu não queira que faça. Eu não o deixaria me tocar de certas maneiras se soubesse que estava fazendo para me machucar. Eu gosto de ser fodida rudemente, levar tapas e ser estrangulada. Essa é quem eu sou, e ele fazer o que eu peço não o torna um cara mau.

Ela pensou no que eu disse e, depois de um tempo, sorriu para mim.

— Eu sei que você está feliz, mas não fica com medo de que um dia você vai se desligar de todas as coisas que o deixou fazer com você?

Dei de ombros.

— Não sei. Mas também não é como se eu não soubesse quais são meus limites. Se não sinto vontade de transar, ou de fazer sexo virtual com um dos homens, não me incito a fazê-lo. Eu sei quando parar.

— Ok. Isso é importante.

— Já que já estamos falando sobre Riggs... ele queria vir aqui hoje à noite, mas eu disse que não dava. Então ele virá aqui amanhã à noite — expliquei.

— Sorte que seu pai e madrasta não estão por perto. Se eu fosse Riggs, não ousaria vir aqui para dormir com a filha de seu amigo.

Bem, Riggs era imprudente, assim como eu.

— Desde que eles não descubram... — Dei de ombros.

Além disso, não era da conta deles com quem eu passava meu tempo.
— Espero que não.

— O que você comeu nos últimos dias? — Della perguntou pelo telefone, enquanto eu caminhava pelo corredor da faculdade.

Estava quase na hora da minha primeira aula, mas ela tinha que ligar tão cedo e me perguntar sobre a comida que eu estava ingerindo sem eles por perto.

— Todo o tipo de coisas. Comida chinesa, mexicana, italiana — respondi para ela.

O corredor estava vazio, e eu era a única que faltava entrar na minha sala.

— Então você está pedindo comida pronta na maioria das noites? — indagou, parecendo um pouco desapontada.

— Sim. Olha, Della, eu realmente preciso ir para a aula. Já estou atrasada.

— Ah, sim. Seu pai está mandando um oi e estamos ansiosos para voltar para casa no domingo. Me ligue mais tarde, ok?

— Sim, claro. Aproveitem o fim de semana. Tchau — me despedi, desligando o celular e soltando um suspiro pesado.

— Senhorita Bentley — uma voz severa chamou meu nome assim que coloquei o celular de volta na minha mochila.

Me virei para olhar para ver o senhor Trapani andando em minha direção, e com um sorriso doce, inclinei a cabeça para o lado e esperei que me alcançasse.

— Bom dia, senhor T.

— Por que você não está na aula? — Ele enfiou as mãos nos bolsos, tentando parecer assustador e intimidador. Mas ele não tinha nenhum efeito sobre mim neste momento, já que Riggs era um homem que ninguém poderia superar.

— Minha madrasta ligou. Ela está de férias — respondi a ele.

— Algo errado com Della?

Certo. Esqueci que todos os meus professores conheciam meus familiares pelo nome, já que frequentavam o clube de campo como os ricos faziam.

cinquenta e seis

143

— Não, ela está bem. Estava apenas se preocupando com o que estou comendo, já que não sei cozinhar. — Isso era uma mentira; eu sabia cozinhar, mas tinha preguiça.

— Talvez você devesse aprender. Muito mais saudável do que comer comida pronta todos os dias.

Dei de ombros.

— Talvez eu devesse ter aulas de culinária com um verdadeiro italiano. Eu amo macarrão — provoquei, revirando os olhos internamente para mim mesma.

Ele riu e negou com a cabeça.

— Talvez quando você for mais velha e não mais minha aluna. Vá para a sala de aula, senhorita Bentley. E espero que não se atrase para a minha aula depois do almoço.

Não pude deixar de sorrir com seu comentário, e se Riggs não existisse na minha vida neste momento, eu definitivamente teria flertado ainda mais.

— Não vou me atrasar. *A presto, signor Trapani*[1] — eu disse a ele, então me virei para caminhar até a sala e tirá-lo rapidamente da cabeça, porque ele não era em quem eu queria pensar.

Eu veria Riggs novamente esta noite, e minha excitação crescia a cada minuto.

Sentei na cadeira e tirei os livros que precisava da mochila enquanto o professor de física ainda nem estava aqui. Eu nem precisava ter me apressado.

— Val! — alguém sussurrou alto, e me virei para olhar para Declan sentado na parte de trás com dois de seus amigos cujos nomes eu nem me importava de lembrar.

Arqueei uma sobrancelha para que ele falasse.

— Venha sentar aqui com a gente — ofereceu, acenando para a cadeira vazia ao seu lado.

— Nunca — murmurei, revirando os olhos e me virando para olhar novamente para os meus livros.

— Qual é, Valley. Não seja tão vaca.

Que ótimo.

Eu o ignorei, mesmo quando ele continuou a falar de mim alto o suficiente para toda a sala ouvir.

— Ele é um idiota — a garota ao meu lado disse com um sorriso triste.

Olhei para ela, lembrando que seu nome era Naomi, e dei de ombros

---

[1] A presto, signor Trapani (italiano) – Até mais, senhor Trapani.

para seu comentário, mas, o mais importante, para tirar sua atenção de mim.

— Eu não me importo com o que falam nesta faculdade.

— Eu gostaria de poder fazer o mesmo — ela me disse, com um suspiro.

— Por quê? Você não está sofrendo bullying nem nada, está?

— Não, mas ser tão desapegada quanto você é o que a maioria das garotas desta faculdade almejam. Eu até levantei minha saia e abri mais alguns botões para me vestir como você.

Olhei para o uniforme dela e suspirei.

— Você não tem que ser como eu. Isso nunca deu certo para ninguém.

— Mas os garotos te querem. E você os rejeita, como se eles fossem nada. — Noemi era ingênua. Ainda mais do que Kennedy.

— Apenas... seja você mesma, ok?

Esse era o melhor conselho que eu poderia dar a ela e a qualquer outra garota desta universidade.

Capítulo vinte e dois

Valley

Eu estava nervosa para vê-lo novamente, e enquanto esperava Riggs bater na minha porta, já havia trocado de roupa cinco vezes. O que diabos eu deveria vestir sabendo que ele rasgaria tudo de qualquer maneira? Finalmente decidi por um vestido com uma abertura na barriga e um decote baixo. Ele caía perfeitamente, abraçando firmemente meus quadris e seios.

Eu estava prestes a guardar as roupas que decidi não usar, quando a campainha tocou e caminhei até a janela para olhar para fora onde o carro de Riggs estava estacionado ao lado do meu.

Meu coração pulou uma batida, e desci rapidamente as escadas para abrir a porta e cumprimentá-lo.

— Oi — eu disse, enquanto ele ficava parado na minha frente com uma expressão ranzinza no rosto.

Alguém estava de mau humor de novo, pensei, me encostando na porta e olhando em seus olhos.

— Quer entrar? — perguntei quando ele não falou nada, e com uma sobrancelha arqueada, entrou. — Dia difícil? — falei, pensando que poderia ter sido a razão pela qual ele ainda não tinha pronunciado uma palavra.

— Não — Riggs rosnou, olhando ao redor do hall e, em seguida, para mim com um vinco profundo entre as sobrancelhas.

Caramba, algo estava acontecendo, mas ele não quis me dizer.

— Quer algo para beber? — Talvez uma bebida ajudesse a soltá-lo um pouco.

— Me mostre o seu quarto — ordenou, tirando as mãos dos bolsos. Direto ao ponto. Não que eu estivesse reclamando.

Revirei os olhos antes de me virar, mas ele notou. Sua mão agarrou meu cabelo e ele me puxou contra seu peito com os lábios perto do meu ouvido.

— Nunca mais revire os olhos para mim, entendeu? — Riggs rosnou, puxando meu cabelo com mais força e me fazendo choramingar.

— Sim — resmunguei, um pouco surpresa com sua forma rude.

Eu tinha me acostumado a ele ser mandão e rude, mas isso era diferente. Algo definitivamente estava errado, mas talvez fosse apenas algo em sua vida pessoal que eu não tinha que saber. De qualquer maneira, não éramos tão próximos assim.

— Mova-se — rosnou, soltando meu cabelo e depois me seguindo escada acima para o meu quarto.

Fiquei parada no meio do quarto, observando-o, enquanto ele olhava em volta, percorrendo cada centímetro do meu quarto. Riggs caminhou lentamente, encarando meu notebook por um tempo antes de ir para a minha cama. Seus dedos deslizaram pelas minhas cobertas, então pelo meu travesseiro e, por último, pela minha mesa de cabeceira.

— Você está estranho — comentei, com sinceridade.

Seus olhos encontraram os meus novamente, e ele caminhou para a porta aberta do armário.

— Você acha?

— Sim, e não tenho certeza se gosto disso.

Ele soltou uma risada e balançou a cabeça, então olhou dentro do meu armário e se virou para olhar para a minha cama.

— Quantos homens já foderam você aqui?

— Nenhum.

— Duvido.

Arqueei uma sobrancelha.

— Eu nunca fiquei com um cara aqui, Riggs.

Parecia que ele estava com ciúmes… Ele ficou quieto novamente, indo para o outro lado da cama e verificando cada centímetro dela. Mantive meus olhos nele e cruzei os braços na frente do corpo, me perguntando o que diabos Riggs estava fazendo.

— E virtualmente? — perguntou, me fazendo ficar mais reta, endireitar meus ombros e levantar o queixo.

— O que você quer dizer?

Merda… onde ele estava indo com essas perguntas?

Minha webcam não estava acoplada no notebook; eu a guardava toda vez que usava para fazer os trabalhos da faculdade.

— Você já conversou com homens pelo seu computador? — insistiu, pegando meu travesseiro e levantando-o um pouco.

cinquenta e seis

Meu coração estava batendo rápido. Minha maldita máscara de esqui estava bem embaixo do colchão, e por algum motivo não entendi que ele já havia encontrado meu esconderijo, porque quando Riggs se virou para me olhar com uma expressão furiosa no rosto, ele já a estava segurando na mão.

Merda! Merda! Merda!

— Quer me dizer para que você precisa disso, *Dove*?

Senti todo o sangue sumir do rosto, me deixando mais pálida do que já estava enquanto meu coração começava a bater loucamente. Minha garganta ficou apertada, incapaz de falar. Ele ainda segurava a máscara de esqui firmemente em uma mão enquanto a outra estava fechada em punho ao seu lado.

Riggs estava com raiva e parecia assustador pra caramba.

— Responda — ordenou, dando alguns passos em minha direção. Recuei, mas parei quando minhas costas bateram na porta.

— Eu...

— O gato comeu a sua língua, hein? Acha que pode se safar disso? Você me deixa te foder enquanto faz outros homens gozarem pela porra de uma webcam?

— Como você sabe? — indaguei, minha voz trêmula e nada confiante. Merda, ele estava furioso.

Riggs soltou uma risada sem humor e apertou minha garganta com a máscara ainda na mão, pressionando-a contra minha pele e me fazendo prender a respiração.

— Você está fazendo meu irmão gozar há meses.

Eu queria falar e, para minha sorte, ele afrouxou o aperto ao redor do meu pescoço.

— Eu não sabia que era Marcus até que o vi em sua casa...

— E continuou a fazê-lo dar prazer a si mesmo enquanto chupava meu pau? Merda, garota... que ousadia — murmurou, seu rosto perto do meu.

Seus dedos voltaram a apertar o meu pescoço, e meus olhos ficaram focados nos dele o tempo todo enquanto seu olhar ficava mais sombrio a cada segundo. Riggs ficou novamente em silêncio, deixando claro pelo seu humor quão irritado realmente estava, mas mesmo com ele sabendo o que eu fazia, não consegui me segurar.

— Você vai me punir agora? — sussurrei, minha voz não passava de um murmuro rouco.

Algo brilhou em seus olhos, e em um movimento rápido, ele puxou a máscara de esqui sobre minha cabeça, agarrou o topo dela com força e me puxou para a cama. Ele me colocou de joelhos e pressionou sua virilha contra meu rosto duramente, esfregando o tecido duro de sua calça jeans contra minha pele.

— Você se atreve a agradar outros homens quando eu deveria ter sido o único. Achou que eu nunca iria descobrir?

Honestamente? Não. Eu não achei que ele descobriria. Pelo menos não tão cedo.

Riggs empurrou meu rosto mais contra sua virilha, deixando que eu sentisse o quão duro ele já estava. Levantei as mãos e apoiei na parte de trás de suas coxas para segurar algo, mas, assim que o fiz, ele se afastou e se agachou na minha frente, com a mão no meu pescoço.

Com a outra mão, ele ajustou a máscara para que eu pudesse vê-lo e para que a minha boca estivesse na abertura.

— E mesmo agora você está me provocando. Você tem coragem, baby — ele me disse, com um sorriso sombrio no rosto.

Eu não consegui evitar um sorriso.

— Não é uma coisa ruim, é? — resmunguei, mordendo meu lábio inferior.

Ele balançou a cabeça e soltou uma risada, então deixou seus olhos vagarem por todo o meu rosto coberto de máscara.

— Eu vou puni-la como Dove esta noite. Valley não merece essa punição.

Eu não me importava com quem ele iria punir. Era com meu corpo que ele faria todas as coisas, e eu não queria nada mais do que isso.

Meu nervosismo se transformou em excitação, e quando ele percebeu isso, se levantou e me deixou de joelhos. Em um instante, ele me arrastou para cima da cama e empurrou meu rosto contra o colchão enquanto sua outra mão deixava uma sensação de queimação na minha bunda depois de bater com força.

Eu gritei, mas rapidamente decidi que não doía, pois a sensação era ótima. Depois do segundo tapa forte, fechei os olhos para transformar a dor em prazer.

— Você se atreve a brincar assim comigo, e será punida em troca. Eu não quero ouvir uma porra de choramingo esta noite, entendeu?

Outro tapa, desta vez na outra nádega.

— Sim — gemi.

— Sim, o quê?

cinquenta e seis

Franzi o cenho; ele não gostava de ser chamado de *daddy* e também nunca quis que eu o chamasse de *senhor*. Mas, por mais imprudente que eu fosse, decidi chamá-lo da única coisa que ele não gostava de ser chamado.

— Sim, daddy — ronronei, e surpreendentemente, isso não o fez me bater de novo.

— Que garotinha safada — murmurou, movendo sua mão sobre minha bunda para aliviar a dor, mas segundos depois elas deixaram meu corpo e outra sensação elétrica tomou conta de mim.

Riggs era forte, e isso mostrava quão poderosas eram suas mãos.

— Acha que vou compartilhar você, hein? Porra, Dove. Você é minha, e eu vou gravar isso à fogo em sua maldita mente enquanto acabo com você esta noite.

Essa era uma promessa que eu esperava que ele cumprisse, porque talvez assim eu aprendesse a não provocar tanto. No entanto, quem eu seria sem ser pelo menos um pouco desobediente?

— Por favor — implorei, balançando a bunda para receber atenção de sua mão novamente.

Riggs

Eu não lhe dei outro tapa, em vez disso, a coloquei de joelhos na frente da cama com a cabeça inclinada para trás e os olhos arregalados, me encarando com puro êxtase brilhando neles. Valley definitivamente não tinha limites, mas o que fiz em seguida não foi algo que achei que ela fosse gostar. Eu queria que ela visse quão sacana eu poderia ser e talvez a assustasse um pouco, para não intensificar meu vício por ela.

Mas, de novo, era Valley quem está ajoelhada na minha frente, e parecia que não importava o que eu fizesse, ela gostava.

Continuei apoiando o topo de sua cabeça com uma das mãos, segurando a máscara e seu cabelo com força e desabotoando a calça jeans e a empurrando pelas pernas, seguida pela cueca. Esfregando o pau e a observando atentamente, seus olhos se encheram de necessidade e ela lambeu os lábios carnudos.

— Abra a boca — ordenei e, sendo uma boa garota, ela fez exatamente isso. — Ouvi você na maldita webcam, Dove. Falando com meu irmão e dizendo a ele o quanto você quer que ele beba a própria urina. Merda, baby... não pensei que você seria tão safada — rosnei, vendo como os cantos de sua boca se curvaram com a menção da urina.

Putinha safada.
Bem como eu gosto.

— Quero que você engula. Não se mova — exigi e, segundos depois, sua boca estava se enchendo com a minha urina.

Esta garota não tinha medo de viver sua devassidão e fantasias, e com olhos brilhantes, ela começou a beber sem hesitar.

Eu era saudável, ou então não a teria feito tomar.

Ela também não engoliu tudo, deixando metade escorrer pelo queixo e caindo em seu decote. Eu sabia que não devia fazer coisas que pudessem literalmente deixá-la doente, ou colocá-la em qualquer tipo de perigo. Estávamos vivendo nossos fetiches, compartilhando-os uns com os outros. Nada de errado com isso, especialmente com ela consentindo.

— Garotinha sacana. Porra... você realmente não se esquiva de nada — afirmei, me aliviando em sua boca, e quando ela engoliu a última gota, com um pouco escorrendo pelo queixo, empurrei meu pau dentro de sua boca para fazê-la chupá-lo. — Porra — gemi, deixando-a engolir meu pau e a observando atentamente.

Seus olhos estavam novamente focados nos meus, provocando do jeito que só ela fazia.

— Você vai parar de falar com o meu irmão de agora em diante. E com todos os outros homens que tiveram o prazer de vê-la nessa porra de máscara — ordenei, não querendo que mais ninguém a visse nua.

Eu odiava a ideia de meu irmão saber como ela era sem roupa, mas ele conheceu Valley, não Dove, e era interessante como ele não percebera que era ela apenas olhando naqueles grandes olhos azuis.

Mas, de novo, Marcus era um maldito idiota.

— Você vai fazer o que eu mandar, e vai pertencer apenas a mim de agora em diante.

Tirei meu pau da sua boca e a deixei recuperar o fôlego antes de ajudá-la a ficar de pé e apertar sua garganta para deixá-la novamente sem fôlego.

— Você é minha, e eu sou o único que vai te foder, entendeu?

Eu podia dizer pelo seu olhar que ela não concordava com isso, mas

cinquenta e seis

151

em vez de deixá-la falar, eu a virei, puxei contra meu peito e aumentei meu aperto em sua garganta, alcançando debaixo de seu vestido para segurar sua boceta.

Ela não estava usando calcinha, como sempre.

Comecei a esfregar seu clitóris e pressionei meus lábios contra o ponto atrás de sua orelha, mordiscando, lambendo e provando.

— Não estou pedindo para você parar de ver outros homens, estou exigindo. Se você me quer, vai parar de falar com meu irmão e com os outros. Eu serei o único a te foder.

Eu não queria uma resposta de Valley. Ou ela me escutava, ou continuava a mexer com sua maldita webcam. Se ela não me escolhesse, eu não apareceria mais. Não teríamos mais nada, sem chances de ter a mim de volta.

O que quer que fosse o que eu estava sentindo, o que eu queria ao tê-la só para mim, era algo novo.

Por enquanto, tinha que mostrar a Valley do que mais eu era capaz.

Do que *nós* éramos capazes juntos.

Capítulo vinte e três

Valley

 Desistir de ser uma *camgirl* nunca foi meu plano. Nem mesmo por Riggs. Era uma maneira de ganhar um dinheiro extra, de guardar para quando eu precisasse e de não pegar do meu pai e de sua abarrotada conta bancária. Eu queria ser independente quando se tratava de comprar coisas, e com a webcam, que era algo que eu adorava fazer, eu era capaz de fazer exatamente isso.

 Não importa o quão duro Riggs fosse comigo, desistir de ser *camgirl* não era uma opção. Mas eu não podia dizer a ele, já que ele ainda estava apertando minha garganta, não me deixando respirar ou falar, esfregando meu clitóris, que já começara a pulsar fortemente. Meus joelhos estavam cedendo lentamente, mas Riggs me segurou com a mão no meu pescoço.

 O gosto de sua urina continuava na minha língua, mas não estava me incomodando tanto quanto me incomodava o jeito que ele me ordenou a desistir do que eu amava fazer.

 Como eu poderia dizer àqueles esses homens que de repente pararia de vê-los porque um macho alfa idiota estava exigindo que eu fizesse isso? Eles ficariam desapontados e furiosos, e eu poderia facilmente perder meus clientes.

 — Você acha que pode brincar comigo, hein? Não faz ideia do quanto eu esperava por um momento como este. Para você cometer um deslize e eu mostrar quão duro posso realmente ser — ele rosnou, seus dedos ainda esfregando meu clitóris, e soltou uma risada. — Você sabia no que estava se metendo, Dove. Vamos ver se ainda me quer depois disso. Se ainda pode lidar comigo.

 Por alguma razão, comecei a acreditar que não conseguiria. Sua verdadeira face estava aparecendo, e tão excitada quanto eu estava por sua maneira rude de lidar comigo, minha mente estava lentamente me dizendo que isso não ia acabar bem.

Comecei a me sentir tonta pela falta de ar, e assim que comecei a ver pontos pretos e o orgasmo lentamente se apoderou de mim, ele me empurrou para a cama. Eu me virei para olhar para Riggs, inspirando o máximo de ar possível, enquanto ele ficava ali me encarando com olhos sombrios e um profundo vinco entre as sobrancelhas.

— Me diga, Dove...

— Não me chame assim — rosnei, querendo provocar um pouco, mas também recuperar o controle.

— Vou chamá-la do que eu quiser. Você tem mostrado essa boceta para outros homens enquanto me deixa fodê-la — ele afirmou.

Eu não neguei, e isso fez com que eu me sentisse poderosa, sabendo que ele estava com ciúmes por não ser o único. Isso estava ficando confuso muito rápido, e não acabaria bem. Mas... eu estava gostando.

Eu era doente, minha mente era distorcida e pervertida. Assim como a dele. Talvez fosse por isso que eu sentia uma conexão tão forte com Riggs. Ele não me julgou, não riu de mim por ter todas aqueles perversões, e me fez mostrá-las a ele porque sabia que seria tão bom para ele quanto para mim. Riggs era um homem de verdade, mas eu precisava encontrar uma solução para suas demandas.

— Não vou parar de ser uma *camgirl* — falei, mas não era isso que ele queria ouvir.

Riggs subiu na cama e se inclinou sobre mim, afastando minhas pernas e pressionando seu joelho contra meu centro, sua mão segurando meu queixo com força.

— E você se atreve a me responder assim? Não ouviu o que eu disse? Se você continuar com essa merda, eu vou embora.

Não era isso o que eu queria.

Eu queria mantê-lo por perto, deixá-lo me tocar, me fazer sentir bem. Não gostei desse ultimato. Nem um pouco.

— Acho que tenho que lembrá-la do que você vai perder se escolher esses homens em vez de mim.

Riggs não estava esperando uma resposta, mas ainda assim eu sussurrei:

— Sim, por favor.

Ele riu, negando com a cabeça e arrancando a máscara, deixando meu cabelo todo bagunçado.

— Você é um pouco esquisita — murmurou, mas não precisava me dizer isso. Eu sabia, e adorava me forçar a testar meus próprios limites.

Sua mão deixou meu rosto por apenas um segundo antes bater na minha bochecha, queimando um pouco. — Eu poderia ter dado a você uma saída, uma última chance de pensar no que está por vir, mas não estou mais com essa vontade. Isto é o que você merece, e você vai gostar, não importa o que aconteça.

Tenho certeza que sim, e depois de outro tapa rápido, ele colocou três de seus dedos em minha boca, tão profundo que atingiu o fundo da minha garganta, me fazendo engasgar.

— Não vou me segurar. Não vou me segurar nem um pouco, e se você ainda sentir que pode lidar comigo e deixar esses filhos da puta de lado, você será minha para sempre.

Parecia um sonho.

Ser dele.

Mas Riggs sabia o quanto eu também queria ter controle sobre ele, então eu não tinha certeza de como isso funcionaria se eu escolhesse ser dele.

Não havia uma maneira de eu lhe dizer isso com os dedos dele na minha boca, então mantive os olhos nos seus e o deixei fazer o que quisesse.

O que quer que fosse, eu queria muito.

— Você é tão linda. Eu daria tudo para você ser minha, baby. Eu posso ver além de você ter feito outros homens gozarem, mas apenas se me escolher — murmurou.

Riggs tirou os dedos da minha boca e, cobertos com a minha saliva, ele os colocou na minha entrada e os empurrou para dentro sem aviso, movendo-os para dentro e para fora de mim com força e rapidez.

Gemi, mantendo os olhos fixos nos dele o tempo todo e estendendo a mão para puxar sua camisa, querendo que ele a tirasse e me mostrasse seu corpo insanamente bonito. Mas ele não fez isso, e continuou a me tocar, pressionando o antebraço contra meu pescoço, voltando a cortar a minha respiração.

Riggs acrescentou mais um dedo, empurrando mais fundo dentro de mim, movendo sua mão mais rápido e fazendo outro orgasmo começar a surgir. Na primeira vez, ele me negou o prazer, o que me frustrou no início, mas eu sabia que quanto mais ele negasse, melhor seria meu orgasmo final.

— Tão apertada... Gostaria de poder preencher os dois buracos de uma vez — ele gemeu, me fazendo bater em seu braço para que eu pudesse falar. Ele não me soltou, e tirou os dedos para prová-los antes de colocar de volta na minha boceta.

cinquenta e seis

Desta vez, ele os moveu para minha entrada traseira, circulando meu ânus antes de colocar dois dedos para dentro. No começo doeu, porque ele deveria ter me preparado para isso, mas eu estava relaxada o suficiente para deixar a dor de lado e aproveitar sua maneira de me agradar.

— Eu vou foder você aqui mesmo. Este buraco apertado é bom pra caralho, baby.

Eu estava ficando tonta de novo e tentei manter os olhos abertos. Ele continuava a me estrangular, os dedos roçando rudemente contra minhas paredes internas.

— Eu tenho... — resmunguei, incapaz de formar uma frase completa.

Ele arqueou uma sobrancelha para mim, e por uma fração de segundo pensei que continuaria me estrangulando, mas, para minha sorte, ele moveu o braço para me deixar respirar.

— Eu tenho brinquedos — falei para ele, o que claramente não era o que esperava que eu dissesse.

Com um sorriso presunçoso no rosto, ele tirou novamente os dedos de dentro de mim e se afastou para me deixar levar.

— Me mostre — exigiu, e rapidamente me levantei para pegar a caixa debaixo da cama, onde eu guardava todos os meus brinquedos sexuais.

Quando a coloquei sobre o colchão, ele me disse para me deitar e deixá-lo ver por si mesmo. Riggs examinava todos os meus brinquedos e eu tirei rapidamente meu vestido, depois me encostei na cabeceira, massageando meu mamilo e clitóris para estimular a tensão e a necessidade.

Eu o observei atentamente, pegando o maior pênis de borracha da caixa, um vibrador e uma venda. Estar com os olhos vendados não parecia atraente quando eu tinha a chance de olhar para seu rosto bonito, mas o que quer que ele quisesse fazer comigo, eu aceitaria.

Riggs colocou a caixa de lado, murmurando algo baixinho e ainda sorrindo, então levantou o olhar e acenou para a cabeceira da cama.

— Braços para cima — ordenou, voltando para a cama e se aproximando, enquanto deixava os outros dois brinquedos caírem entre minhas pernas.

Levantei as mãos e já sabia o que ele iria fazer, então o deixei me amarrar, apertado o suficiente para que eu não pudesse me mover. Eu estava deitada de costas, com ele me puxando pelos tornozelos e depois voltando para pegar o pênis de borracha. Riggs o colocou na minha boca, me fazendo chupar, empurrando para dentro e para fora.

— Você vai manter essas lindas pernas afastadas o tempo todo. Se você se mexer, será punida.

Assenti com a cabeça, deixando-o empurrar o pênis de borracha mais fundo em minha boca e mantendo-o lá por um momento antes de tirá-lo. Ele colocou a ponta na minha boceta, me penetrando lentamente e o deixando profundamente dentro de mim para pegar o vibrador. Ele se moveu, afastando ainda mais minhas pernas e pressionando minha coxa esquerda com o joelho, enquanto o outro empurrava minha perna.

Não havia maneira de eu me mover, e sabia o que ele ia fazer a seguir.

— Não se atreva a se mexer — avisou novamente, ligando o vibrador e deixando-o traçar o interior da minha coxa antes de atingir meu clitóris dolorido.

Olhei para baixo para observar sua mão, e quando ele se aproximou do meu clitóris, prendi a respiração por conta própria, sabendo que o primeiro toque enviaria faíscas pelo meu corpo. Quando finalmente tocou meu clitóris, mordi o lábio inferior e soltei um gemido reprimido antes de ter que fechar os olhos de puro êxtase.

Isso era exatamente o que eu precisava, e sabia que não demoraria muito para gozar. Se Riggs deixasse.

— Olhos abertos — ele rosnou, mas a forma como o vibrador me fez sentir não me deixou fazer o que ele disse. — Abra a porra dos olhos e olhe para mim, Valley!

Então agora vamos voltar a usar meu nome verdadeiro?

Não que eu me importasse.

Abri os olhos e ajustei os quadris para colocar o vibrador no lugar certo, mas Riggs sabia exatamente o que eu estava tentando fazer, então puxou o pequeno brinquedo para longe do meu clitóris com uma expressão sombria.

— Eu disse para não se mover — rosnou.

— Sim, daddy — sussurrei, segurando a venda em volta dos meus pulsos com força.

O vibrador tocou novamente o meu clitóris, e desta vez, ele não o afastou. Em vez disso, Riggs o manteve ali, fazendo minhas pernas começarem a tremer rapidamente e minha respiração arfar, enquanto eu tentava segurar um orgasmo. Riggs tocou o pênis de borracha ainda dentro de mim, começando a movê-lo para dentro e para fora da minha boceta, tornando tudo ainda mais intenso do que antes.

cinquenta e seis

— Ah, porra! — gritei, incapaz de ficar parada.

E em um instante, ele parou de mover o vibrador e tirou o pênis de borracha de dentro de mim.

Mas que porra...

— Não, por favor... continue — implorei.

— O que eu disse?

— Para eu não me mexer. Por favor, me faça gozar — suspirei, levantando os quadris e esperando que meus dois brinquedos ficassem mais perto da minha boceta.

— Diga de novo — exigiu.

— Não vou me mexer. Por favor, quero que você me faça gozar — implorei, finalmente sentindo a espessura do pênis de borracha dentro de mim e o vibrador no meu clitóris.

Relaxei e me certifiquei de não me mover de novo, mas não conseguia mais manter os olhos abertos como Riggs queria.

Merda, ele não podia ter tudo o que pedia.

Não nesta situação.

A tensão dentro de mim aumentou, fazendo meu corpo todo arrepiar e me deixando novamente tensa sem que eu quisesse. Eu não tinha mais controle sobre meu corpo, e quanto mais forte e profundo ele me fodia com aquele pênis de borracha, mais altos meus gemidos ficavam.

— Não pare — resmunguei, inclinando a cabeça para trás.

— Não goze — ele ordenou, continuando a me penetrar com um dos meus brinquedos favoritos.

Riggs não pareceu muito surpreso quando peguei a caixa, mas eu sabia que ele estava se divertindo bastante com meus itens. E, francamente, eu estava gostando e muito disso.

— Ah, sim... por favor — implorei novamente. Assim que eu estava prestes a me deixar levar, ele afastou os dois brinquedos de mim, fazendo meu corpo estremecer.

— Você é um idiota, ah, meu Deus! — choraminguei, precisando juntar minhas pernas para aliviar a tortura que estava sentindo naquele momento.

Riggs apenas abaixou minhas pernas com mais força, fazendo com que parecesse muito pior. Ele ignorou o fato de eu tê-lo chamado de idiota, mas isso não significava que ele não iria me punir por isso.

Em um movimento rápido, ele me virou de bruços e levantou minha bunda no ar, então tive que me ajoelhar, com a cabeça no travesseiro.

Riggs me amarrou de uma maneira que poderia facilmente me virar de costas ou de bruços sempre que quisesse, o que era muito conveniente para ele, mas não tanto para mim. Eu odiava perder o controle, e neste exato momento, ele tirou o meu completamente.

Ele abriu minhas pernas de novo, movendo-se entre elas até que eu pudesse sentir sua dureza pressionando minha bunda.

— Você precisa ser ensinada a falar com um adulto. Você é imprudente, e sempre foi, desde que isso começou. Mas não vou deixar passar. Não desta vez — cuspiu, seguido por uma risada sem humor.

E a partir desse momento, a dor tomou conta.

Ele começou a me bater duramente, descendo a mão enorme contra minha bunda e fazendo parecer que estava arrancando minha pele. Ainda era bom, e tentei transformar a dor em prazer enquanto ele continuava a bater.

— É isso o que você ganhará se continuar sendo uma mimada do caralho — sussurrou com os dentes cerrados, as lágrimas ardendo em meus olhos, minha pele começando a queimar. Eu me perguntei quão vermelha já estava, porque, com minha pele pálida, era fácil ficar vermelha. — Me diga para parar — ordenou, mas balancei minha cabeça.

— Não.

— Me diga para parar, Valley!

— Não! — gritei, empurrando meu corpo contra ele. Riggs apertava minha bunda com força com as duas mãos.

— Se isso é realmente o que você quer, baby... Diga que é minha.

— Não posso... — resmunguei, precisando de um pouco mais de tempo para recuperar o fôlego, e enquanto eu fazia isso, ele me penetrou com um movimento suave. — Não posso deixar de ser uma *camgirl* — eu disse a ele, o que só o deixou mais irritado.

Riggs começou a me foder duramente, continuando a me bater antes de estocar em mim.

— Seja minha! — rugiu, e sabendo que isso só o deixaria mais irritado, neguei com a cabeça.

— Não.

— Puta safada — cuspiu, agora também batendo em minhas coxas e na parte inferior das costas.

Não doeu tanto como quando ele deu um tapa na minha bunda, mas eu tinha certeza que Riggs deixou marcas. Eu já estava ficando fora de controle, então fechei os olhos e o deixei continuar com essa tortura feliz, me fazendo gemer e chorar de prazer. Eu nem me importava se gozaria com ele me fodendo esta noite, contanto que ele não parasse.

Senti seu pau pulsar dentro de mim, e a pulsação na minha boceta só aumentou a intensidade do que eu estava sentindo por todo o meu corpo. Eu estava em transe, desta vez me sentindo tonta sem que ele tivesse que me estrangular, e embora eu pudesse respirar bem, não estava com vontade. Não quando ele estava prestes a gozar dentro de mim, e meu corpo estava se desligando lentamente, nem mesmo se incomodando em chegar ao clímax.

A maneira como ele estava me fodendo me dava prazer suficiente, tanto que achei que não precisava mais ser fodida pelo resto da vida. Isso era o bastante, e eu me lembraria desta noite para sempre.

Fiquei mais em silêncio desde que ele começou a empurrar o polegar dentro do meu ânus, movendo-o ritmicamente com seu pau, mas de vez em quando eu gemia, para ele saber que podia continuar por mais tempo, me fodendo e me batendo.

— Vou dizer isso uma última vez, Valley — murmurou, parando de me penetrar e estendendo a mão para segurar meus seios com as duas mãos e se inclinando sobre mim, por trás. Seus lábios estavam perto do meu ouvido, sua respiração fazendo cócegas na minha pele enquanto ele falava. — Seja minha, ou me perca para sempre.

Quão sério ele estava falando sobre isso?

Mantive os olhos fechados e pensei a respeito por um tempo antes que eu não pudesse evitar e balançar a cabeça.

— Não posso — sussurrei, sabendo que sentiria falta de ser Dove. — Ela é parte de mim. Não posso abrir mão dela — acrescentei, esperando que ele soubesse de quem eu estava falando.

Mas minha resposta não era a que Riggs queria ouvir, e ele imediatamente me disse o que pensava sobre minha escolha.

Ele desfez a venda que me amarrava na cama, e então saiu de mim e me virou de costas, deixando a cama. Eu estava exausta e me senti derrotada pela primeira vez.

Meus olhos mal abriram, e a dor aumentou agora que minha bunda pressionou contra o colchão depois de sua surra. Riggs não falou, mas seus olhos me disseram tudo o que ele estava pensando.

Ele não estava feliz com a minha resposta, e embora não parecesse furioso, com certeza tinha muita raiva acumulada dentro de si, pronta para explodir e soltar tudo em cima de mim.

Sem outra palavra, ele manteve os olhos nos meus e esfregou o pau antes de me penetrar novamente, me fodendo de forma rude e sem piedade, segurando firme em meus quadris para estocar ainda mais forte.

Nesse momento, nem doía mais, e eu o deixei me foder como um animal selvagem, não se importando mais comigo e apenas pensando em si mesmo. Seus gemidos ficaram mais altos, e quando eu não conseguia mais manter os olhos abertos, senti seu corpo tenso enquanto ele gozava dentro de mim, com seu pau enfiado profundamente na minha boceta.

Riggs estava deixando mais uma marca antes de desaparecer, mas não importava o que ele tivesse planejado. Se ele realmente não queria mais me ver depois desta noite, talvez eu devesse ter pensado nisso por mais um tempo.

— Acabou — afirmou, saindo de mim e observando seu gozo fluir entre minhas dobras.

Ele colocou os dedos na minha boceta, esfregando-os ao longo da minha fenda e, em seguida, movendo-os até a minha barriga, onde esfregou seu gozo na minha pele.

— Você fez sua escolha.

— Não vá — sussurrei, tentando recuperar o fôlego, enquanto ele movia os dedos até meus mamilos.

— Você escolheu eles ao invés de mim. Acabou para nós.

E não havia mais nada que eu pudesse dizer para mantê-lo aqui comigo.

Observei enquanto ele levava a mão à boca, lambendo as pontas dos dedos cobertas com os meus próprios fluidos antes de colocar a cueca e a calça jeans.

Eu me sentia fraca, derrotada, e não conseguia me mexer. Meu corpo não respondia mais às exigências do meu cérebro, e não havia mais nada que eu pudesse fazer além de ficar ali com meus olhos focados nele.

Riggs realmente acabou comigo, me destruiu, bem do jeito que disse que faria, e agora eu tinha que vê-lo ir embora sem poder fazer nada. Essa não era quem eu era, mas, por enquanto, eu tinha que aceitar isso.

— Vá dormir, Valley. Você não pode lidar com esse meu lado.

E, por um momento, eu acreditei plenamente nele.

cinquenta e seis

Capítulo vinte e quatro

Valley

Levei exatamente duas horas até reunir todas as minhas forças e encontrar a motivação para me levantar da cama. Minha barriga estava pegajosa, assim como minha boceta, o gozo de Riggs secando na minha pele. Quando entrei no banheiro para me olhar no grande espelho, levei um momento para me reconhecer.

Não por causa da minha maquiagem borrada ou das bochechas vermelhas de seus tapas, mas por causa da maneira que meus olhos mostravam emoções que eu nunca antes tinha visto neles.

O arrependimento brilhava neles.

Eu também me sentia sozinha, pensando na seriedade de suas palavras.

Merda... a quem eu estava enganando? Claro que ele quis dizer cada palavra que disse; que não queria me ver novamente e que tudo entre nós estava acabado.

Deixei meus olhos vagarem pelos meus seios, depois pela barriga e pelas pernas. Minhas coxas estavam vermelhas, e quando me virei, havia marcas de mãos na minha pele e por toda a minha bunda. Movi minha mão suavemente, de repente me sentindo sobrecarregada pela ardência que causei ao fazer isso.

Riggs tinha sido duro comigo, talvez até descuidado e imprudente, mas não o culpo por me fazer sentir assim. Eu o pressionei, o provoquei a ponto de fazer todas aquelas coisas comigo, e foi tudo minha própria culpa. Ele se comportou como um animal selvagem que foi solto para caçar e matar sua presa.

Ainda assim, Riggs dar um passo para trás e fechar a porta do que tínhamos porque eu não queria perder algo que amava fazer não era certo. E se ele pensava que eu o deixaria se safar, estava errado.

Engoli o nó na garganta e voltei para o meu quarto para pegar o celular. Eu não podia ficar sozinha esta noite, e Kennedy era a única que entendia o que estava acontecendo. Então, de novo... não havia mais ninguém com quem eu falasse sobre tudo o que rolava na minha vida.

Depois de enviar uma mensagem para ela pedindo para vir o mais rápido possível, voltei para o banheiro e coloquei meu celular ao lado da pia para tomar um banho. Eu precisava lavar tudo o que ele fez comigo do meu corpo para poder pensar direito, mas por mais que tentasse tirar Riggs da minha mente, não era possível.

Meu telefone tocou quando eu estava prestes a entrar no chuveiro, e eu o peguei para ver a mensagem de Kennedy, me dizendo que estaria aqui o mais rápido possível, depois de sair escondida. Ela nunca faria isso se não houvesse uma emergência e, por algum motivo, ela sabia que algo estava acontecendo. Enviei um emoji de coração e entrei no chuveiro para tirar todo o os resquícios de Riggs da minha pele, então lavei o cabelo e o corpo antes de deixar a água escorrer pelo corpo.

Meus pensamentos estavam à mil, mas principalmente presos no fato de que eu teria que dar duro para recuperá-lo. Isso não era um grande problema, porque eu sempre conseguia o que queria, mas, por mais teimoso que Riggs fosse, havia apenas uma pequena chance de eu conseguir meu objetivo.

Eu o queria de volta.

Queria ser dele enquanto também vivia meu hobby na webcam com homens e lhes dar prazer. Essa era quem eu era, e não iria deixá-lo tirar isso de mim.

Pelo menos não tão facilmente.

Trinta minutos depois, Kennedy chegou com seu pijama por baixo do casaco, e nos aconchegamos no sofá com um cobertor, porque eu não queria que ela se sentasse na cama que eu tinha deixado Riggs fazer coisas depravadas comigo.

Caramba, até mesmo deixei ele urinar em mim. Saber que ele explorava tudo era surpreendente.

cinquenta e seis

— Ele esteve aqui? — perguntou, brincando com meu cabelo quando me inclinei ao seu lado, deixando-a me abraçar.

Geralmente era eu quem a fazia se sentir melhor — por exemplo, quando ela tinha problemas com os pais —, mas agora era eu que precisava de apoio e amor.

Assenti com a cabeça.

— Ele foi embora e levou minha alma com ele — murmurei.

Kennedy deu uma risada suave.

— Minha nossa. Foi tão ruim assim?

— Me sinto perdida.

— Caramba, isso é novo. O que aconteceu? Vocês discutiram?

— Não. Nós fodemos. Bem, ele me fodeu com tanta força a ponto de eu não conseguir me mexer por duas horas. — Franzi o cenho, virando a cabeça para olhar para ela. — Ele sabe sobre o meu lance da webcam.

— Ah, não...

— Ele provavelmente ouviu o irmão quando estava na webcam comigo e, ao chegar aqui, queria ver meu quarto. Ele vasculhou minhas coisas, encontrou a máscara e me chamou de Dove.

— Ah, merda.

Pois é.

— Espera, ele não puniu você nem nada, não é? Ele te machucou? — Kennedy perguntou, olhando para mim com os olhos arregalados.

— Sim, mas não da maneira que você pensa — eu disse, incapaz de conter uma risada. — Eu gostei. E muito. Parece que temos os mesmos fetiches. A mesma maneira de desfrutar de todos os tipos de experiências sexuais.

— Então por que você está tão triste? — insistiu, sua voz suave e cheia de preocupação.

— Porque ele não quer me ver novamente. Não a menos que eu dê fim na Dove.

Kennedy não respondeu em seguida, e depois de acariciar meu cabelo por um tempo, ela suspirou.

— Posso ser honesta com você?

— Você *deve.*

— Ok. Talvez você não precise mais dela. Não sei o que ele quer, ou o que você quer dele, mas não parece certo passar tempo com outros homens, vendo-os nus e eles vendo você nua, enquanto tem um cara na vida real que está disposto a... ahm...

seven rue

— Me foder. Nunca conversamos sobre o que é isso entre nós, o que para mim é divertido. Claro, eu gosto dele, mas não acho que Riggs, com cinquenta e seis anos, queira ter um relacionamento real com uma garota de dezoito anos. — Suspirei.

— Você perguntou isso a ele?

— Meu Deus, não. Ele provavelmente riria de mim.

Kennedy deu de ombros.

— Você nunca saberá se não perguntar. Se ele diz que não quer que você veja outros homens, isso o faz parecer ciumento, não acho que ele esteja nessa apenas por diversão.

Ela tinha razão, mas era de Riggs que estávamos falando, e aquele homem era um completo alfa. Não tenho certeza se ele deixaria alguém se aproximar dessa forma, especialmente na sua idade.

— Ele não quer me ver novamente. Pelo menos foi o que disse.

— Mas isso não te impede de ir à sua casa e conversar com ele — Kennedy pontuou.

— Não, não impede. Mas ainda assim... acho que tenho que pensar sobre isso primeiro. Se eu desistir desses homens, quem sabe o quanto eles ficarão chateados? E se essa coisa com Riggs não der certo? Então eu vou ficar aqui sozinha.

Ela negou com a cabeça e sorriu.

— Você já me falou sobre esses homens, e eu acho que eles estão desesperados. Então... talvez diga a eles que você fará uma pausa por causa de problemas familiares. Coisas assim acontecem o tempo todo. Você não me contou sobre uma atriz pornô que voltou à indústria depois de cinco anos, e agora ela é uma das mais conhecidas de todos os tempos?

Isso me fez rir.

— Sim, é verdade. Mas eu não sou uma atriz pornô famosa. Esses homens assinam meu site para me ver e, quando eu me for, eles encontrarão uma garota diferente para se divertir.

— Você não sabe disso. Caramba, quem é você e onde enterrou minha melhor amiga? — Kennedy me empurrou gentilmente, me fazendo sentar e olhar direto em seus olhos. — Você é confiante, forte e a mulher mais foda que eu já conheci. Como que está deixando isso chateá-la? Ele é um homem. Você nunca aceitou esse tipo de coisa de um homem antes. Pelo menos não dos que você me falou. Quão diferente Riggs pode ser?

Sorri com suas palavras, mas, por mais verdadeiras que fossem, ela não tinha ideia de como Riggs era diferente.

— Ele tem esse jeito intenso de... ser. Sua presença me faz estremecer, e seu toque me derrete. Não importa o que ele diga ou faça, sexualmente ou não, ele me faz sentir de uma maneira que eu simplesmente não consigo explicar.

Kennedy observou meu rosto por um tempo antes de sorrir, e eu já sabia o que ela estava prestes a dizer.

— Não, Ken. Eu não estou me apaixonando por ele — murmurei.

— Eu não estou dizendo isso. — Ela riu, e então deu de ombros. — Mas talvez você esteja começando a sentir algo por ele. Pelo menos é um começo.

Neguei com a cabeça para ela.

— De qualquer maneira, não será possível eu ficar com Riggs. Meu pai e Della o matariam e me trancariam no meu quarto até os quarenta anos.

Além disso... achei que as coisas estavam indo um pouco rápido demais. Eu ainda tinha que me recompor, organizar meus pensamentos e descobrir o que diabos eu queria dele.

— E daí? Você tem que dar uma chance; não tem nada a perder. Você é jovem e bonita, e se ele não a quiser assim, ainda será a Valley que eu sempre conheci.

Ela estava certa, agora eu só tinha que gravar isso em minha própria mente e acreditar.

— Acabamos de trocar de papéis? Normalmente, sou eu quem choraminga.

— Eu não estou choramingando. Eu nunca choramingo. — Eu ri. — Ele é apenas um homem muito enérgico, às vezes até demais para eu lidar.

— Bem, você precisa disso. Talvez isso a impeça de ser tão travessa o tempo todo. Especialmente na faculdade — ela sorriu.

Revirei os olhos e me levantei do sofá.

— Eu preciso de um hambúrguer. E pizza. E batatas fritas. Quer passar a noite aqui? Eu adoraria a sua companhia.

Ela olhou para o celular e pensou por um tempo, então murmurou algo e assentiu.

— Claro. Provavelmente vou arriscar sair com Mason amanhã à noite, mas eu faria qualquer coisa por você.

— Diga ao seu pai que está aqui comigo para me fazer companhia. É assustador ficar sozinha em uma casa grande como esta — eu disse, piscando para ela.

— Sim, claro. — Kennedy riu, balançando a cabeça, mas digitando uma mensagem para enviar ao pai.

Precisava que ela me distraísse hoje para que eu pudesse afastar todos esses pensamentos da cabeça. Eu não tinha ideia de quando o veria novamente, mas sabia que queria muito.

Passamos a noite fazendo o que fazíamos melhor. Assistir filmes e comer *fast-food*.

E, esta noite, nos aventuramos o suficiente para abrir uma garrafa de vinho e beber sem usar taças. Nós merecíamos, e isso *definitivamente* me fez parar de pensar naquele idiota.

O homem alto, enorme, musculoso e bonito que fazia coisas comigo que eu não conseguia explicar. Sua truculência e grosseria, sua maneira de me tocar e me foder. Todas aquelas coisas que eu queria e precisava desesperadamente.

É, eu não iria pensar em Riggs e no jeito que ele me fazia sentir mais. Não, de jeito nenhum.

Capítulo vinte e cinco

Valley

— Valley, chegamos! — Ouvi a voz de Della chamar do andar de baixo e olhei a hora no meu celular, imaginando por que eles demoraram tanto para chegar aqui.

Era quase nove da noite, e eu esperei pacientemente que eles voltassem para finalmente fazer uma refeição de verdade. Mesmo que eu adorasse *fast-food*, gostaria de comer algo mais saudável pelo menos uma vez. Talvez uma salada de brócolis e um peito de frango bem temperado.

Levantei da cama e desci as escadas para ver Della e meu pai tirarem seus casacos quando cheguei ao hall de entrada.

— Vocês se divertiram? — perguntei, abraçando-a primeiro, antes de deixar meu pai me puxar para junto de si.

— Foi maravilhoso, relaxante. A casa parece surpreendentemente limpa — Della pontuou, seu tom zombeteiro.

— Eu limpei. Aspirei e limpei o chão. Aqui, na sala, na cozinha e no meu quarto — eu disse a ela, nem mesmo mentindo sobre isso.

Tive uma dor de cabeça depois de decidir beber sozinha ontem à noite, parecia que pensar com álcool no sangue era muito mais fácil para mim. Mas beber não se tornaria um vício, então eu não estava preocupada com isso. E, de qualquer maneira, eu já tinha decidido sobre Riggs.

Pelo menos achava que sim.

— Muito legal da sua parte. Você comeu? Comemos algo no hotel antes de voltar para casa — meu pai disse, me soltando.

Olhei para ele e neguei com a cabeça.

— Pensei em comermos alguma coisa juntos. Mas posso fazer um pouco de macarrão.

Meu pai assentiu, então pegou as duas malas e caminhou em direção às escadas.

— Como foram os estudos na semana passada? Alguma prova importante que eu precise saber?

Eu o segui escada acima e Della entrou na cozinha para inspecionar cada centímetro dela. Ela não ficaria feliz com salpicos de molho de tomate ou qualquer outra coisa nos balcões.

Para minha sorte, eu nunca cozinhei.

— Não, nenhuma prova. Mas terei uma semana que vem. Estudei muito e estou preparada — respondi.

Entramos no quarto deles e, enquanto ele abria as malas para desfazê-las, me sentei na cama e o observei.

— Você parece tenso para quem acabou de voltar do resort — pontuei.

— Della e eu brigamos no caminho para cá. Bem, foi mais uma discussão do que uma briga. Ela quer que eu pare de trabalhar.

Inclinei a cabeça, não achando isso uma ideia horrível.

— O que está te impedindo de finalmente se aposentar?

— Meu escritório de advocacia. Não tenho ninguém para assumir. Não quero que ninguém assuma. Não até que eu esteja velho demais para continuar a trabalhar.

— Uhm... mas se você esperar tanto tempo, quem vai tomar a decisão quando finalmente for a hora de deixar outra pessoa assumir?

— Eu. Só porque vou ficar velho não significa que não posso tomar uma decisão válida.

Touché. Mas ainda assim...

— Você trabalha demais. Estou ao lado da Della nessa questão. O seu médico não disse uma vez para ter cuidado porque você já tem pressão alta?

— Sim, e daí?

Arqueei uma sobrancelha.

— Isso pode levar a um derrame e, para ser honesta, não estou pronta para perder meu pai porque ele não quis ouvir seus entes queridos.

— Não vou ter um derrame e vou continuar trabalhando. Vá comer e vá para a cama. Está ficando tarde, Valley.

Suspirei e me levantei da cama, caminhei até ele e beijei sua bochecha antes de me dirigir até a porta.

— Só estou cuidando de você. Boa noite, pai.

— Valley? — chamou, quando virei de costas, e voltei para olhá-lo.

cinquenta e seis

Ele continuou: — Você parece diferente — disse, deixando seus olhos vagarem por todo o meu corpo.

Talvez fosse o suéter que eu estava vestindo, ou a calça de moletom velha que nunca mais usei desde meu primeiro ano do ensino médio, que escolhi tirar do canto mais escuro do meu armário.

Talvez fosse o que eu sentia. Sozinha, deixado de lado. E tudo isso por causa de Riggs. Senti falta dele e de seu toque rude, mas ainda não tinha vontade de vê-lo. Ou de dizer a ele exatamente como estava me sentindo.

— Eu tive uma semana divertida sem vocês aqui. Talvez seja por isso — provoquei, fazendo-o balançar a cabeça e rir. — Boa noite, pai — repeti e, sem esperar por sua resposta, voltei para baixo para fazer algo para comer pela primeira vez desde a semana passada.

— Gostaria que eu fizesse algo para você comer? — Della ofereceu.

— Ah, não. Tudo bem. Você deve estar cansada — respondi, sorrindo para ela.

— Ok. Kennedy esteve aqui esta semana?

— Sim, algumas vezes.

— E você recebeu algum garoto?

Arqueei uma sobrancelha. Não, eu recebi um homem.

— Não. Isso teria sido um problema?

— Ah, não, não para mim. Seu pai estava fazendo especulações — ela explicou.

Claro que sim.

— Só a Kennedy. Comemos *fast-food* algumas vezes. Ela dormiu aqui também — falei, com um sorriso.

— Que bom. Então você não esteve sozinha a semana inteira. Tenha uma boa noite. Vejo você amanhã de manhã — ela disse, tocando meu rosto gentilmente antes de subir as escadas.

Felizmente, nenhum deles esperava que eu começasse algo com um amigo próximo deles.

— Você não se parece consigo mesma — Kennedy falou, enquanto eu saía do meu carro no estacionamento da universidade.

— Eu não me sinto eu mesma — murmurei.

Esta manhã acordei com um grande buraco no peito, sentindo como se meu coração tivesse sido arrancado. Nunca tinha sentido algo assim antes, e era tudo culpa de Riggs.

— Você vai dar um show hoje com essa roupa — ela afirmou, olhando para mim como se eu fosse outra pessoa. Algum tipo de monstro.

Escolhi vestir meia-calça preta com uma saia, e abotoei a camisa para que nenhum decote ficasse à mostra. Também vesti a jaqueta e abotoei na cintura.

— Estou desconfortável — Kennedy comentou, ainda me olhando, confusa.

Suspirei e fechei a porta, então peguei a mochila no banco de trás e tranquei o carro antes de passar por ela e atravessar o estacionamento.

— Ainda sou eu. Estou apenas tentando entender as coisas.

— Não mostrar tanta pele como você costuma mostrar?

— Sim. Para ver se consigo passar um dia sem a atenção dos homens — afirmei.

— E você está fazendo isso porque…

— Porque Riggs ocupou muito espaço na minha cabeça nos últimos dois dias e eu preciso ser clara sobre ele.

— Eu honestamente não esperava isso. Achei que você continuaria vivendo e sendo você mesma, mostrando que não aceita nenhum jogo dele.

Dei de ombros.

— Ainda sou eu. Apenas sem toda a safadeza.

— Então você acha que você e Riggs podem se transformar em algo sério? — Kennedy perguntou, andando ao meu lado quando entramos no prédio para chegar aos nossos armários.

— Estou tentando não ter muitas esperanças, mas quero ver como é não ser o centro das atenções pelo menos uma vez. E não passar noites fazendo os homens gozarem através de uma webcam.

— Você voltou a falar com ele?

— Riggs? Não. Ele me bloqueou de novo. Então, quando eu descobrir o que quero, e se quiser ser dele, vou bater na porta da casa dele. Não importa se ele quer ou não.

— Soa como um plano. Mas há algo que você precisa saber sobre a coisa da atenção…

Paramos em nossos armários e me virei para olhar para ela, abrindo o meu.

— E o que é?

cinquenta e seis

— Você tem um rosto bonito, e embora seu corpo atraia olhares, o seu rosto pode fazer o mesmo.

Revirei os olhos.

— Não em uma universidade como esta. Esses garotos são idiotas e só têm olhos para peitos e bundas. Porque se eles olhassem para os rostos das garotas daqui, veriam como todas elas são lindas. Incluindo você.

Ela me observou por um tempo, e um pequeno sorriso apareceu em seus lábios quando recebeu meu elogio.

— Ok, você talvez tenha um pouco de razão sobre isso. Mas fazer tudo isso por Riggs significa que tem sentimentos por ele.

— Eu não sei o que sinto por ele além de algum tipo de raiva por me deixar deitada na cama depois de me foder como uma fera. Fora isso... há uma grande confusão dentro de mim.

— Isso não é necessariamente uma coisa ruim.

— Não tenho certeza sobre isso — sussurrei, pegando meu caderno e fechando o armário para então me apoiar nele. — Eu quero que o dia acabe de uma vez.

— Já? As aulas ainda nem começaram, senhorita Bentley — senhor T disse, parando ao nosso lado com as mãos enfiadas nos bolsos. Olhei para ele, deixei que assimilasse o novo eu de hoje, antes que voltasse a falar. — Dia ruim?

Eu sorri, mas sem animação.

— Um pouco — respondi, revirando os olhos internamente e me afastando dos armários. — Precisamos ir para a aula — eu disse a Kennedy, esperando que o senhor Trapani me deixasse em paz. Se não fosse por Riggs, eu teria desabotoado minha jaqueta e camisa para ele ver mais.

Mas hoje eu estava diferente, com minha razão para isso lentamente desaparecendo e começando a soar ridícula.

— Boa ideia — o senhor T falou, e então Kennedy e eu começamos a nos afastar, mas não fui muito longe quando ele me puxou de volta, agarrando meu pulso. — Se há algo sobre o qual você precise conversar, sabe onde fica o meu escritório — lembrou, mantendo a voz baixa.

Olhei para ele e quis suspirar pesadamente, para que ele entendesse que hoje não era o dia para isso.

— Estou bem. Mas obrigada — agradeci com outro sorriso antes de me libertar de seu aperto e seguir Kennedy para nossa primeira aula.

— Credo — ela sussurrou, me fazendo rir alto e melhorar meu humor pelo menos por um momento.

Stephen era um daqueles homens que gostavam de conversar enquanto eu me sentava na frente da webcam e ouvia suas preocupações e pensamentos.

Esta noite, embora ele não fosse minha primeira escolha quando liguei a câmera, eu precisava ver e falar com ele. Ele não era uma pessoa muito sexual, mas gostava de ter conversas profundas, então talvez pudesse me ajudar com meu pequeno problema com Riggs.

Eu estava esperando que ele aparecesse na tela, e quando ali surgiu, um enorme sorriso apareceu em seu rosto.

Stephen tem sessenta e um anos, o mais velho de todos os homens que conheci através do meu site, mas definitivamente o mais doce. Ele era como um avô que eu nunca tive, o que também me levou a não usar a máscara de esqui quando estava com ele. No começo foi estranho, porque eu a usava nas primeiras conversas, mas quando tive certeza de que não havia como ele espalhar fotos minhas na internet, já que ele não era bom com tecnologias, resolvi tirá-la.

Ele era definitivamente alguém que eu considerava um amigo, não importa o quão estranho fosse.

— Olá, querida — ele disse, na voz mais gentil de todas.

— Oi, Stephen. Como foi seu dia? — perguntei, sorrindo para ele e ficando mais confortável na cama. Eu tinha me aconchegado debaixo do meu cobertor com o notebook no colo e um chá na mesa de cabeceira.

— Ah, foi maravilhoso. Saí para passear e jantei em um bom restaurante. O de sempre. Como está? Você parece triste — ele apontou.

— Eu não estou triste... apenas frustrada. Acho que preciso do seu conselho.

— Conte-me tudo sobre isso, querida. Vou ajudar o máximo que puder — prometeu, me fazendo sorrir.

— Temo que eu possa ter que parar de ser *camgirl* — eu disse a ele, depois de soltar uma respiração profunda.

— Você conheceu alguém? — questionou, claramente feliz com esse pensamento.

— Bem, é complicado. Ele é... um amigo da família e me deu esse ultimato. Se eu quiser ser dele, teria que parar de ser uma *camgirl*.
— E você não tem certeza de que pode desistir tão facilmente?
Assenti com a cabeça.
— É o que eu amo fazer. Também adoro falar com você e não quero abrir mão disso — confessei. Não importa quão chatas algumas noites com ele fossem. Stephen aquecia meu coração, pois não tinha mais ninguém para conversar. Ele era solitário.
— Você não precisa pensar em mim ou em qualquer outro homem se esse cara é quem você realmente quer.
— Então está dizendo que eu deveria desistir disso e ficar com ele?
— Estou dizendo que você deve tentar se comprometer — ele me disse, com aquele tom de conhecimento que todo adulto parecia ter. Mas me comprometer nunca foi minha praia. Não importava com o que havia fosse. — Qual o nome dele?
Suspirei, pensar nele me fazendo sentir estranha por dentro.
— Riggs.
— Eu nunca vi você assim antes, Dove, e esse tal de Riggs parece ter deixado um grande impressão em você. Se ele lhe dá todas as coisas que você quer, por que não tentar?
— E se não durar muito? E se todos esses outros homens desaparecerem de repente? — indaguei, franzindo o cenho.
— Então eles não estavam aqui por você, mas pelo show que fazia para eles. Uma coisa é certa... se você se afastar por um tempo, mas voltar anos depois, estarei aqui, pronto para falar com você novamente.
Sorri com suas palavras doces, me fazendo sentir que era apreciada e adorada.
— Não acho que pararia de falar com você, Stephen. Apenas com os caras que querem me ver nua.
Ele riu e acenou com a mão.
— Faça o que acha certo, ok? Ninguém é seu dono.
Ainda não.
Mas uma vez que eu decidisse, Riggs definitivamente seria.

Capítulo vinte e seis

Valley

Alguns dias se passaram, e embora eu estivesse me vestindo novamente como de costume, ainda não me sentia como deveria estar me sentindo. Um grande pedaço de mim parecia estar faltando, e minha necessidade de seu toque grosseiro estava aumentando a cada segundo. Eu tinha que vê-lo de novo, então decidi mentir para meu pai e madrasta, dizendo a eles que iria para a casa de Kennedy para estudar, e fiz algo completamente diferente.

Eu estava dirigindo para a casa de Riggs, sem saber se ele estava lá, mas arriscando que estivesse. Havia também uma grande chance de Marcus — também conhecido como Garett — ainda estar em sua residência, mas, mesmo com ele presente, eu tinha que mostrar a Riggs exatamente o que queria.

Ele.

Ele por completo.

Eu já tinha dito para a maioria dos homens com quem eu menos encontrava via webcam que provavelmente ficaria fora por um tempo por motivos pessoais, e isso era meio que verdade.

Talvez Riggs fosse o que eu precisava.

Mas, embora eu tenha comunicado essa notícia a eles, nenhum cancelou a assinatura do meu site. Talvez eles tivessem que pensar antes de tomar uma decisão, mas, de qualquer forma, eu estava grata que nenhum deles tenha me enviado uma mensagem de ódio.

Respirei fundo e tentei voltar ao meu eu habitual. Voltar a Valley que tem força de vontade e consegue o que quer. Quando estacionei, olhei para a casa com determinação. Apenas as luzes do andar de baixo estavam acesas, e eu tinha certeza de que Garett tinha ido embora, porque seu carro não estava em lugar algum.

Que bom. Isso facilitava muito as coisas.

Saí do carro e puxei o vestido, o ajeitando e me certificando de que não havia vincos. Optei por um vestido preto com decote na frente e nas costas. Ele abraçava meu corpo, mostrando todas as minhas curvas.

É isso, pensei. *Vou dizer a Riggs o que eu quero e ele vai me aceitar de volta rapidinho.*

Quando cheguei à porta da frente, levei um segundo para repassar as coisas que queria dizer, e quando estava preparada para vê-lo novamente, apertei a campainha e dei um passo para trás.

Levou alguns segundos para Riggs abrir a porta, mas assim que o fez, quase derreti quando o vi. Ele estava de roupa de banho, seu cabelo penteado para trás e sua barba aparada com perfeição. Suas mãos se fecharam em punhos ao seu lado quando seus olhos encontraram os meus, e ele não se atreveu a movê-los para baixo do meu corpo para inspecionar meu vestido.

— O quê? — cuspiu, obviamente não muito feliz em me ver nesta quarta-feira à noite.

— Posso entrar? — pedi, afastando uma mecha de cabelo para longe do rosto.

— Não.

— Hã? — Arqueei uma sobrancelha.

— Não. Vá embora — ele rosnou, fazendo meu sangue ferver naquele mesmo instante.

— É sério isso? Estou aqui para conversar. Deixe-me entrar — insisti, mas, em vez de dar um passo para o lado, ele começou a fechar a porta. — Você não vai fechar essa porta na minha cara, Riggs! — esbravejei, dando um passo mais perto dele.

Por que ele estava agindo como um idiota?

Talvez porque ele fosse um.

— Por que você está aqui, Valley? Não fui claro naquela noite? — indagou, com um vinco profundo se formando entre as sobrancelhas.

Imitei sua expressão.

— Você realmente pensou que eu deixaria as coisas assim? Meu Deus, você realmente não sabe nada sobre mim. — Eu ri, negando com a cabeça.

— Você tomou sua decisão. Não há razão para aparecer aqui sem avisar — ele rosnou.

Eu queria dar um tapa nele. Chutar suas bolas e fazê-lo pagar por falar assim comigo.

Claro, falei que não desistiria de ser *camgirl* por ele, mas isso não significava que eu não pudesse mudar de ideia.

— Deixe-me entrar para que possamos conversar sobre isso — falei, cruzando os braços na frente do corpo para mostrar a ele o quão séria eu estava falando sobre isso.

Eu já tinha largado alguns homens por causa dele, e se Riggs me deixasse entrar, eu tinha certeza que faria o mesmo com o resto deles.

Até mesmo Garett.

— Vá para casa, Valley — ordenou, sem paciência para uma briga.

— Não me diga que você já me superou. Você me fodeu. Me mostrou o seu verdadeiro eu, e agora espera que eu vá embora e nunca mais volte?

— Vá, antes que eu chame seu pai — avisou.

— Você realmente acha que estou aqui sem uma maldita razão, Riggs? — perguntei, ignorando sua ameaça. — Acha realmente que eu apareceria aqui só para te irritar?

— Essa é a única versão sua que conheço — ele murmurou.

— Onde isso me levaria depois de todas aquelas noites em que você me mostrou sua verdadeira face? Você não quer realmente me afastar, e sabe muito bem disso. — Eu estava frustrada comigo mesma, mas principalmente com ele. — Como você teve coragem de ser tão idiota? — falei, tentando diminuir um pouco minha raiva.

Mesmo sem vizinhos por perto, minha voz definitivamente podia ser ouvida das outras casas da rua.

Riggs me encarou por um tempo, e se meus olhos não estavam me enganando, vi os cantos de sua boca subirem um pouco. Então isso era divertido para ele? Ele estava apenas fazendo joguinhos para conseguir o que queria?

— Vá para casa, Valley — repetiu, desta vez com uma voz mais calma e gentil.

Eu bufei e quase bati o pé no chão.

— Tudo bem. Vamos jogar pelas suas regras de novo. Mas há uma coisa que você está esquecendo, Riggs... — Eu me aproximei dele, enfiando o dedo em seu peito e olhando para ele com os olhos semicerrados. — Este jogo não acabou — sussurrei, movendo a mão para baixo para segurar sua virilha e apertando-a com força. — Não até eu disser que acabou.

Mas nem isso o fez repensar sua escolha de não me deixar entrar. Ele afastou minha mão, deu um passo para trás e acenou em direção ao meu carro.

cinquenta e seis

177

— Vá embora.

E assim eu fiz, já planejando uma maneira de me vingar dele por isso.

Riggs

Geniosa.

Exatamente como eu gostava das minhas mulheres, e Valley não era exceção.

Eu a vi sair com o carro da minha garagem, e quando ela se foi, totalmente furiosa e com raiva de mim, não pude deixar de rir de seu jeito enérgico e quase provocador de vir aqui me dizer o que pensava sobre toda essa situação.

Ela era diferente de um jeito bom, e embora eu tivesse sido rude com ela mais uma vez, nós dois sabíamos que as coisas entre nós não tinham acabado. Eu precisava de um pouco mais de tempo depois do que fiz com ela no último sábado e, mesmo que Valley gostasse de tudo o que eu fazia, queria lhe dar tempo para refletir sobre isso.

Que ela estivesse cem por cento certa de suas escolhas.

Valley não estava tão certa assim quando a pedi pela primeira vez para ser minha, mas vê-la aparecer na minha porta em um vestido insanamente justo e sexy, determinada a me conquistar de volta, me mostrou exatamente isso. Ela me queria e eu a queria, mas se me deixasse tê-la, ela deveria ter certeza sobre todas as coisas que eu faria com ela. A maneira como agi no sábado não era o mais duro que eu poderia ser, e mesmo que não parecesse haver limites para Valley, eu definitivamente mostraria a ela que, em algum momento, até ela teria que dar um passo para trás.

Voltei para a cozinha, onde tinha estado na última meia hora para preparar o jantar, e mesmo antes de ela chegar, eu estava pensando nela. Imaginando como estava e se eu não a tinha machucado muito naquela noite.

Ela parecia sobrecarregada depois que gozei dentro dela, e seu corpo precisava descansar, assim como sua mente, para absorver tudo o que fizemos. Certos fetiches não eram vistos como normais, como talvez a questão da fantasia de daddy e problemas com a figura paterna, mas mesmo isso algumas vezes era desaprovado por muitos; mesmo que uma garota tenha passado por um trauma quando pequena.

Se havia uma coisa que eu odiava neste mundo era a forma como as pessoas simplesmente não conseguiam ignorar as coisas que desaprovavam. Foi por isso que aceitei Valley do jeito que ela era, e também por isso que podíamos viver nossas fantasias sem julgar um ao outro.

Porra, fluidos corporais ligados ao sexo nunca foram minha praia, até que um dia eu de repente comecei a gostar. Mas, mesmo antes disso, eu não envergonhava as pessoas que gostavam dessas merdas. Quem diria que o meu próprio maldito irmão era uma dessas pessoas?

Não importava o que fosse, não importava o que você gostasse na vida, sempre havia pessoas de mente fechada que julgavam. E essas pessoas eram aquelas para as quais eu não tinha tempo ou paciência na minha vida.

Valley queria ter uma segunda chance de responder à pergunta que eu fiz várias vezes naquela noite, e que tipo de idiota eu seria para não lhe dar essa oportunidade? No final, eu estava ficando mais velho, e quem sabe se haveria outra garota bonita, forte e confiante por aí querendo viver seus desejos comigo?

Havia coisas que eu sentia por Valley que nunca antes senti por outra mulher, e embora parecesse apenas que eu a queria pelo sexo e meu próprio prazer, Val poderia ser a pessoa com quem eu queria me estabelecer. Mas apenas se ela quisesse o mesmo, porque, aos dezoito anos, ela tinha toda uma vida pela frente.

Concentrei-me na comida que estava cozinhando, mas de vez em quando pensava no pai dela e na madrasta, meus amigos, descobrindo o que a filha deles estava fazendo pelas suas costas. Isso poderia ficar confuso, e conhecendo Andrew, ele não aprovaria que eu ficasse com sua filha. Talvez não tanto por causa da nossa diferença de idade e mais por eu ser seu amigo de longa data. Aos olhos dele, isso seria imoral, e eu já podia imaginá-lo mais irritado com Valley do que comigo, porque ela foi irresponsável por flertar e se jogar em cima de um homem mais velho.

Tudo dependia de mim para ter certeza de que ele não renegaria sua filha por ir atrás do que ela queria, afinal, por mais que Valley fosse tentadora, isso não era tudo coisa dela.

Eu brinquei com fogo e deixei que ela me queimasse.

Severamente.

cinquenta e seis

Capítulo vinte e sete

Valley

— Valley, você está pronta? Os convidados estarão aqui a qualquer minuto! — Della chamou, do lado de fora do meu quarto, batendo na porta enquanto eu me olhava no espelho, me certificando de que estava bem para esta noite.

Isso era exatamente o que eu precisava... Della convidando amigos e familiares em um sábado à noite para comemorar seu aniversário, que foi no dia anterior.

Para ser exata, eu precisava que Riggs estivesse em minha casa para continuar minha empreitada para recuperá-lo. Ele também estaria aqui, e era a oportunidade perfeita para eu vestir meu melhor vestido, os saltos mais altos e a maquiagem mais bonita para mostrar a ele o que estava perdendo.

— Estou indo! — respondi, me inclinando para chegar mais perto do espelho e passando o polegar no meu lábio inferior para aperfeiçoar o batom vermelho-vinho combinando com meu vestido revelador.

Eu tinha ondulado meu cabelo e puxado para trás em um rabo de cavalo baixo e bagunçado para que Riggs tivesse algo para agarrar se decidisse que eu era o que ele queria. Eu não tinha dúvidas sobre isso, mas ele estava sendo um idiota teimoso, mostrando quão alfa realmente era.

Caminhando até a porta do meu quarto, a abri e não esperava que Della ainda estivesse ali.

— Você precisa de alguma coisa? — perguntei, fechando a porta.

Ela deixou seus olhos vagarem por mim e, com um sorriso doce, balançou a cabeça.

— Eu queria te ver antes de descermos. Você está linda — ela elogiou, escondendo sua desaprovação dos meus saltos ou do vestido.

Talvez até os dois, mas eu ignorei.

— Obrigada. Você está incrível — respondi, tocando seu braço antes de caminhar em direção às escadas.

— Convidei alguns dos meus amigos da faculdade e eles vão trazer as filhas. Elas tem mais ou menos a sua idade, então talvez você possa conversar com elas e fazer novas amizades — Della sugeriu.

Eu não tinha tempo para novas amizades, e também não precisava de mais. Eu tinha Kennedy, que por sinal estava se dando bem com Mason e tinha marcado outro encontro com ele. Bom para ela; Kennedy merecia um cara legal como ele.

— Vou ver o que posso fazer — eu disse a ela quando chegamos ao hall, vendo meu pai sentado no sofá, lendo um jornal.

— Andrew, olhe como sua filha está linda esta noite — Della anunciou, mudando de assunto.

Meu pai se virou e largou o jornal, depois sorriu para mim, mas manteve metade de sua expressão facial severa.

— Vocês duas estão maravilhosas. Eu sou o homem mais sortudo do mundo — ele nos disse.

Sorri para ele e caminhei até o sofá, me inclinando para beijar o topo de sua cabeça e imediatamente sentindo todo o gel de cabelo que ele havia usado esta noite.

— E você é o homem mais bonito que já vi — eu disse a ele, mentindo totalmente sobre isso, já que Riggs era a definição literal dessa palavra.

Meu pai riu e se levantou do sofá para puxar Della em seus braços, parabenizando-a mais uma vez por seu aniversário ontem.

— Vai ser divertido — ele prometeu a ela, e enquanto se beijavam, eu me virei para entrar na cozinha onde três funcionárias do bufê estavam de pé, esperando os convidados chegarem.

Elas eram as mesmas que sempre vinham quando meu pai contratava a empresa para festas, mas nunca interagimos. Esta noite, decidi falar com elas para que se sentissem bem-vindas em nossa casa, pois sempre pareciam tão tensas.

— Como vocês estão esta noite? — perguntei, sorrindo para elas e vendo sua confusão sobre por que eu estava falando com elas.

— Muito bem. Obrigada, senhorita Bentley. Estamos felizes por estar aqui — a mulher da direita disse, com um forte sotaque do leste europeu.

— Já comeram alguma coisa? Sabem que sempre pode voltar aqui e fazer uma pequena pausa se precisarem — ofereci.

— Obrigada, senhorita Bentley — outra das mulheres agradeceu — e no segundo em que meu pai entrou, elas ficaram tensas imediatamente.

Eu odiava o impacto que meu pai tinha na maioria das pessoas, mas odiava ainda mais com as pessoas que trabalhavam para ele.

— Tudo pronto? Os convidados chegaram — avisou, querendo que elas pegassem suas bandejas e saíssem da cozinha. E assim se foram, e eu sorri para lembrá-las do que eu disse segundos antes. — Você convidou Kennedy?

— Não. Ela tem em um encontro com alguém que conheceu há algumas semanas. Mas Della disse que seus amigos vão trazer as filhas, então... vai ser divertido.

— Ah, não seja assim, Val. Você vai gostar. Pegue algo para comer, beber e converse com as pessoas.

Eu faria isso, enquanto provocava Riggs e me certificava de que nunca quebraríamos o contato visual.

Suspirei e assenti com a cabeça, então saí para o hall de entrada para cumprimentar nossos primeiros convidados que eu nunca tinha visto antes. Os amigos de Della e suas filhas eram legais, e havia até uma que parecia ser como eu. Sexy, provocante e com cara de enjoada. Talvez eu virasse amiga dela esta noite.

— Você é Valley. Já ouvi falar de você — uma das garotas disse, com um sorriso maroto no rosto.

— E você é? — questionei, observando seu lindo vestido que me deixou com inveja por um segundo.

— Payton.

— E onde você ouviu falar de mim?

— Na faculdade. Acho que sua prima estuda lá também. Acho que o nome dela é Beatrix.

Assenti com a cabeça, franzindo os lábios.

— Mundo pequeno — eu disse, tomando um gole do champanhe que peguei no balcão da cozinha.

— Então... você é uma daquelas garotas que fica olhando para as outras com um olhar de julgamento até que elas vão embora ou essa é só a sua cara mesmo?

Que audácia falar assim comigo!

— Eu ia perguntar o mesmo — respondi, olhando para ela até que nenhuma de nós pudesse conter a risada. Sim, essa garota era exatamente como eu.

182

seven rue

— Quer fumar? — perguntou, mas tanto quanto eu teria gostado de sair e fazer todas as coisas que meu pai e madrasta odiariam saber, tive que declinar quando vi Riggs chegar, mais bonito do que nunca.

— Não agora. Que tal eu lhe contar um segredinho, P?

— Adoro segredinhos. — Ela sorriu, me observando atentamente, e segui Riggs com o olhar.

Estávamos um pouco mais afastadas dos outros, perto da escada onde ninguém podia nos ouvir.

— Vê aquele homem ali com o cabelo penteado para trás e barba branca? — prossegui, indicando com a cabeça na direção de Riggs.

Payton olhou para ele e assentiu, então franziu a testa e me encarou novamente.

— Não me diga que você gosta desse cara...

— Ah, eu gosto. Ele me fodeu algumas vezes, mas está me evitando e eu quero me vingar dele. Você poderia me ajudar — eu sugeri.

— Como? — questionou, lentamente mudando de ideia sobre isso.

— Não se pode esconder o quão travessa você é, P. Posso ver em seus olhos que você é tanto quanto eu. Ok, talvez não tanto... mas você se importaria de agir como se estivesse afim de mim esta noite?

Payton olhou para mim por um segundo, e a forma como seus olhos brilharam me disse que ela gostava da ideia.

— Então... você quer deixá-lo com ciúmes?

— Sim. Quero ver como ele reage. O que acha?

Ela deu de ombros.

— Desde que minha mãe não veja.

Eu ri e balancei a cabeça para ela, negando.

— Não se preocupe com isso. Della teria um derrame se me visse com outra garota.

Agarrei a mão dela e a puxei pela cozinha para dar uma olhada melhor em Riggs, que agora estava na sala, parado ao lado do meu pai, com um copo de gin na mão.

— Quantos anos ele tem? — Payton perguntou, começando a parecer interessada em Riggs.

— Cinquenta e seis — respondi rapidamente, mantendo meus olhos nele, que falava com meu pai.

— Ele é bonito.

Com certeza.

cinquenta e seis

— Ele é meu. — Deixei claro.

Ela riu e ergueu as mãos.

— Relaxe, garota. Ele é todo seu. Eu tenho um namorado.

— Tem?

— Bem, estamos saindo há um mês. Não tenho certeza exatamente do que somos.

Isso era o que me incomodava sobre caras da minha idade. Eles não tinham ideia do que queriam, sempre dizendo para ver para onde as coisas iam, e no segundo em que encontravam outra garota para foder, você levava um pé na bunda.

Riggs deixou claro que me queria. Só a mim. E então cometi o erro de rejeitá-lo e agora tinha que dar duro para recuperá-lo.

Quando ele virou a cabeça e encontrou meus olhos, mantive o olhar no dele, movendo minha mão da mão de Payton para seu quadril, puxando-a para mais perto de mim. Riggs estava sério como sempre, não mostrando nenhuma outra emoção e olhando para minha alma como se não houvesse mais nada em que ele fosse bom.

— O que você quer que eu faça? — ela perguntou baixinho, notando Riggs olhando para mim.

— Por enquanto, nada.

— Bem, isso não é divertido — ela murmurou, se inclinando contra o balcão e bebendo um gole de sua bebida.

Isso era o suficiente por enquanto, então me virei para Payton e coloquei minha mão na sua cintura, sorrindo para ela.

— O quê? Você quer dar uns amassos? — questionei, com uma risada.

Ela deu de ombros e riu também.

— Isso seria muito estranho?

— Não, mas não quero que ele pense que estou tentando irritá-lo. — Embora, isso seja o que ele provavelmente sempre pensava.

Olhei para trás para ver se Riggs ainda estava nos observando, mas ele havia desaparecido assim como meu pai.

Afastei-me de Payton, esvaziando a taça e pegando outra do balcão. Ela me observou por um tempo, olhando meu vestido novamente antes de suspirar. Ela realmente não se incomodou por eu usá-la como isca, e quem sabe? Talvez tivéssemos uma noite divertida e nos tornássemos amigas.

Riggs

    Durante toda a noite, ela estava junto com outra garota, tocando e abraçando, dançando e se esfregando contra sua amiga, se certificando de que eu sempre visse o que estava acontecendo. Ela estava fazendo isso para me irritar, para me mostrar o quanto odiava o fato de eu afastá-la, mas era isso que ela merecia. Era sua punição por me rejeitar. Sim, eu sentia falta de seu toque, seu corpo, seus lábios carnudos em volta do meu pau, mas tanto quanto tive que sofrer, queria fazê-la sofrer igual.

    Eu estava do lado de fora, no quintal, com Andrew, e alguns dos homens que ainda não saíram, esperando suas esposas terminarem de beber champanhe e falar sobre sapatos e roupas. Todos nós tínhamos algo para beber em nossas mãos, e eu estava terminando minha terceira cerveja, observando Valley caminhar até a espreguiçadeira perto da casa da piscina com sua amiga.

    Ela era pura tentação esta noite, mostrando suas pernas, curvas, seu lindo rosto e cabelo, e eu estaria mentindo se dissesse que ela não estava me excitando apenas por estar na minha presença. Valley estava incrível pra caramba, e não acho que ela poderia ficar mais sexy esta noite. Mas então ela se sentou na espreguiçadeira, sua amiga ao lado, e seus braços se envolveram, suas cabeças se aproximando.

    Ninguém mais estava vendo isso?

    Merda, deveria que virar de costas para elas, assim como os outros homens estavam. Mas não fiz isso, porque quando seus lábios se tocaram, eu precisava saber quão longe elas realmente iriam com seus pais parados a apenas alguns metros de distância.

    Os lábios vermelhos escuros de Valley se moveram lentamente contra os da outra garota, sensuais e apaixonados, de uma forma que só ela sabia fazer.

    Eu estava alucinando?

    Não, meu pau poderia facilmente distinguir realidade de fantasia, e o show que elas estavam fazendo para mim era cem por cento real.

    Meu pau já estava latejando, e quando a língua de Valley se moveu ao longo dos lábios da outra garota, tive que pigarrear e desviar o olhar.

cinquenta e seis

Quando eu estava prestes a fazer isso, os olhos dela se abriram enquanto ela continuava a beijar a garota, com a mão segurando suavemente o rosto dela para assumir o controle.

Merda.

Que putinha safada.

Era vingança que brilhava em seus olhos e, mesmo com as luzes fracas no quintal, eu podia dizer que ela estava gostando disso.

Eu estar assistindo.

Eu não ser o único a beijá-la.

E eu não ser dela.

As coisas precisavam mudar, e embora meu coração estivesse acelerado, por alguma razão, me afastei do grupo de homens que estava ouvindo e voltei para casa.

Valley tinha alcançado seu objetivo de me deixar com raiva, mas o jeito que ela fez isso foi o que mais me enfureceu.

Irresponsável.

A única palavra que eu poderia usar para descrever aquela garotinha travessa.

Capítulo vinte e oito

Valley

Eu podia dizer que Payton gostou de me beijar enquanto me certificava de que Riggs visse tudo, porque ela pediu o meu número e se ofereceu para sair comigo em breve. Eu claramente deixei uma boa impressão nela, mas apesar do beijo sensual lá fora na espreguiçadeira, não acho que marcaríamos nada tão cedo. Ela morava algumas cidades de distância, e eu gostava de ter meus amigos perto o suficiente para vê-los em menos de dez minutos quando necessário.

Prometi que poderíamos manter contato por mensagens. Payton foi embora com sua mãe e alguns outros convidados meia hora atrás, e como Riggs não estava em lugar algum, imaginei que o tinha deixado tão bravo que ele tivesse ido embora da festa mais cedo.

Eu não ficaria surpresa se esse fosse o caso, porque do jeito que ele olhou para mim enquanto eu beijava Payton apenas para irritá-lo, ele com certeza não estava feliz. No entanto, Riggs definitivamente gostou do showzinho que fizemos, e se eu não estivesse enganada, havia luxúria em seus olhos raivosos.

Entrei na sala dando um suspiro, depois sorri para os demais convidados que ainda estavam bebendo e comendo, e conversando com Della.

— Vou subir. Estou cansada. Aproveitem o resto da noite — eu disse a eles, acariciando o ombro de Della antes que todos se despedissem de mim. — Boa noite — respondi, e sem incomodar meu pai e seus amigos que ainda estavam do lado de fora, subi as escadas para ir para o meu quarto, repassando tudo o que aconteceu esta noite, desde a provocação até o amasso com Payton, e o súbito desaparecimento de Riggs.

Acho que ganhei um ponto esta noite e o derrotei em seu próprio jogo. Mas o jogo estava longe de terminar.

Uma dor aguda correu da parte de trás da minha cabeça para o meu corpo quando meu cabelo foi puxado para trás com força. Minhas costas bateram contra seu corpo duro quando ele puxou minha cabeça com a mão em volta do meu rabo de cavalo, e simultaneamente abafou meu grito com a outra mão pressionada sobre minha boca.

Ele não tinha ido embora, e minha excitação aumentou em um piscar de olhos. Meu coração batia rápido, fazendo meu peito doer, e também me deixando nervosa por algum motivo.

— Mexa-se — ele rosnou, sua voz mais grossa do que nunca, mais rude.

Pisquei algumas vezes para ter certeza de que não estava apenas imaginando tudo isso, mas a maneira como ele agarrou meu cabelo e enviou faíscas de dor pelas minhas costas me garantiu que era real.

Comecei a entrar no quarto e, uma vez lá dentro, ele fechou e trancou a porta atrás de si com a mão que cobriu minha boca.

— Você acha que pode se safar daquilo? Beijar aquela garota enquanto me fodia com os olhos? — De todas as vezes que ele agiu dessa maneira, sua voz nunca foi tão sombria.

Com a mão ainda em volta do meu rabo de cavalo, ele me virou para encará-lo, seus olhos cheios de raiva. Merda, ele estava realmente bravo, e por alguma razão idiota, assim era exatamente como eu esperava que ele estivesse.

— Você provou seu ponto. Você me quer. Mas isso não significa que tem que agir como uma puta, beijando outra garota para ferrar comigo — resmungou, sua mandíbula tensa e mal se movendo ao falar com os dentes cerrados.

Eu levei longe demais?

Mesmo se... isso fosse o que eu queria; agora eu teria que pagar pelo que fiz.

— O que você vai fazer sobre isso? — sussurrei, querendo soar mais poderosa em vez de fraca. Eu não estava sofrendo com isso, mas com certeza parecia que estava. Eu gostava desse lado de Riggs. Uma das maiores razões pelas quais eu queria ser dele.

Era disso o que eu precisava. Um homem que não se continha e me colocava no meu lugar quando eu agia como uma mimada. Era o que eu sempre quis, e Riggs foi o único homem que já me fez sentir assim.

Completa.

Ele me fez quem eu realmente era, não importa quão doente e distorcido pudesse ter sido. Eu adorava ser reivindicada, espancada, fodida com força, e caramba... até mesmo degradada. Essa era quem eu era, e Riggs aflorou tudo de melhor em mim.

Uma risada rouca fez seu peito vibrar, e como ele ainda estava segurando meu cabelo, eu não conseguia me mexer e não tinha outra opção a não ser olhar em seus olhos.

— O que eu vou fazer sobre isso? Acho que você já deveria saber o que está por vir, novinha — ele rosnou.

Riggs levantou a mão esquerda para segurar meu queixo com força e pressionou os dedos contra minhas bochechas, deixando marcas sem ter que me dar um tapa.

— Eu vou te foder até que não consiga mais pensar direito. Com mais força do que da última vez. — Suas ameaças soaram como promessas para mim, e eu precisava delas imediatamente.

Eu estava prestes a segurar seu pulso, mas ele se virou, me fazendo encarar a porta enquanto me empurrava contra ela com um baque alto.

— Você não vai me tocar esta noite e não quero ouvir uma porra de uma palavra saindo da sua boca — ele cuspiu, empurrando o joelho entre as minhas pernas por trás, sua mão apertando a minha garganta para cortar meu fôlego.

Sua mão direita se moveu para a minha barriga, levantando meu vestido e, em seguida, segurando minha boceta para esfregá-la grosseiramente.

— Acho que já passamos por isso muitas vezes, Val. Este é o meu jogo, nós jogamos pelas minhas regras. E não há como você sair como vencedora no final.

Neste momento, eu acreditei nele.

Eu me rendi, mesmo que fosse contra tudo o que defendia.

— Esta boceta é minha — ele rosnou em meu ouvido, sua respiração fazendo cócegas na minha pele. — Diga, Valley. Diga a quem essa bocetinha pertence — ordenou, esfregando seus dedos contra meu clitóris e circulando-o, enviando faíscas de prazer pelo meu corpo.

— Você... minha boceta pertence a você, daddy.

— O que você disse? — perguntou, e eu sabia que chamá-lo de daddy só o deixaria ainda mais irritado. Seus dedos apertaram meu pescoço e, neste momento, eu não conseguia mais respirar. — É assim que você quer me chamar enquanto seu pai está lá embaixo?

cinquenta e seis

Assenti com a cabeça da melhor maneira que pude, então fechei os olhos para me concentrar em não perder a consciência.

— Não até que eu diga. Abra a boca — ele exigiu, e assim o fiz porque não havia literalmente nada que eu não faria por ele.

Riggs levantou a mão esquerda da minha boceta para a minha boca, empurrando três dedos molhados para dentro e me fazendo chupar, sentindo o meu próprio sabor.

— Você vai fazer exatamente o que eu quero que faça enquanto fica quietinha para que ninguém a ouça.

Assenti novamente, inspirando profundamente. Ele afrouxou seu aperto por um segundo, mas imediatamente voltou a prender a minha garganta. Ele empurrou seus dedos profundamente na minha garganta, mas, enquanto me sufocava, não havia um real reflexo de vômito que eu estava sentindo. Talvez assim ele enfiasse seu pau ainda mais fundo na minha garganta.

Apenas o pensamento disso me excitou, e apertei as pernas com força. Ele continuou a tocar minha boca e molhar os dedos.

— Você vai ser punida esta noite. Com mais força do que da última vez, e nós dois sabemos como isso terminou — ele disse, sua voz divertida.

Eu poderia lidar com mais do que da última vez? Quase desmaiei com a intensidade do que ele fez comigo, mas antes eu estava chateada com algumas coisas.

Esta noite a minha mente estava clara, e eu não iria deixá-lo me afetar da mesma maneira. Queria sentir tudo sem estar à beira de me perder nas coisas torturantes, mas tão prazerosas que ele fazia comigo. Esta noite seria diferente, e eu me manteria firme para aguentar pelo maior tempo possível.

Riggs tirou os dedos da minha boca e os colocou de volta na minha boceta, movendo-os através da minha fenda e, finalmente, empurrando-os para dentro de mim, todos os três de uma vez só. Eu gemi, mas ele rapidamente abafou o som cobrindo minha boca novamente, e quando ele deu um passo para trás para me puxar junto, eu fui de boa vontade.

Paramos na frente da minha cama, onde levantei uma perna sobre ela para tornar mais fácil para ele me tocar, e quando Riggs teve certeza que eu não iria fazer outro som, ele colocou a mão direita na parte interna da minha coxa para segurar firmemente minha perna.

— Vou foder a sua bocetinha e sua bundinha apertada até você não aguentar mais.

Mais uma vez, algo que eu esperava que acontecesse, mas lutaria contra para manter os olhos abertos e ter a experiência completa.

Comecei a mover os quadris em pequenos círculos enquanto ele continuava a empurrar os dedos para dentro e para fora de mim, fazendo meu corpo ficar tenso e estremecer ao mesmo tempo.

— Uhmm, bocetinha molhada pra caralho. E toda minha — rosnou, afastando minhas pernas ainda mais e se certificando de que eu não as moveria.

Eu me inclinei contra ele para relaxar o corpo, enquanto Riggs fazia tudo dentro de mim ficar tenso. Ele sabia exatamente como, e fazia isso com perfeição.

— Quer mais um pouco? — perguntou, sem esperar uma resposta antes de levantar seus dedos cobertos com minha excitação em meus lábios, me fazendo chupá-los novamente.

Eu lambia e chupava, limpando-os perfeitamente e engolindo meu próprio gosto, mantendo os olhos fechados.

— Na cama — Riggs ordenou, mas, quando eu estava prestes a subir no colchão, ele me levantou com os braços debaixo dos meus joelhos e pescoço, me deitando para que minha cabeça ficasse pendurada na beirada da cama.

Meu vestido subiu até a cintura, deixando minha boceta exposta. Eu queria que ele visse mais, então puxei mais para cima, expondo meus seios, tirando-o completamente e deixando-o cair em seus pés. Levantei meu olhar para ver Riggs em cima de mim, se livrando de seu cinto e depois desabotoando a calça. Ele estava olhando para mim com um olhar profundo e intenso, me mostrando quão sério ele falara sobre me punir.

Quando sua calça e cueca sumiram, meus olhos focaram em seu pau. Ele começou a se acariciar bem ali na frente do meu rosto. O sangue já estava fluindo em minha cabeça, fazendo minhas têmporas latejarem.

Riggs ainda estava com o cinto na mão esquerda, mas, em vez de me bater com ele como eu tinha imaginado, ele o enrolou firmemente em volta do meu pescoço, segurando-o na minha nuca e se aproximando para deslizar a cabeça do seu pau ao longo do meu pescoço e lábios.

— Não faça nenhum som — ele me lembrou, mas, de qualquer maneira, seria difícil com o cinto em volta do meu pescoço.

Abri a boca, mas ele se afastou na hora.

— Feche essa boca — Riggs murmurou, esperando que eu me comportasse para então tocar meus lábios novamente. Sua excitação molhou meus lábios, e tive que me impedir de lamber a cabeça de seu pau para

cinquenta e seis

sentir o gosto. — Abra — ele finalmente disse, e eu abri para que ele pudesse empurrar sua ereção em minha boca o mais fundo que pudesse na posição que eu estava.

Seu cinto apertou em volta do meu pescoço, me fazendo prender a respiração e manter os olhos fechados quando ele começou a mover seus quadris para entrar e sair da minha boca.

Eu me rendi a ele naquele exato momento, deixando-o foder meus lábios tão forte quanto queria. Mantive minhas mãos ao lado, segurando as cobertas embaixo de mim para não ser empurrada para trás, mas ficar exatamente onde estava.

Riggs

Eu não me importava com as pessoas lá embaixo, ou a possibilidade de ser pego, mas o que me importava era Valley perceber que era assim que seria depois desta noite.

Eu a estava asfixiando com meu pau, empurrando-o profundamente em sua garganta e apertando meu cinto ao redor de seu pescoço. A visão dela, deitada de costas, exibindo seu lindo corpo com meu pau na boca era tão erótica, que me fez pulsar e querer mais.

— Você é uma maldita deusa — eu a elogiei, mesmo a tratando como uma puta.

Para garantir que Valley não desmaiasse, afastei meu pau de sua boca e olhei para ela, observando atentamente seus olhos se abrirem devagar. Ela respirou fundo, tossindo, e então olhou para mim com os olhos cheios de necessidade e luxúria. Ela queria mais, e eu estava determinado a lhe dar exatamente isso.

Soltei o cinto e segurei sua cabeça com as duas mãos, empurrando meu pau novamente para dentro de sua boca e estocando para frente e para trás, com mais força e rapidez.

— Engula meu pau como uma boa garota. Não se mova. Não faça barulho — eu rosnei, continuando a mover rapidamente meus quadris até que ela precisasse respirar novamente.

Mas não a deixei respirar, puxando sua cabeça contra mim o mais forte possível, a ponta do meu pau tocando a parte de trás de sua garganta, fazendo-a engasgar novamente.

— Não se mova, porra! — rosnei.

Ela levantou as mãos para empurrar contra minhas coxas, o que só me fez empurrar mais contra ela. Lutar contra não ajudaria, e ela tinha que aprender a me deixar fazer o que fosse necessário para puni-la de uma forma que beneficiaria a nós dois.

Meu pau estava mais duro do que nunca, mas eu queria segurar meu orgasmo pelo maior tempo possível. Caramba, talvez até que alguém nos flagrasse.

Depois de segundos pressionando-a para manter a boca em volta do meu pau, eu finalmente me afastei, observando-a virar de bruços e tossir, sua saliva misturada com o meus fluidos caindo no chão.

— Você não está engolindo meu pau como uma boa garota, baby. Eu realmente preciso ser mais rude?

Claro que ela assentiu, me mostrando o quanto poderia aguentar.

Segurei seu cabelo e a puxei para que se ajoelhasse na cama, então segurei seu queixo com a outra mão para fazê-la olhar para mim.

— Me responda com palavras, Valley — ordenei.

— Sim, daddy — ela resmungou, as lágrimas escuras rolando por suas bochechas rosadas.

Ela estava sensual com a maquiagem escorrendo pelo rosto. Isso a fazia parecer degradada, mas era isso que eu queria ver quando a fiz perder a cabeça a ponto de não conseguir mais pensar direito.

Capítulo vinte e nove

Valley

Eu já disse isso antes, mas esta noite foi diferente.

Riggs estava me mostrando um outro lado dele, um ainda mais rude, mais intenso, ao qual eu rapidamente me adaptei. Não havia mais nada que ele pudesse fazer que me surpreendesse, e o que ele quisesse de mim, eu lhe daria sem hesitar.

— Seus brinquedos. Pegue-os — ele ordenou e, quando soltou meu cabelo, eu me abaixei para puxar a caixa de debaixo da cama.

Riggs a pegou e tirou a tampa, pegando o vibrador e deixando a caixa de lado.

— Vire-se... bunda para cima — exigiu, apertando o botão para que o vibrador fizesse o que fazia melhor.

Fiquei de quatro, com a bunda erguida no ar, e ele agarrou meus quadris para me puxar de volta contra si. Seu pau deslizou entre minhas dobras, me provocando e pulsando contra mim.

— Não faça nenhum som — ele murmurou, antes de penetrar em mim sem qualquer aviso.

Abafei meu gemido, cobrindo a boca com a mão, e fechei os olhos para aliviar a sensação de ardor de seus movimentos bruscos.

— Porra — Riggs rosnou com sua voz rouca, movendo o pequeno vibrador ao longo da minha pele antes de parar logo acima do meu clitóris. — Tão malditamente apertada. Aperte meu pau com essa bocetinha molhada, baby.

Tentei me concentrar no meu corpo, fazer o que ele me disse e ao mesmo tempo aproveitar a sensação dele estocando seu pau na minha boceta. Rebolei os quadris para tentar colocar meu brinquedinho exatamente onde queria, mas ele o afastou e deu um tapa na minha bunda.

— Não. Se. Mova — cuspiu, batendo novamente na minha bunda antes de parar seus próprios movimentos. — Você realmente quer que essas pessoas lá embaixo saibam o que está acontecendo aqui? Porque é isso que eu vou fazer se você não me ouvir!

Outra ameaça, outro desafio.

— Talvez — eu ronronei, olhando para ele com um sorriso travesso.

— Putinha — ele murmurou, a ponto de perder o controle por minha causa, mas se controlou e empurrou minha cabeça contra o colchão com força suficiente para me fazer gritar.

Riggs começou a me foder de novo, desta vez mais forte e mais rápido. Seria um desastre se as pessoas descobrissem que eu estava fodendo Riggs. Seria catastrófico, mas isso não me impediu de provocar com a chance de sermos flagrados. Eu tinha dezoito anos, idade suficiente para tomar minhas próprias decisões, e transar com ele era a única coisa na minha vida que me preenchia de uma maneira que nada mais fazia. Então eu gemi, alto, enquanto ele continuava a estocar em mim, suas mãos segurando minha bunda com força.

O vibrador ainda estava em sua mão direita, e o senti vibrar contra a minha pele, me fazendo querer que ele o movesse mais perto do meu ânus, onde estimularia um pouco mais da sensação intensa. Mas Riggs não fez isso, e também não parecia se importar mais comigo fazendo muito barulho.

— Ah, sim, daddy... mais forte — implorei, empurrando contra ele com cada uma de suas estocadas, fazendo-o chegar cada vez mais fundo na minha boceta.

Riggs não estava falando, mas os rosnados e gemidos que ele soltava tinham uma espécie de tom de raiva. Não que todas as outras vezes que ele me fodeu soassem diferentes.

Eu estava lentamente voltando para aquele transe familiar que ele muitas vezes me colocava, mas antes que eu pudesse me soltar e deixá-lo tomar conta do meu corpo novamente, ouvi saltos estalando no corredor, vindo em nossa direção.

— Merda — sussurrei, levei minhas mãos para trás para fazê-lo parar de se mover.

De repente, eu não estava mais me sentindo tão corajosa assim.

— Valley, querida... o que você está fazendo aí? — a voz preocupada de Della chamou do lado de fora do meu quarto, e olhei para Riggs, nós dois respirando pesadamente.

cinquenta e seis

Havia algo malicioso em seus olhos, algo desafiador.

Ele saiu de dentro de mim, e por um segundo eu me perguntei se ele realmente iria tão longe a ponto de abrir a porta e se expor... nos expor. Em vez disso, ele levantou o vibrador para mim e acenou em direção à porta.

— Diga a ela que você está brincando consigo mesma — ele desafiou, fazendo meus olhos se arregalarem com suas palavras.

— Querida, está tudo bem? — Ela deve ter me ouvido, pensando que eu estava com dor ou algo assim, mas o que Riggs queria que eu fizesse mudaria a maneira como Della me via. Ela não tinha ideia de quem eu realmente era, o que eu fazia à noite quando me trancava no quarto.

— Vá em frente, — ele sussurrou, e eu rapidamente peguei o vibrador de sua mão para então caminhar até a porta do meu quarto e destrancá-la. Riggs estava bem ao meu lado, se escondendo de nossa convidada um tanto indesejada.

Olhei para Riggs com preocupação, mas ele assentiu e esperou que eu abrisse a porta, apenas uma fresta, mantendo-o escondido, enquanto eu espiava para olhar Della.

— Está tudo bem — eu disse a ela, colocando a mão esquerda na lateral da porta com o vibrador pressionado contra ela. Eu o desliguei, porque deixá-lo vibrar contra a porta só faria um som alto e desagradável.

Os olhos de Della se arregalaram quando ela viu meu rosto manchado de maquiagem, e sua confusão rapidamente se transformou em choque quando ela percebeu o que eu estava segurando.

— Ah, eu... — ela começou, movendo seu olhar ao longo da pequena fresta para inspecionar mais do meu corpo. Mas não havia muito para ver, já que eu estava de pé, com meu corpo escondido atrás da porta, me inclinando para que apenas minha cabeça ficasse visível.

E para piorar as coisas para mim, Riggs colocou a mão entre minhas pernas e começou a esfregar os dedos molhados ao longo da minha boceta, me fazendo pressionar meus lábios um contra o outro.

Idiota, pensei, tentando me concentrar em Della em vez de seus dedos esfregando meu clitóris.

— Me desculpe. Isso é constrangedor — ela disse, suas bochechas ficando vermelhas.

Eu entendia seu constrangimento, mas não acho que ela não fizesse o mesmo quando tinha a minha idade. Que garota não dava prazer a si mesma? Ok, talvez algumas, mas ela realmente esperava que eu fosse uma daquelas meninas que esperavam o príncipe do cavalo branco? Ela me via com as minhas roupas, não? Della já deve ter imaginado que eu não era tão santa quanto ela esperava que eu fosse.

Eu a encarei, esperando que ela finalmente se movesse e me deixasse em paz antes que o orgasmo que começava a vibrar nos meus dedos dos pés tivesse a chance de subir ainda mais. Riggs estava fazendo isso de propósito, circulando meu clitóris enquanto eu desajeitadamente estava lá com Della, sem saber o que fazer.

— Um pouco — respondi, mas não tinha nenhuma intenção de esconder o vibrador.

— Me desculpe — ela disse novamente, se virando e colocando a mão sobre a boca antes de descer as escadas.

Tranquei a porta imediatamente e me virei para olhar para Riggs, batendo em seu peito para mostrar a ele o quão idiota ele era por me provocar assim na frente da minha madrasta.

— Você é um idiota! — rosnei, lhe dando um olhar raivoso.

Mas ele não se importava como eu o chamava, ou se eu estava brava. Ele me pegou com as mãos na minha bunda, minhas pernas em volta dele, caminhando de volta para a cama e me jogando sobre ela como se eu fosse algum tipo de brinquedo.

— A menininha dela tem que crescer algum dia, não? — Ele sorriu, agarrando seu pau e o acariciando, movendo seus olhos por todo o meu corpo. — Venha aqui — ele então ordenou, e por mais brava que eu estivesse, precisava que ele terminasse o que começou.

Eu me movi para a beirada da cama com as pernas bem abertas. Ele se ajoelhou na minha frente e começou a beijar o interior das minhas coxas, as afastando ainda mais. Deixei meu vibrador de lado, observando-o, e ele moveu os lábios mais perto do meu clitóris, finalmente começando a roçar a língua contra ele.

— Ah, meu Deus... — murmurei, mantendo meus olhos nele o tempo todo.

Sua língua se moveu rápido, e não demorou muito para ele fazer aquela sensação bem conhecida tomar conta de mim novamente. Minhas pernas começaram a tremer, e para somar a tudo isso, Riggs enfiou dois dedos na minha boceta, movendo-os rapidamente e no ritmo de sua língua.

Meu corpo ficou tenso, e movi as mãos para agarrar seu cabelo e puxá-lo para mais perto e mantê-lo ali. Meus dedos dos pés se curvaram quando senti o orgasmo lentamente me atingindo. Enquanto meu clitóris vibrava contra sua língua, minha boceta se apertou em seus dedos.

— Ah, siiim! — gemi, movendo os quadris, e ele continuou a lamber meu clitóris até que eu perdesse o controle.

Não durou muito para ele se afastar e me puxar para o chão na sua frente, segurando meu rosto com uma das mãos e a parte de trás da minha cabeça com a outra. Ele me beijou, me deixando provar a mim mesma em sua língua, enquanto a circulava ao redor da minha.

Mesmo com ele sendo tão rude e safado, eu não podia negar a sensação que ele me fazia sentir. Eu precisava mais dele e não queria ser apenas seu brinquedinho. Eu o queria, e se ele falava sério sobre isso, então eu queria ser dele também.

Eu queria ser a sua garota.

Quando ele se afastou do beijo novamente, olhou nos meus olhos e me observou por um tempo antes de me fazer abrir a boca novamente, cuspindo na minha e depois se levantando para ficar em cima de mim.

Mantive sua saliva na minha língua, inclinando minha cabeça para trás e o observando colocar um pé na cama e segurar meu cabelo, acariciando seu pau com a outra mão. Eu sabia exatamente o que ele queria sem que tivesse que me dizer, e com seu ânus bem na minha frente, eu lambi para estimulá-lo, sabendo que os homens gostavam tanto quanto as mulheres.

— Poooorra — ele rosnou.

Não havia nada que ele pudesse me pedir que eu não faria, e enquanto eu continuava a lamber ao redor do seu buraco apertado, segurei meus seios e puxei meus mamilos.

— Tão safada — Riggs murmurou, mas então se moveu depois de um tempo para me puxar de volta para a cama.

Ele abriu minhas pernas novamente, pegando o vibrador e deslizando de volta para dentro de mim, segurando meu brinquedinho sobre meu clitóris sem aviso. Sua outra mão se moveu para o meu pescoço, apertando-o com força quando ele começou a me foder.

Ele não falava muito, mas tudo o que queria dizer eu podia ler facilmente em seus olhos. Tantas emoções passavam por eles, e mantive meus olhos nos dele para não perder um único de meus gemidos, que não eram mais tão altos quanto antes, porque, francamente, meu corpo estava começando a se desligar novamente. De um jeito bom, especialmente depois daquele orgasmo que ele me deixou ter.

Seus gemidos também eram abafados, e me perguntei como ele sairia do meu quarto sem que ninguém do andar de baixo suspeitasse de onde esteve por tanto tempo, mas isso não era problema meu.

Seu pau latejava contra minhas paredes apertadas, e não demorou muito até que ele começou a me sufocar a ponto de eu não conseguir mais respirar. Fechei os olhos, incapaz de mantê-los abertos, tentando alcançar outro orgasmo graças ao vibrador no meu clitóris.

— Não goze — ele murmurou, mas isso não era possível.

Eu precisava de outro orgasmo, e quanto mais tempo ele mantinha meu brinquedo ali, mais intensa a sensação dentro de mim se tornava. Bem quando achei que poderia perder o controle mais uma vez, Riggs afastou o vibrador, me fazendo olhar para ele.

— Não, por favor — implorei, colocando minhas mãos em seu braço. — Me faça gozar.

Ele apenas deu uma risada rouca e apertou minha garganta de novo, estocando com mais força até que gozou dentro de mim. Eu estava brava com ele por não me dar o que eu precisava, mas, de novo, não havia mais nada que eu não esperasse dele.

Eu não conseguia esquecer que ele ainda estava me punindo, e depois de se esvaziar dentro da minha boceta, ele gemeu e saiu de mim antes de se ajoelhar entre as minhas pernas novamente.

— Por favor — implorei de novo, precisando que ele também me desse meu orgasmo.

Riggs começou a lamber meu clitóris, seu gozo fluindo para fora da minha boceta, e continuou afastando minhas pernas para me impedir de me mover.

Tudo ao meu redor começou a parecer enevoado, mas mantive os olhos nele e apertei suas mãos que seguravam meus seios com mais força, tentando me manter em silêncio. Seus olhos encontraram os meus, e com a intensidade dentro deles, não havia mais nada que eu pudesse fazer além de gozar.

Cobri minha própria boca com a mão, arqueando as costas, e ele continuou a me fazer cavalgar naquela onda de prazer até chegar ao topo e explodir mais uma vez.

Doía, mas era tão bom.

Tudo o que ele fazia comigo era viciante, e o vazio que senti depois que sua boca me deixou estava deixando uma marca e me machucando por dentro.

Fiquei deitada por não sei quanto tempo, mas quando finalmente voltei a abrir os olhos, ele estava de pé, vestindo sua calça jeans. Sua barba estava pegajosa de seu próprio gozo, e quando ele colocou a camisa, entrou no meu banheiro para se limpar.

Eu precisava de um segundo para me sentar, mas quando consegui, ele já estava de volta ao meu quarto, afivelando o cinto e me dando um olhar que eu queria gravar em meu cérebro.

— Venha aqui — ele exigiu.

Levantei da cama e dei alguns passos em sua direção, deixando-o segurar meu rosto com as duas mãos e roçando minhas bochechas com os polegares.

— Diga.

— Sou sua — respondi, sabendo exatamente o que ele queria que eu dissesse.

Ele inclinou a cabeça para o lado e olhou para os meus lábios.

— Diga de novo.

— Sou sua, Riggs. Toda sua — repeti, ficando na ponta dos pés e beijando seus lábios como se fosse o que eu precisava para sobreviver.

Agarrei sua camisa com força para mantê-lo perto de mim, e ele agarrou meu cabelo para me assegurar de que não me soltaria.

Ainda não.

Nossas línguas se moviam uma contra a outra, girando e dançando sensualmente. De uma forma que eu nunca imaginei que fosse possível, mas encheu meu coração de tanto amor.

Um rosnado baixo fez seu peito vibrar, e Riggs se afastou lentamente, me dando um último beijo antes de olhar de novo nos meus olhos.

— Descanse. Eu ligo para você — prometeu.

Assenti com a cabeça e dei um passo para trás para deixá-lo arrumar suas roupas mais uma vez antes que destrancasse a porta e me deixasse ali. Meu coração estava acelerado, meus joelhos ainda tremendo, e quando Riggs estava fora de vista, eu finalmente respirei fundo para voltar à terra.

Ele não me deixou me sentindo vazia, embora minha mente ainda precisasse de tempo para voltar ao que era antes.

Eu não conseguia pensar direito, mas sabia de uma coisa...

Riggs era meu homem, e eu lutaria por nós, sem importar quem estivesse em nosso caminho.

Capítulo trinta

Valley

Riggs fez uma fuga rápida depois de sair do meu quarto na noite passada, porque quando desci as escadas para ir para a cozinha na manhã seguinte, meu pai me perguntou se ele tinha se despedido de mim. Ele deve ter saído sem ser visto depois do nosso tórrido encontro.

Della estava de pé ao lado do fogão, cozinhando ovos e bacon. Meu pai e eu esperávamos, eu batendo os dedos no balcão e tentando o meu melhor para não tornar as coisas estranhas. Claramente, os pensamentos de Della estavam a mil, provavelmente se perguntando se ela tinha visto corretamente na noite passada.

— Vocês duas estão terrivelmente quietas esta manhã — meu pai falou, colocando a mão na parte inferior das minhas costas e pegando sua xícara de café com a outra.

— Ah, ainda estou cansada. Fiquei acordada até tarde ontem à noite — eu disse a ele.

— Por quê? Não conseguiu dormir?

— Sim, havia algumas coisas que não me deixaram dormir. Ahm, coisas da faculdade — menti.

— Você precisa de ajuda com algo? Sei que o irmão do Riggs foi embora da cidade, mas tenho certeza de que posso encontrar alguém que possa ajudá-la — sugeriu.

— Não, está tudo bem. É um trabalho que estou escrevendo. Não é realmente algo que alguém possa me ajudar.

Della se virou segurando um prato com bacon e ovos, mas evitou me olhar nos olhos.

— Tudo bem, querida? — meu pai perguntou a ela, mas Della simplesmente assentiu com a cabeça e passou por nós para a sala de jantar.

— O café da manhã está pronto — ela anunciou, se sentando e rapidamente pegando um pedaço de torrada e passando manteiga.

Sorri para meu pai para lhe assegurar que estava tudo bem, então nos sentamos e começamos a comer.

— Alguma coisa divertida planejada para hoje? — questionou.

— Não. Acho que vou chamar a Kennedy para vir até aqui se estiver tudo bem.

— Por mim, ok. Vou levar Della ao clube de campo mais tarde para uma partida de golfe e talvez jantar por lá.

Assenti com a cabeça, não sentindo a necessidade de ir com eles já que não gostava muito daquele lugar. Além disso, a maioria dos meus colegas de faculdade também estariam lá, pois passavam a maior parte do tempo jogando golfe ou tênis, dando em cima de todos que trabalhavam lá.

Olhei para Della enquanto pigarreava e, inesperadamente, ela falou:

— A Kennedy também faz coisas assim?

Arqueando uma sobrancelha, esperei que ela esclarecesse do que estava falando, mas logo me ocorreu.

— Você quer dizer, dar prazer a si mesma? — perguntei, não deixando que isso se transformasse em uma conversa em que ficaríamos rodeando o elefante branco.

A respiração de Della ficou presa na garganta, chocada com as palavras que escolhi, que poderiam ter sido literalmente piores.

— Valley — meu pai avisou, com um olhar severo que se transformou em confusão. — Por que você está perguntando isso a ela, Della? Estamos tomando café da manhã.

Mantive meus olhos em Della para desafiá-la a falar, mas ela ficou quieta, sem saber como lidar com isso. Suspirei e olhei para meu pai, esperando que ele não se sentisse muito desconfortável com o que eu diria.

— Ela bateu na minha porta ontem à noite porque deve ter me ouvido enquanto eu estava me masturbando. Tenho dezoito anos — falei.

Meu pai não reagiu ao que eu disse, felizmente, mas Della negou com a cabeça e riu.

— Eu não fazia isso quando tinha a sua idade. Onde você conseguiu aquela... *coisa*?

— É um vibrador, Della. E não é errado usá-lo quando você precisa.

— É nojento — ela cuspiu, me surpreendendo com suas palavras tanto quanto meu pai.

— Della, por favor! Ela tem dezoito anos.

seven rue

Eu não esperava que ele reagisse dessa maneira, mas fiquei feliz por meu pai não ter me envergonhado como Della fez.

— Há quanto tempo você é sexualmente ativa? — ela perguntou.

Eu sabia que, no que quer que ela acreditasse, não aceitava coisas assim. Sexo quando não se é casada era um pecado, e ter um namorado era desaprovado se você não ficasse com ele pelo resto de sua vida.

— Você quer a verdade? — Arqueei uma sobrancelha, esperando por uma resposta. — Porque não acho que você pode lidar com ela.

Ela abriu o boca e bateu as mãos na mesa, negando com a cabeça.

— Garotinha!

— Jesus Cristo, Della, pare com isso! Deixe-a viver. Ela não está se metendo em problemas.

Exatamente, e mesmo se estivesse... era da minha vida que estamos falando.

— Não está certo. É profano — ela murmurou.

— Eu não estou tentando ser santa — murmurei em resposta, levantando da mesa com um suspiro pesado. — Vou tomar café da manhã no meu quarto. Não estou com vontade de ficar sentada aqui, sendo envergonhada por algo tão natural.

Nenhum deles disse uma palavra, e peguei meu prato com ovos e bacon, adicionei duas fatias de pão antes de subir as escadas e deixar ela pensar em tudo o que eu disse.

Não nasci em uma família religiosa, e por mais que eu respeitasse as crenças dos outros, odiava quando ficavam esfregando regras na sua cara. Della fez isso de forma passiva-agressiva, o que era ainda pior.

Assim que cheguei ao meu quarto, fechei a porta e sentei na cama, puxando meu notebook para mais perto. Coloquei uma série aleatória na Netflix para assistir tomando café da manhã.

Não saí da mesa para me acalmar, mas para deixá-la repensar sua maneira de me julgar. Não era certo, e se ela não visse da mesma maneira, eu não acho que haveria uma maneira de voltarmos a ser como antes. Della era uma mãe para mim desde que a minha mãe biológica foi embora, mas eu esperava um pouco mais dela. Mais aceitação de quem eu era; em quem eu estava me transformando.

— Quer conversar? — A voz do meu pai atravessou meus pensamentos, e me virei para vê-lo parado na porta, parecendo um jogador de golfe profissional.

Dei de ombros, sentando e pressionando uma tecla para pausar a série que eu estava assistindo pelo resto da manhã. Era quase meio-dia, e meu pai estava pronto para ir ao clube.

— Ela cresceu em uma família muito religiosa, e ser aberta sobre sexualidade ou até mesmo pensar sobre isso é um assunto tabu — ele explicou.

— Sim, eu sei.

Ele se sentou ao meu lado na cama, suspirando e colocando a mão na minha perna.

— Vou tentar falar com ela quando estivermos no campo de golfe, mas agora Della está fazendo birra como uma criança.

— Desculpe se o deixei desconfortável, pai. — Eu sorri.

— Ah, você não me deixou desconfortável. Achei que você não fosse seguidora da abstinência sexual. Fico feliz que esteja explorando seu próprio corpo. Sei como é difícil fazer isso, especialmente na faculdade.

Se ele soubesse...

— Bem, estou feliz que você não esteja bravo. Você vai encontrar alguns amigos no clube hoje também? — perguntei, para mudar de assunto.

— Não tenho certeza de quem estará lá, mas será divertido. Tem certeza de que não quer vir?

— Kennedy vem pra cá mais tarde. Mas obrigada mesmo assim. — Sorri para ele e beijei sua bochecha antes que se levantasse da cama.

— Parece legal. Divirtam-se. Vejo você de noite.

— Tchau — respondi, o observando sair e então voltando para o meu notebook para continuar com a série.

— Parece que saiu direto de um filme pornô. — Kennedy riu, depois que eu contei a ela a história sobre como Riggs me fodeu no meu quarto com convidados no andar de baixo.

— Sim, agora que falei tudo isso, eu poderia facilmente configurar minha câmera e filmar tudo — eu disse com um sorriso.

204   seven rue

Estávamos deitadas na minha cama com o notebook entre nós e algum filme aleatório passando.

— Mas chega de falar sobre mim. Como foi a noite passada com Mason?

Suas bochechas ficaram vermelhas em um instante, e eu sorri, sabendo que ela se divertiu muito.

— Foi incrível. Ele me levou para o bar onde nos conhecemos, depois comemos e saímos para um passeio noturno. Foi maravilhoso.

— Vocês se beijaram?

— Sim...

— E?

— Foi perfeito. Ele beija como um deus e eu quase desmaiei, porque foi tão bonito. — Ela suspirou, com um sorriso.

— Estou feliz por você, Ken. Vocês tem mais encontros planejados?

— Sim. Ele me convidou para sua casa na próxima semana e vamos cozinhar juntos. Estou animada. Acho que já estou me apaixonando por ele.

Kennedy merecia ser feliz, mas falar sobre todas essas coisas que os casais normais faziam me fez pensar se eu faria coisas assim com Riggs. Ele não parecia o tipo de homem que leva alguém para jantar ou que cozinha para alguém. Mas isso não era o que eu precisava quando poderia conseguir tantas outras coisas dele. Sexo, com todas as nossas necessidades e fetiches.

— Você merece tudo e muito mais, Ken. Mason tem sorte de ter você, mas se ele ferrar com tudo, eu vou deixar claro que ele mexeu com a garota errada.

Kennedy sorriu e estendeu a mão para pegar a minha.

— Obrigada por tudo. Eu o conheço por sua causa, e nunca pensei que nos daríamos tão bem. Então... obrigada, Val.

Sorri de volta e apertei sua mão, então a levantei para beijá-la.

— Faço qualquer coisa por você, Ken. Você sabe disso.

Ela seria minha amiga para toda a vida, não importava onde a vida nos levasse depois da faculdade. Ainda tínhamos três anos e, depois disso, veríamos o que aconteceria.

— Riggs já ligou para você? — ela perguntou, mudando de assunto e virando de lado para olhar para mim.

— Não, e estou tentando não ficar olhando meu segundo celular o tempo todo para ver se ele já me desbloqueou. — Suspirei, ainda segurando sua mão na minha e brincando com seus dedos.

— Talvez ele precise de um tempo. Não consigo imaginá-lo não ligando para você depois de tudo que vocês dois fizeram.

cinquenta e seis

Dei de ombros. Com Riggs eu nunca sabia. Ele era difícil de se ler.
— Ei, posso fazer uma pergunta?
— Claro.
— Se eu quiser tentar coisas... sexualmente falando... devo apenas dizer ao Mason ou ver para onde as coisas vão?
Sorri com a sua pergunta.
— É melhor se você for aberta sobre o que quer que vocês dois façam. Deixe-o saber o que você quer, e você verá que ele até deixará você assumir o controle.
— É isso que a deixa tão confiante? Ter controle sobre os homens?
— Isso é definitivamente algo que me faz sentir poderosa. Você vai ver, nem todo mundo é igual. Não pense muito sobre isso; não vai ajudar.
— Caramba, sou tão sortuda por ter você. Eu estaria perdida sem você — disse, se aproximando de mim e me abraçando forte com a cabeça apoiada no meu peito.
Envolvi os braços ao redor dela e beijei o topo de sua cabeça.
— Amo você, Ken — sussurrei, grata por também tê-la ao meu lado.

Capítulo trinta e um

Valley

Alguns dias se passaram e Riggs ainda não havia ligado.

Por mais nervosa que eu estivesse que talvez ele tivesse mudado de ideia e não quisesse mais me ver, tentei manter a calma e me concentrar na faculdade ao invés dele.

Ainda havia essa dor dentro do meu peito que eu tinha que descobrir de que tipo realmente era, mas não demorei muito para perceber que estava sentindo falta de Riggs. Dele todo, e eu precisava vê-lo logo ou ficaria louca e inventaria todas aquelas razões idiotas e sem sentido para ele não me ligar como prometido.

— Droga, parece que você acabou de levar um tapa — Kennedy afirmou, quando parou na minha frente.

Eu estava olhando fixamente para o meu armário, minha mente presa em Riggs em vez de me preparar para minha última aula.

— Sinto que levei um tapa — murmurei, pegando meu livro de biologia e fechando a porta.

— Precisa de um chocolate? — ela perguntou.

— Não, eu preciso do Riggs. Acho que vou até a casa dele para ver o que está acontecendo.

— Esta noite?

— Depois da aula. Ele deve estar em casa, de qualquer maneira — expliquei, abraçando o livro no meu peito e suspirando.

— Parece um plano. Pronta para ir para a aula?

Assenti com a cabeça, mas quando começamos a andar pelo corredor, Cedric e seus amigos pararam bem na nossa frente com sorrisos ridículos em seus rostos.

— Posso ajudar? — indaguei, minhas sobrancelhas arqueadas.

— Talvez. Você oferece seu serviço apenas para caras mais velhos, ou podemos assinar também?

— Do que você está falando? — Franzi o cenho.

— Ah, não. — Ouvi Kennedy sussurrar, e imediatamente percebi o que estava acontecendo.

Merda...

Mas, como?

— Como você descobriu? — perguntei, meu humor piorando a cada segundo.

— Não é muito difícil invadir o sistema desta cidade e encontrar sites criados localmente quando seu pai trabalha como analista de segurança. Kent é ótimo em criptografia e todas essas coisas, sabe?

— Maravilha — murmurei, dando um passo em direção a eles para sair dali, mas eles não me deixaram.

— Como que você não ficou irritada com isso? — insistiu, divertido.

Eu estava irritada, mas não me importava que eles tivessem descoberto meu segredo. Eu não ia deixá-los transformar isso em algo maior do que era.

— E se eu enviar o link para todos os meus amigos? Talvez até para o seu pai? É fácil encontrar o endereço de e-mail dele no site da empresa. — Eram ameaças vazias. Pelo menos eu esperava que fossem.

— Apenas me deixe em paz, Cedric — falei, tentando passar por ele novamente.

O idiota agarrou meus braços e me empurrou de volta contra os armários com seus amigos se aproximando de nós para formar uma espécie de parede para nos proteger dos outros alunos andando pelo corredor. Ouvi Kennedy lutar para chegar até mim, mas aqueles caras não a deixaram.

— É assim que a coisa vai ser, *Dove* — ele sussurrou, seu rosto perto do meu. — Você vai me deixar fodê-la, e eu não vou enviar o link para o seu pai.

Que. Filho. Da. Puta.

Olhei para ele e balancei a cabeça, discordando.

— É assim que você consegue que as garotas durmam com você? Ameaçando elas? Isso é realmente o melhor que pode fazer?

— Não, é só com você que eu tenho que ser assim. Como é que você abre as pernas para aqueles homens velhos e nojentos, mas não para um cara como eu?

Não respondi, pois não queria fazê-lo chorar.

— Não seja infantil e aceite um não como resposta de uma vez. Você está fazendo papel de idiota — eu disse a ele, desta vez mantendo a voz baixa.

Ele ainda estava me prendendo contra os armários, mas no segundo que ouviu a voz do senhor Trapani, mostrou quão covarde era e rapidamente me soltou, seus amigos também se afastando.

— O que está acontecendo aqui? Ele machucou você? — senhor T perguntou com uma expressão preocupada no rosto.

Esfreguei o braço e neguei com a cabeça.

— Não, ninguém pode me machucar — respondi, dando um último olhar para Cedric antes de me afastar com Kennedy ao meu lado.

— Ele é um idiota. Sinto muito que tenham descoberto. Quer ir para casa? — ela perguntou, esfregando minhas costas, mas eu estava determinada a sair da faculdade mais cedo.

— Fique aqui. Eu preciso ir falar com Riggs.

— Tem certeza?

— Sim, Ken. Tenho certeza.

— Senhorita Bentley! — senhor T chamou, nos seguindo até a saída. Ao nos alcançar ele franziu o cenho para mim. — Há algo que você gostaria de falar? Eu tenho tempo. Podemos ir ao meu escritório.

Balancei a cabeça.

— Estou indo embora.

— Você tem mais uma aula, senhorita Bentley. Vamos para o meu escritório — ele ofereceu, mas eu estava hesitante.

— O senhor Fanning enviará um e-mail para o seu pai se você faltar à aula dele — Kennedy me lembrou em um tom preocupado.

Eu sabia que ele faria isso, mas realmente não me importava.

— Temos mais dez minutos antes da aula começar. Vamos conversar — senhor T insistiu, e eu finalmente cedi.

Eu odiava a ideia de Cedric enviar aquele link para o meu pai, mas mesmo que eu pudesse impedi-lo de ver, as pessoas falavam, e algum dia a verdade viria à tona de qualquer maneira.

— Tudo bem.

— Vejo você na aula — Kennedy falou, esfregando meu braço antes de se afastar.

Segui o senhor Trapani até seu escritório e me sentei em uma das cadeiras em frente à sua mesa.

cinquenta e seis

— Mandei Cedric para a diretoria. Quer me dizer o que está acontecendo?

Cruzei os braços na frente do peito e olhei para o lado, tentando silenciosamente me livrar da raiva que estava sentindo.

— Ele não está aceitando um não como resposta e me assediou por não ter transado com ele várias vezes. Ele já me ameaçou antes — eu disse, soando como uma maldita dedo-duro.

— E qual foi a ameaça?

Olhei para ele e arqueei uma sobrancelha.

— Realmente quer saber?

— Sim.

Revirei os olhos e me recostei na cadeira. Neste momento, realmente importava se eu lhe dissesse a verdade ou não?

— Eu sou uma *camgirl*. De alguma forma, eles encontraram meu site e agora Cedric quer me foder e em troca não enviar o link para o meu pai.

Ele não parecia tão surpreso quanto eu esperava, mas... acho que o senhor T sempre soube que eu não era apenas uma aluna comum nesta universidade.

— Você pode excluir esse site?

— Sim, mas eu precisaria ir para casa para fazer isso.

Ele clicou a caneta muitas vezes, me deixando nervosa.

— Cedric está com o senhor Thompson e vai ficar lá até as aulas acabarem. Ele tem algumas aulas a mais, então você terá tempo suficiente para voltar para casa e fazer esse site desaparecer.

Ele me observou atentamente, deixou seus olhos vagarem até a minha saia e de volta para os meus olhos. Olhares de outros homens realmente não mexiam mais comigo, e esperei que ele falasse outra vez, porque eu não tinha nada a dizer.

— Você não está mentindo para mim sobre esse negócio de *camgirl*, não é?

Meu Deus, por que eu me exporia assim de outra forma?

Fiz uma careta para ele.

— Tudo bem, tudo bem. Vou me certificar de que ele não tenha acesso ao celular até a sua última aula. Vá, e não pense muito nisso, ok?

Como se fosse tão fácil.

Dirigi direto para a casa de Riggs depois que minha aula de biologia acabou, e embora eu pudesse facilmente ter ido para casa para tirar meu site do ar, eu não queria abrir mão de Dove tão facilmente por causa de Cedric ser um completo idiota. Aquele site foi o que me manteve nos últimos dois anos, e desistir por causa daquele ser mesquinho que não aceitava o fato de que eu não queria transar com ele não valia a pena.

Bati na porta da frente, toquei a campainha várias vezes e até a chutei para soltar minha raiva antes que eu a soltasse em Riggs.

A porta se abriu e ele me olhou com uma expressão raivosa.

— Que porra você está tentando fazer?

Cruzei os braços e soltei uma respiração pesada pelo nariz.

— Precisamos conversar — afirmei.

— Você deveria ter ligado primeiro.

— Não, você deveria ter ligado! Você me disse que faria, mas não o fez, então agora estou aqui para conversar. Me deixe entrar.

Em vez de brigar comigo, o que teria sido um erro, ele se afastou e me observou atentamente, enquanto eu entrava com os braços ainda cruzados.

— O que foi? — Riggs perguntou, parecendo mais preocupado do que nunca.

— Um idiota da minha faculdade descobriu meu site e ameaçou enviá-lo para meu pai se eu não transar com ele.

Riggs arqueou uma sobrancelha para mim e fechou a porta.

— Você ainda não excluiu aquele site?

Eu disse a ele que pararia de ser *camgirl*, mas isso não significava que eu iria excluir meu site e perder tudo o que construí nele. Felizmente, todas as fotos, exceto o banner na página, que podiam ser vistas quando clicava no link, estavam ocultas para não assinantes e só tinham acesso com uma senha que eles recebiam pessoalmente de mim quando adicionassem um cartão de crédito para pagar.

— Vai ficar on-line, mas isso não significa que vou continuar como *camgirl*.

— Não é assim que isso entre nós vai funcionar.

— Mas agora isso não é sobre nós!

— Então por que diabos você está aqui?

Ele tinha razão, mas não havia nenhum outro lugar que eu quisesse estar enquanto me sentia uma merda.

— Porque eu queria contar para você sobre isso antes que meu pai me

cinquenta e seis

tranque no meu quarto até que eu tenha idade suficiente para ser transferida para um asilo.

Ele me observou e suspirou, enfiando as mãos nos bolsos da calça jeans. Ele parecia bem com o cabelo puxado para trás em um coque baixo que eu nunca tinha visto nele antes, mas gostei. Seu cabelo tinha crescido bastante, e sua barba estava começando a esconder cada vez mais o rosto.

— Então você realmente deveria se livrar desse site — sugeriu.

Nunca tivemos uma conversa assim. Honesta, um pouco calma, onde estávamos tentando resolver as coisas juntos. Era bom e, por algum motivo, acalmou meu nervosismo enquanto meu coração ainda batia desenfreado.

Desviei o olhar e franzi o cenho, não querendo aceitar o fato de que excluir meu site de vez poderia ser a melhor solução. Eu ainda tinha cerca de duas horas até que Cedric pegasse seu celular de volta do senhor Thompson, mas essas duas horas não eram para eu pensar muito sobre isso.

— Dove é uma parte de mim. Não posso simplesmente me livrar dela, Riggs.

— Você não vai se livrar dela. Ela não existe apenas na tela do seu notebook, Valley.

— Como você sabe? — murmurei, recebendo um olhar desafiador dele.

— Eu sei, porque a vejo toda vez que fodo você. Toda vez que você chupa meu pau e fica na minha frente parecendo uma deusa. Você é Dove, Valley, e se quiser que isso funcione, terá que excluir o site.

Suas palavras aqueceram meu peito e eu me perguntei se era realmente ele dizendo todas aquelas coisas. Não era de sua natureza falar sem rosnar, mas desta vez foi diferente. Riggs quis dizer cada palavra que disse e me mostrou naquele exato momento que estava falando sério sobre nós. Olhei para ele, incapaz de falar ou pensar direito. Este homem mostrou sua verdadeira face nas últimas semanas, mas ainda mais agora. Ele nem sempre era esse homem rude e duro, mas havia algo suave dentro dele que só se mostrava quando ele realmente queria.

— Venha aqui — ordenou, com as mãos ainda nos bolsos, mas, quando me aproximei, ele as levantou para envolver os braços na minha cintura, me colocando na ponta dos pés. Passei os braços em volta do seu pescoço para abraçá-lo.

Seu abraço era algo que eu nunca tinha sentido antes, mas era amoroso e caloroso, me fazendo afastar todos os pensamentos ruins que tive graças ao Cedric.

— Livre-se do site, mas não de Dove — Riggs falou, sua voz mais profunda e mais sombria desta vez. Fechei os olhos para absorver cada momento disso, não querendo deixa abrir mão.

Meu coração estava batendo rápido, assim como o dele, me mostrando que estávamos sentindo o mesmo. Eu estava me apaixonando por esse homem, apesar de todas as coisas contra nós.

Me inclinei para trás para olhar em seus olhos com as mãos segurando a parte de trás de sua cabeça e meu corpo pressionado ao dele.

— Se eu excluir o site, você tem que me prometer que isso... o que quer que seja... vai durar.

Eu precisava saber, porque se ele só me quisesse por um curto período de tempo, eu não me importaria se toda a cidade descobrisse sobre o meu site. Eu continuaria com meus shows pela webcam, adicionaria mais alguns clientes e ganharia a vida com isso.

Riggs riu e moveu suas mãos da parte inferior das minhas costas para a minha bunda, segurando-a e apertando suavemente.

— Estou ficando velho, baby. Você é feita para mim, e não há tempo para eu encontrar uma garota que me trate como um rei.

Sorri com suas palavras, sentindo um frio na barriga.

— E eu sei que você vai me tratar como uma rainha — sussurrei, em resposta, mordendo meu lábio inferior para segurar um sorriso.

— Uma rainha bem safada.

Eu ri, sentindo minha felicidade crescer dentro de mim a cada segundo.

Sim, esse homem foi feito para mim, e eu queria gritar aos quatro ventos para mostrar ao mundo que não importava quantos anos você tivesse, poderia estar com quem escolhesse estar.

Capítulo trinta e dois

Riggs

Decidi ir para casa com ela e vê-la se livrar daquele site no qual passou tanto tempo no passado. Com certeza era difícil para ela, mas eu era um idiota ciumento e saber que um dia ela poderia ficar entediada comigo e se voltar para aqueles homens me incomodava muito.

Chegamos à sua casa e descobrimos que Della também não estava, provavelmente foi fazer compras ou algo assim, enquanto Andrew estava no trabalho.

— Quer alguma coisa para beber? — Valley perguntou, ainda segurando minha mão ao caminharmos pelo hall de entrada.

— Não, eu quero que você exclua aquele site.

Ela suspirou, e embora tivemos um momento intenso na minha casa com Valley me prometendo ser apenas minha, ela ainda tinha que tirar da cabeça que Dove não faria mais parte de sua vida.

Valley soltou minha mão, e subimos as escadas, entrando em seu quarto, onde me sentei na beirada da cama enquanto ela pegava o notebook.

A webcam não estava ali, como na última vez que estive aqui.

— Quando foi a última vez que você fez um show para alguém?

Ela se sentou ao meu lado na cama com as pernas cruzadas e o notebook no colo.

— Há alguns dias — ela murmurou, digitando algo e mantendo os olhos na tela.

— Foi com meu irmão?

— Não.

— O que ele fez você fazer? — perguntei.

Ela arqueou uma sobrancelha e olhou para mim.

— Você realmente quer saber?

— Eu perguntaria se não quisesse?

Ela negou com a cabeça e olhou para a tela.

— Ele queria que eu usasse meus brinquedos enquanto ele urinava em si mesmo ou se masturbava — ela me disse.

Não havia mais limites entre nós, e tudo o que ela fez no passado eram coisas que eu queria saber. Talvez houvesse coisas que eu não sabia que ela gostava.

— Ele já fez você beber sua própria urina? — indaguei, recebendo um olhar irritado dela em resposta.

— É realmente sobre isso que você quer falar enquanto estou fechando um site pelo qual batalhei tanto?

— Responda à pergunta.

— Caramba, não, não fez.

Eu estava tornando toda essa situação muito pior para ela, e me perguntei por que não podia ser gentil pelo menos uma vez. Meu comportamento idiota às vezes a levava ao limite, mas Valley nunca tinha ficado assim tão irritada comigo.

— Precisa de ajuda? — Olhei para a tela, observando enquanto ela entrava em seu próprio site onde era capaz de editar tudo nele.

Valley balançou a cabeça e soltou outro suspiro antes de clicar em uma guia com todos os tipos de ações. Eu a observei atentamente enquanto ela não se mexia, olhando fixamente para a tela e segurando o notebook com força. Seu rosto agitado e cheio de preocupação e confusão, provavelmente se perguntando se estava fazendo a coisa certa.

Essa merda realmente significava muito para ela, e só porque eu era um bastardo egoísta, não significava que eu tinha que tirar a única coisa da qual ela estava tão orgulhosa. Ainda assim, Valley tinha que se livrar do site para ter certeza de que aquele colega idiota não enviaria o link para toda a maldita cidade ou invadiria a plataforma.

Não importava o quão orgulhosa ela estivesse daquilo, eu não poderia deixar aquele garoto expô-la em uma idade tão jovem. Arruinaria sua vida na faculdade, não importando o quanto ela adorasse ser uma *camgirl*. No entanto... eu não estava pensando no que poderia acontecer se tirasse isso dela. Uma coisa que a deixava realmente feliz.

— Não — eu disse, enquanto ela movia o cursor para as palavras *"excluir definitivamente"*.

Val rapidamente levantou o olhar, com uma expressão confusa.

— O quê?

— Não exclua.

Ela me deu um olhar estranho e riu.

— Por quê? Cedric vai enviar o link para todos.

— Sim, e ele pode fazer isso assim que você sair da faculdade. Dê uma pausa no site.

Ela franziu o cenho, sem saber se deveria acreditar no que eu estava dizendo.

— Eu não entendo... você disse que não quer que eu volte a ser *camgirl*...

— Eu não disse isso, Valley. Eu disse que não quero que você faça showzinhos enquanto estiver comigo. Dê uma pausa no site para não perder nenhum desses malditos clientes, mas tem que me prometer que não vai continuar ativa se estivermos juntos. Eu não me importo com o que você faz quando decidir me deixar por outro cara que não é velho demais para te foder; mas enquanto for minha, ninguém mais pode te ter.

Ela me observou e continuou franzindo o cenho, deixando minhas palavras fazerem sentido até que ela percebeu que eu não estava brincando.

— Tem certeza?

— Caramba, pause a porra do site antes que eu mude de ideia —resmunguei, e ela rapidamente clicou na única opção que a deixaria ainda voltar ao que ela adorava fazer quando eu não estivesse mais por perto.

Valley soltou um suspiro profundo e colocou seu notebook de lado, então a puxei para o meu colo, segurando seu rosto e colocando seu cabelo para trás.

— Relaxe. Seu pai não vai descobrir. Você é a única que pode acessar a página agora — eu assegurei a ela, observando atentamente seu rosto. Ela manteve os olhos em mim o tempo todo. — E mesmo se ele pudesse, você sabe que tem que bater no peito e dizer que é isso mesmo. Já se importou com o que os outros pensam sobre você?

— Não — Valley murmurou, ainda com uma expressão de preocupação.

— Então pare de se preocupar com isso. Se vazar, não deixe ninguém lhe dizer que o que você está fazendo na internet é errado. Inferno, as mulheres provavelmente ficariam com ciúmes sabendo que você pode atrair homens on-line que lhe pagam um bom dinheiro. Sabe quantas garotas fazem essa merda de graça e nunca ganham nada com isso? Mesmo algumas malditas estrelas pornôs não são pagas o suficiente.

Valley sabia muito bem que era confiante o suficiente para responder se alguém a xingasse por ser ela mesma, e eu odiava vê-la assim; derrotada e insegura de si mesma.

— Essa não é você, Valley, e agora que não há mais como seu site ser visto ou encontrado por qualquer pessoa, quero que afaste todos esses pensamentos e coloque um sorriso no rosto.

Valley

Engoli o nó que se formou na minha garganta para, em seguida, respirar fundo e assentir para suas palavras, sabendo que ele estava certo sobre tudo. Merda, o senhor Trapani sabia sobre o site, mas isso não me incomodava. Então, por que diabos seria um problema se mais alguém, até mesmo meu pai, descobrisse?

Ainda bem que não precisei mais lidar com isso. Pelo menos não agora.

— Você tem razão. Desculpe, estou agindo de forma estranha. Acho que eu estava preocupada que algo ruim acontecesse.

— Não vai. Relaxe e pare de pensar nisso. Aquele filho da puta não tem nenhuma prova agora. Qual é o nome dele?

— Cedric Cortez — respondi. — O que você está fazendo?

— Nada — Riggs disse, colocando as mãos nas minhas coxas e acariciando minha pele com os polegares. — Já se acalmou um pouco?

Assenti com a cabeça.

— Sim, estou melhor — respondi honestamente, embora ainda estivesse furiosa com a forma como Cedric me tratou na faculdade.

Os olhos de Riggs se moveram dos meus para o meu uniforme, observando-o cuidadosamente até que pararam na minha saia. Eu sabia o que estava por vir, mas estava disposta a mudar de assunto neste momento.

— Eu quero foder você com este uniforme — ele falou em voz baixa, me fazendo estremecer e afastar todos os pensamentos preocupantes para abrir espaço para ele.

Rebolei os quadris em cima dele em círculos lentos, sentindo seu pau sob sua calça aumentar mais com cada movimento.

— Meu Deus, você é tão linda, Valley — ele murmurou, levantando minha saia ainda mais e movendo suas mãos para minha bunda, segurando e apertando com força.

Sorri, sentindo minha admiração por Riggs crescer. Antes de hoje, eu nunca deixei meus sentimentos transparecerem em sua presença, sem saber o que ele pensaria, mas agora que eu sabia que era dele, tinha que lhe mostrar como ele me fazia sentir.

Deslizei minhas mãos em seu cabelo, desfazendo o coque e deixando os fios caírem para que eu pudesse fechar meus dedos ao redor dele e segurar firme. Riggs se inclinou para me beijar, e eu rapidamente assumi o controle, lambendo seu lábio inferior para, em seguida, mergulhar minha língua dentro de sua boca e provar mais de seu gosto. Ele gemeu, puxando minha virilha contra a dele, e continuei rebolando em seu colo.

Nosso beijo rapidamente se transformou em uma sessão sensual de amassos, com nossas línguas dançando uma com a outra e nossas mãos se movendo por todo o corpo um do outro. Seu pau estava ficando duro sob a calça jeans, e graças à minha saia não estar no caminho, eu o senti pulsar contra minha boceta.

Gemi baixinho, e ele continuou apertando minha bunda e ajudando meus quadris a rebolarem em cima dele.

— Tire isso — ordenei, puxando seu suéter.

Mas quando Riggs se afastou do beijo para fazer o que pedi, nós dois congelamos ao ouvirmos a porta da frente se abrir.

— Merda! — murmurei, rapidamente me levantando de seu colo e correndo para fora do meu quarto e para as escadas.

Della entrou na casa com sacolas de supermercado em seus braços, seus olhos foram imediatamente para a escada.

— Oi — eu disse, sem fôlego, respondendo a pergunta que estava escrita em seu rosto: — Riggs está aqui. Ele me ajudou com meu notebook. Não estava funcionando direito — menti.

Ela parecia cética, e quando Riggs se aproximou de mim com o cabelo novamente preso em um coque, Della sorriu.

— Ah, olá, Riggs. O notebook da Valley voltou a funcionar? — ela perguntou, sem olhar para mim. Acho que ainda estava chateada comigo.

— Sim, está funcionando muito bem agora. Eu já estava indo embora — ele disse, olhando para mim e então descendo a escada.

— Tão cedo? Andrew está voltando logo do trabalho, e eu já estava pensando em fazer o jantar. Por que você não fica?

Sim!

Eu estava no topo da escada, esperando por sua resposta.

Riggs parou antes que pudesse chegar ao último degrau e, sem se virar para me olhar, assentiu.

— Eu adoraria. Obrigado, Della.

Sorri, mas não poderia demonstrar minha felicidade. Claro, ela apenas interrompeu nossa sessão de amassos, mas eu adoraria tê-lo aqui para o jantar, e adoraria ter sua companhia depois de tudo o que aconteceu hoje.

— Valley, por que você não vem pôr a mesa? — Della sugeriu.

— Já estou descendo — eu disse a ela, dando outra olhada em Riggs antes de voltar para o meu quarto para me recompor.

Meu corpo estava clamando por ele, mas acho que teríamos que esperar outro momento para continuar o que começamos.

cinquenta e seis

Capítulo trinta e três

Valley

— Por que o seu carro não está lá fora? Valley foi buscar você? — Della perguntou ao Riggs, enquanto eu estava arrumando a mesa e eles estavam na cozinha.

— Sim, ela foi até a minha casa para me perguntar se eu poderia vir e ajudar. Ela não tem o meu número — ele explicou, mentindo.

Tive que segurar um sorriso; eu gostava desse lado dele.

— Tenho certeza de que ela vai levá-lo de volta para casa depois do jantar — Della disse, fazendo soar como uma punição por qualquer motivo. Mal sabia ela que eu definitivamente faria um boquete bem necessário e merecido em Riggs.

— Vou sim — respondi, sorrindo para Riggs, que balançava a cabeça com um sorriso no rosto.

— Como está a vida agora que você não trabalha mais? — Della questionou.

— Excelente. Estou pensando em fazer algumas coisas em casa para me manter ocupado.

— Se precisar de ajuda com jardinagem, eu sou muito boa nisso.

— Eu sei. E com certeza pedirei sua ajuda com isso mais cedo ou mais tarde.

Isso se até essa coisa entre nós ainda não fosse pública. Della seria a primeira a desaprovar meu relacionamento com um homem muito mais velho.

Mas meu pai, eu não tinha tanta certeza. Não depois da maneira como ele lidou bem com o fato de que eu era sexualmente ativa e tinha brinquedos sexuais espalhados pelo meu quarto.

Eles ainda eram bons amigos, e talvez isso ajudasse quando chegasse a hora. Por enquanto, Riggs e eu ainda tínhamos que tornar isso oficial.

seven rue

A porta da frente se abriu e meu pai entrou, parecendo cansado e estressado. Fui até ele para abraçá-lo, beijando sua bochecha e esperando fazê-lo se sentir melhor.

— Oi, pai. Como foi o seu dia?

Ele deu um tapinha nas minhas costas antes de eu me inclinar para trás para olhar para ele.

— Olá, querida. Foi um longo dia, mas consegui sobreviver — meu pai brincou.

— Riggs está aqui — anunciei, e entramos juntos na cozinha para que ele pudesse cumprimentar sua esposa e amigo.

— Bom ver você de novo, Riggs. Você está bem?

— Sim. Dia difícil?

— Como sempre. Estou começando a levar em consideração o que Della sugeriu — meu pai falou, rindo com a ideia de finalmente se aposentar.

— Acho que não seria uma má ideia — Riggs comentou.

— Não posso parar agora. Coisas importantes estão acontecendo. Tive que demitir dois funcionários e agora estou procurando um novo. — Meu pai suspirou, se virando para olhar novamente para mim. — Você não está interessada em trabalhar na empresa por algumas horas depois da aula, está?

— Ahm... — Na verdade, pensei sobre isso, mas sabia que não era algo que eu gostaria. — Acho que não. Estou ocupada com a faculdade e não quero ficar para trás.

— Ah, você é uma garota inteligente, Valley. Tenho certeza de que não será tão ruim aceitar um pequeno trabalho como esse para ajudar seu pai. Talvez você assuma a empresa um dia.

— Não — respondi, franzindo a testa para Della.

— Por que não? — ela desafiou, e eu estava começando a pensar que estava tentando mexer comigo de propósito.

— Porque não estou estudando biologia na faculdade à toa.

— E onde isso vai levar você?

Minha nossa...

— Há muitas coisas que ela pode fazer depois de se formar em biologia. Tenho certeza que Valley vai encontrar a coisa certa — Riggs disse, me defendendo dela.

— Tanto faz — Della murmurou, se voltando para o fogão e me fazendo revirar os olhos.

— Ignore ela — meu pai sussurrou em meu ouvido, antes de apontar para as escadas. — Vou guardar minhas coisas e já volto.

Quando ele saiu, Riggs me cutucou e piscou para mim, me fazendo sorrir novamente e lembrar do que ele me disse mais cedo.

Os outros não podiam fazer ou dizer nada para mim. Eu era confiante de quem eu era, o que queria na vida e quem queria ser.

O jantar acabou mais rápido do que o esperado, mas foi Riggs quem parecia ansioso para sair depois de terminar seu jantar e sua cerveja. Eu estava sentada ao lado dele, minha mão em sua coxa por baixo da mesa, e ele apoiava a sua na minha.

— Quer ir para casa? — perguntei, virando minha mão para que nossas palmas ficassem de frente uma para a outra, e entrelacei os dedos nos dele.

— Sim, acho que é hora de eu ir para casa. Muito obrigado pelo jantar, e vou convidar vocês em breve.

Nós nos levantamos da mesa e caminhamos até a porta da frente, e enquanto todos se despediam, eu me olhei no espelho para ver se meu uniforme ainda estava bonito.

— Dirija com segurança, Val. Vejo você daqui a pouco — meu pai disse.

— Ah, na verdade... eu tenho que dar uma passada na casa da Kennedy. Ela precisa de ajuda com alguns trabalhos de faculdade e, como fica no caminho, eu disse a ela que passaria por lá.

Outra mentira, mas eu estava ficando boa nelas.

— Tudo bem, me avise quando sair da casa dela.

Assenti com a cabeça, sorrindo para Riggs antes de sair de sua casa, o deixando com uma expressão travessa em seu rosto.

— Coisinha impertinente — ele murmurou, me fazendo sorrir abertamente.

Entramos no carro e eu saí da garagem para ir até a casa dele, e porque não podíamos manter nossos dedos longe um do outro, ele estendeu a mão para mim e segurou minha boceta, me fazendo abrir as pernas para que ele tivesse fácil acesso.

— Você ficou de uniforme. Tem ideia do quão duro você me deixa sem nem me tocar?

Eu tinha uma pequena ideia de como o fazia se sentir, o que me fez sentir poderosa.

— Você merece ser fodida esta noite, e eu quero que fique com esse uniforme enquanto faço isso.

Lambi meus lábios e mantive os olhos na estrada, meus quadris se movendo com o toque de seus dedos no meu clitóris.

— Eu posso sentir o cheiro de sua doçura daqui. Merda, baby, você está tão molhada. — Riggs colocou os dedos na minha calcinha para deslizá-los pela minha fenda e, em seguida, levá-los aos meus lábios para eu prová-los.

Fechei os lábios em torno deles, chupando e provando, enquanto segurava o volante com mais força. Se ele continuasse me provocando, eu teria que parar o carro na beira da estrada.

Felizmente, a viagem até a casa dele não era muito longa, e quando parei em sua garagem, saímos rapidamente. Ele foi mais rápido, andando para o meu lado e me pressionando contra a porta com uma mão no meu pescoço e a outra na minha cintura.

Seus lábios colidiram com os meus, aprofundando imediatamente o beijo e me mostrando o quanto ele me queria esta noite. Movi as mãos para seu peito para agarrar seu suéter, me certificando de que não cairia quando meus joelhos fraquejaram, mas depois de um beijo profundo, ele me levantou e me jogou por cima do ombro, me fazendo rir.

— Riggs! — gritei, batendo em sua bunda.

Ele caminhou até a porta da frente para destrancá-la.

Não disse uma palavra ao caminhar pelo corredor até seu quarto e, quando chegamos lá, me deixou cair na cama, me cobrindo com seu corpo. Riggs beijou meu pescoço e segurou meu seio, se apoiando com a outra mão ao lado da minha cabeça.

Gemendo, deslizei as mãos em seu cabelo para desfazer seu coque novamente, precisando puxá-lo do jeito que eu sabia que ele gostava.

— Minha — ele rosnou, e assenti com a cabeça em resposta.

— Sua. Eu sou toda sua, Riggs.

Ele beijou uma trilha do meu pescoço até o topo dos meus seios, chupando e mordiscando a pele sensível e depois desabotoando minha camisa para ter acesso aos meus mamilos carentes. Eles já estavam latejando, como todas as outras partes do meu corpo, desde que nos beijamos no meu quarto. Seus gemidos ficaram mais altos quando puxei seu cabelo, e estendi a mão entre nós para esfregar seu pau através da calça jeans.

Desta vez, não parecia que estávamos lutando por quem tinha o controle um sobre o outro, e estávamos ansiosos para ficar nus e foder de uma maneira que nunca fizemos antes. Desta vez... nós sabíamos que haviam sentimentos envolvidos, e eu queria sentir cada um deles antes de ter que ir embora e voltar para casa.

Seu pau estava duro como pedra, e desabotoei sua calça jeans. Ele tomou um mamilo em sua boca, chupando enquanto brincava com o outro.

— Tire isso — eu disse, puxando sua calça e esperando que ele fizesse o que pedi.

Riggs saiu da cama e a empurrou pelas pernas, também se livrando da cueca antes de tirar o suéter para ficar parado em toda a sua glória. Seus músculos flexionaram sob a pele tatuada, e sorri ao notar uma pequena tatuagem em seu quadril esquerdo escondida entre duas maiores.

— Desde quando você tem essa? — perguntei, sentando e colocando uma mão em sua barriga e a outra em seu quadril para roçar a pequena pomba.

— Fiz quando eu tinha vinte anos. Esqueci disso até o dia em que meu maldito irmão a chamou de Dove[2] — ele disse, mantendo a voz baixa.

Olhei para ele com admiração, pensando que era uma coincidência e tanto.

— Naquela noite eu soube que você era minha. É ridículo, eu sei. E não acredito em merdas assim. Mas desta vez, acredito.

Olhei para ele como uma criança para uma árvore de Natal iluminada, os olhos cheios de felicidade e espanto. Riggs colocou as mãos em cada lado da minha cabeça e afastou meu cabelo para trás suavemente, sem quebrar o contato visual e silenciosamente me mostrando o quanto realmente quis dizer aquelas palavras que acabou de dizer.

Meu coração estava cheio, e quando olhei de novo para a tatuagem, me inclinei para beijá-la. Eu não conseguia encontrar palavras, sentindo como se elas não fossem necessárias neste momento.

Quando ele agarrou meu cabelo com as duas mãos, levantei o olhar e sorri, então ele se inclinou para me beijar e me empurrar de volta para a cama. Ele aprofundou o beijo e se inclinou sobre mim. Envolvi a mão em torno de seu pau para acariciá-lo, enquanto Riggs terminava de desabotoar minha camisa, expondo meus seios ainda mais. Ele já havia empurrado

---

2   Dove (inglês) – pomba.

meu sutiã para um lado e, embora não fosse muito confortável, eu não estava com vontade de tirá-lo.

Riggs queria me foder de uniforme, então eu o deixaria fazer exatamente isso. Este lado dele era novo, mas, por mais gentil que ele fosse, eu sabia que não se conteria quando estivesse dentro de mim. Meu coração não parava de bater loucamente, e quando ele se afastou do beijo, finalmente puxou minha calcinha para baixo e se acomodou entre minhas pernas, com a mão em volta de seu próprio pau.

— Você é tão linda, baby. Não vou deixar você ir. Você é minha, e vou mostrar a cada maldito dia que você pertence a mim.

Eu estava começando a amar suas promessas, não importando o quão duras ou agressivas elas fossem. Ele estava falando sério, e isso era o que mais importava para mim.

— Me mostre — sussurrei, segurando seu rosto com as duas mãos e sentindo a ponta de seu pau roçar contra a minha entrada. — Eu quero que você me mostre.

Com um movimento rápido, Riggs deslizou para dentro de mim, me esticando e me preenchendo de uma forma que só ele conseguia. Eu gemi, inclinando a cabeça para trás quando ele começou a estocar com força para dentro e para fora de mim, mantendo sua promessa e me fazendo sentir inteira.

Por mais que eu amasse seu lado rude, e a maneira como ele me punia quando eu estava sendo travessa e rebelde, eu amava quase tanto quanto esse novo lado que ele estava me mostrando.

cinquenta e seis

Capítulo trinta e quatro

Valley

— Você parece feliz hoje — Kennedy opinou, parando ao meu lado no armário, e levantei meu olhar do celular para a encarar com um sorriso.

— Eu estou feliz.

Já fazia alguns dias desde que Riggs e eu oficializamos não oficialmente. Nós dois sabíamos que estar juntos seria difícil se algum dia viesse a público, mas, por enquanto, gostamos desse pequeno segredo e o guardamos para nós mesmos.

Eu já podia sentir meu pai e madrasta ficando bravos comigo, e até mesmo com Riggs, porque nossa diferença de idade não era a única coisa que poderia parecer imoral. Riggs é amigo de Della e meu pai há anos, mesmo antes de eu nascer, e considerando o quão rígida Della pode ser, eu esperava que ela surtasse e me chamasse de todos os tipos de nomes.

— Ele desbloqueou você? — Kennedy brincou, me fazendo rir.

— Sim, acredite ou não, mas este não é meu segundo celular. Ele disse que quer ser o único homem me mandando mensagens sacanas, então eu desliguei o outro.

Eu ainda recebia mensagens de alguns dos outros homens, principalmente fotos de paus e vídeos deles se masturbando. Mas, por mais que eu já sentisse falta de ser *camgirl*, estava contente com minha vida e tendo Riggs ao meu lado.

— Bem, estou feliz que você esteja feliz. Pode acreditar que nós duas estamos em relacionamentos ao mesmo tempo? — ela perguntou, se inclinando contra os armários.

— O fato de termos namorados é o que é surpreendente — comentei, sorrindo para ela.

— Deveríamos sair em um encontro duplo. Talvez ir a um bar ou algo assim. Um bom restaurante — sugeriu.

— Não tenho certeza de que Riggs esteja pronto para isso. Ele é um cara egoísta que gosta de me manter escondida do mundo quando tem chance.

— Ah, qual é... tenho certeza que ele pode abrir mão dessa possessividade por uma noite.

Eu duvidava disso.

— Verei o que posso fazer.

Olhei de novo para o meu celular e terminei de digitar a mensagem que estava prestes a enviar a Riggs. Ele queria que eu fosse para a casa dele depois da aula, e eu concordei em ir assim que terminasse alguns trabalhos para não ter que me preocupar com isso no fim de semana.

> Vejo você em breve, bonitão.

Mandei a mensagem, observando quando apareceram os três pontinhos que indicavam que ele estava escrevendo.

> Mal posso esperar.

Essa foi a sua resposta, e pude literalmente ouvir sua voz profunda e rouca.

— Você teve notícias do Cedric desde aquele dia em que ele a ameaçou? — Kennedy perguntou. Quando levantei o olhar, percebi por que ela mencionou aquele idiota.

Ele estava caminhando em nossa direção, seu rosto sério, mas seu andar inseguro.

— O que ele quer agora? — murmurei, virando com a cabeça erguida e esperando que ele parasse na minha frente.

— Podemos conversar? — Sua voz estava tão irritante como sempre.

Dei de ombros, esperando que ele continuasse.

Cedric suspirou e olhou ao redor, então se inclinou mais perto para não ter que falar muito alto.

— Não sei o que diabos aconteceu, mas sinto muito que seu site tenha sido excluído. Kent era quem estava mexendo com isso, então é culpa dele.

— Hã? — Franzi o cenho.

cinquenta e seis

— Caramba, o seu site. Eu era o único que tinha o link, e não sei como ele conseguiu ou encontrou, mas o site sumiu.

No começo fiquei confusa, mas depois percebi que ele não tinha ideia de que eu coloquei o site em suspenso para torná-lo indisponível para qualquer pessoa. Olhei para Kennedy, que sabia tudo sobre o que Riggs me fez fazer com meu site, e até ela parecia confusa antes de perceber o que estava acontecendo e teve que segurar um sorriso.

Apenas vá na onda, Val.

— Sim, isso foi bem ruim. Mas acho que agora você pode deletar aquele link também — sugeri.

— Eu não ia enviar para o seu pai, você sabe disso, não é?

Franzi o cenho ainda mais.

— Como é? — Eu estava ouvindo direito? — Então sobre o que eram todas aquelas malditas ameaças?

Cedric esfregou a nuca e deu de ombros, parecendo um garotinho que acabou de ser pego roubando doces.

— Qual é, Val. Eu só estava brincando com você. Levei uma boa surra quando cheguei em casa naquele dia, e o diretor vai me fazer ficar todos os dias depois das aulas pelo resto do semestre.

Olhei para atrás dele e vi o senhor Thompson parado do lado de fora de seu escritório com os braços cruzados sobre o peito e um vinco profundo entre as sobrancelhas. O senhor Trapani estava de pé ao lado dele, e eu suspirei, sabendo que esse pedido de desculpas não veio do próprio Cedric.

Encarei-o, arqueando uma sobrancelha.

— Apenas pare de ser um idiota, ok? — sugeri.

Ele encolheu os ombros.

— Vou tentar. Me desculpe. E sinto muito pelo seu site. Eu realmente adoraria ver o que você estava escondendo lá.

Enfiei o dedo do meio na sua testa em resposta às suas palavras mais uma vez inapropriadas, e Kennedy riu quando ele deu um passo para trás como um medroso.

— Caramba, me desculpe, Valley. Não vou mais falar sobre isso, e não falei nada para ninguém. Só os caras sabem, mas vou garantir que também fiquem de boca fechada.

— Ótimo. Agora suma. Eu não quero mais ver a sua cara — eu disse.

Ele olhou de volta para o senhor Thompson, e quando ele deu um aceno de aprovação, Cedric se afastou.

— Que idiota — Kennedy murmurou.

— Não poderia concordar mais.

— Senhorita Bentley! Meu escritório.

Suspirei ao ouvir o senhor Thompson me chamar, e fechei o armário, revirando os olhos.

— Vejo você na aula — eu disse a Kennedy, então atravessei o corredor até o escritório dele, onde já estavam sentados em suas cadeiras.

Fechei a porta atrás de mim e caminhei até a cadeira vazia ao lado do senhor T. Quando me sentei, os dois pigarrearam.

— Vá em frente — o senhor Thompson orientou ao senhor Trapani, e eu me virei para encará-lo com um olhar questionador.

— Tive que contar a ele sobre isso ou então ele não poderia emitir nenhuma punição. Mas saiba que o seu... hobby está seguro conosco.

A essa altura, eu não me importava com quem sabia, já que não havia nada que pudesse provar que eu era uma *camgirl*.

— Algo mais?

— Sim — o senhor Thompson respondeu, me fazendo virar a cabeça e olhar para ele. — Eu queria parabenizá-la pelo quão bem você está indo academicamente. Todos os seus professores estão satisfeitos com suas provas e trabalhos, e de alguma forma você conseguiu transformar aquela nota oito em química em um dez. Queríamos recompensá-la, porque achamos que estará na lista de nossos melhores alunos de todos os tempos. Nem mesmo seu pai tinha notas tão perfeitas.

Sorri, porque, por mais rebelde que eu parecesse por fora, estava orgulhosa de mim mesma por ser inteligente, até mesmo mais do que os nerds na maioria das aulas.

— Este é um vale-presente de cem dólares para você gastar em qualquer loja ou restaurante da cidade — o senhor Thompson falou, empurrando o cartão sobre a mesa na minha direção.

Eu sabia sobre esses vales. As pessoas podiam comprá-los na prefeitura, e a maioria eram presenteados no Natal ou aniversários. Era um ótimo presente quando você não queria se preocupar com o que comprar para alguém e, assim, podia escolher como gastar esse dinheiro.

Sorri para ele e peguei o vale.

— Isso é ótimo! Muito obrigada — eu disse, orgulhosa de mim mesma por tudo que conquistei até agora.

— De nada, senhorita Bentley. Agora, vá para a aula. Não queremos que estrague a sua frequência perfeita.

cinquenta e seis

— Obrigada novamente — repeti, me levantando e sorrindo para os dois antes de sair do escritório.

Acho que contar ao senhor T sobre tudo não foi uma coisa tão ruim, afinal, e agora eles tinham mais algumas coisas com o que sonhar à noite por minha causa. Pena que ele não tivesse mais chance comigo, agora que eu pertencia a Riggs.

Fui para a aula e me sentei ao lado de Kennedy enquanto ela olhava para mim com um olhar preocupado.

— Está tudo bem? — ela perguntou.

— Sim, está tudo perfeito. A vida é perfeita — assegurei a ela com um sorriso.

Kennedy sorriu e esfregou meu braço, e tivemos que nos concentrar em nosso professor. Tentei o meu melhor para não sorrir como uma idiota, sentada e pensando no meu homem que eu veria mais tarde.

— Onde você está indo? — meu pai perguntou, enquanto eu caminhava pelo hall com minha mochila cheia de pijama e coisas para dormir.

Parei no caminho e me virei para ele, vendo ele e Della me olhando, parecendo mais curiosos do que nunca.

— Para a casa da Kennedy. Vamos ter uma festa do pijama — eu disse, pontuando minha mentira com um sorriso doce.

— Que horas você volta amanhã? Seu tio nos convidou para jantar no clube de campo. Riggs também vai — explicou.

— Ele vai?

— Sim, pelo menos foi o que me disse. Riggs tem estado ocupado nos últimos dias.

Sim... me fodendo e fazendo gozar em todos os cômodos de sua casa.

— Ok, estarei em casa na hora do almoço.

— Lembre-se de tomar café da manhã, porque não vou cozinhar nada para o almoço amanhã. Teremos um grande jantar no clube — Della anunciou.

— Ok. Boa noite, pessoal — eu disse, acenando para eles e saindo pela porta para o meu carro.

Eu mal podia esperar para ver Riggs novamente.

A viagem até sua casa não demorou muito, e depois de estacionar ao lado de seu carro, saí do meu e corri para a porta da frente. Bati três vezes, então dei um passo para trás e esperei que ele abrisse, colocando meu cabelo atrás das orelhas para tirá-lo do rosto. Optei por vestir uma saia plissada, semelhante ao meu uniforme, mas com uma camisa preta de manga comprida, me sentindo confiante e sexy como sempre.

A porta se abriu e Riggs ficou parado na minha frente, com uma calça de moletom cinza-escuro e uma camisa branca que lhe caía perfeitamente.

— Oi — cumprimentei, mordendo meu lábio inferior para esconder minha excitação.

Riggs, por outro lado e pela primeira vez, não se importava em mostrar suas emoções, o que eu meio que gostava, em vez de ele estar mal-humorado o tempo todo.

— Oi, linda.

Eu me aproximei para envolver meus braços ao redor de seu pescoço, e ele me puxou contra seu corpo com os braços em volta da minha cintura, beijando a curva do meu pescoço.

— Senti sua falta — sussurrei, mesmo que não tenha se passado muito tempo desde que nos vimos.

Riggs estava sempre em minha mente, e meu vício por ele crescia a cada dia, tornando difícil passar um dia sem sua presença.

— Você está ficando melosa agora?

— Idiota. Você também sentiu minha falta — afirmei, com uma risada.

— Sim, senti — ele murmurou, beijando o ponto sensível abaixo da minha orelha e depois mordiscando meu lóbulo.

— Vai me deixar entrar? — pedi, me inclinando para trás para olhar para ele novamente, que assentiu antes de me soltar e se afastar.

— Você já jantou?

— Sim, já comi — respondi, entrando em sua casa. Antes que eu pudesse lhe perguntar o mesmo, ele me pegou no colo e me jogou por cima do ombro. Eu meio que gostava dessa nova maneira de Riggs me carregar para a cama.

Eu ri, deixando meu corpo relaxar e balançar sobre seu ombro, enquanto ele caminhava pelo corredor até o banheiro. Acho que ele tinha algo planejado, porque quando entramos no banheiro, havia pétalas de rosas brancas por todo o quarto, me fazendo levantar o olhar e abrir a boca com admiração.

cinquenta e seis

Riggs me desceu lentamente, imediatamente tirando minha mochila e colocando-a de lado. Fiquei olhando ao redor para absorver tudo.

— Uau... — sussurrei, fitando para as grandes janelas com vista para toda a cidade. — Que lindo — eu disse a ele, me virando para o encarar.

— Gostou? Pensei em mostrar a você que posso ser romântico — ele disse, o que só me fez rir alto.

— Continue tentando se convencer disso, grandão — provoquei, mas eu achava que esse era um lado dele eu adoraria ver com mais frequência, desde que o sexo continuasse tão rude quanto.

— Tire os sapatos — ordenou.

E voltamos ao normal, pensei, tirando rapidamente meus tênis e empurrando-os para perto da minha mochila no chão.

Eu sabia o significado das flores brancas, e um aspecto delas contradizia quem eu não era.

Inocente.

Mas, de novo, rosas brancas também simbolizavam novos começos, que Riggs e eu definitivamente estávamos passando por um deles neste momento.

Ele se aproximou de mim, suas mãos segurando meu rosto, e se inclinou para me beijar. Nossos lábios se moviam um contra o outro, e coloquei minhas mãos na barra de sua camisa para puxá-la, precisando que ele a tirasse.

Seu beijo era profundo e apaixonado. Movi minhas mãos por baixo de sua camisa para acariciar seus músculos, e ele rosnou e agarrou meu cabelo com força. Por mais que eu adorasse estar no controle, esta noite eu queria deixá-lo assumir o comando. Pelo menos por enquanto.

Riggs se moveu, me fazendo dar um passo para trás e parar quando minhas costas bateram na pia atrás de mim. Suas mãos deixaram meu cabelo, e ele me segurou para me levantar no balcão ao lado da pia. Envolvi minhas pernas ao redor de seus quadris, tirando as mãos de debaixo de sua camisa e as colocando em cada lado de seu pescoço para mantê-lo perto, sua língua dançando com a minha.

Eu podia sentir seu pau endurecer contra minha virilha, e ele me puxou para perto com uma das mãos segurando a parte de trás da minha cabeça, a outra agarrando a minha coxa. Meu coração estava batendo acelerado, e eu desejei ser mais aberta sobre meus sentimentos em relação a ele, querendo dizer exatamente como me fazia sentir mesmo quando ele não estava por perto.

Eu me apaixonei por Riggs, e sabia que ele sentia o mesmo por mim, mas dizer aquelas três palavras era um grande passo que nenhum de nós queria dar. Ainda não, mas eu esperava que muito em breve.

Deslizei as mãos em seu cabelo ondulado e puxei a raiz, fazendo Riggs pressionar os quadris contra os meus com mais força e soltar outro gemido, aprofundando o beijo com minha língua e mergulhando ainda mais em sua boca.

Quanto mais tempo eu passava com ele, mais eu percebia nossa diferença de idade. Não porque eu tenha vivido menos anos neste planeta do que ele, mas por causa de nossos corpos. Sempre que minha pele macia esfregava contra a dele, ou suas mãos se moviam ao longo do meu corpo, a aspereza me fazia estremecer, e as rugas que eu sentia sempre que acariciava seu rosto me lembravam da primeira vez que percebi que era a fim de homens mais velhos. Algo sobre eles, especialmente Riggs, me fazia sentir segura e protegida, mas era a confiança e a força que ele irradiava que fazia meu corpo formigar.

De novo, não era algo com o qual a maioria das garotas se identificava, mas eu não me importava com elas. Riggs era o único homem que importava, e não havia ninguém no mundo inteiro que pudesse me dizer que eu não poderia estar com ele.

cinquenta e seis

Capítulo trinta e cinco

Riggs

Afastei-me do beijo para pressionar os lábios contra seu pescoço, puxando seu cabelo para trás e a fazendo inclinar a cabeça para o lado. Fui mordiscando e lambendo todo o caminho de sua orelha até o topo de seus seios. Valley segurou meu pau e comecei a esfregá-lo através da calça de moletom.

Eu tinha algumas idéias de como fodê-la esta noite, mas decidi seguir o caminho inesperado. Não era minha praia levar as coisas devagar, e eu sabia que Valley estava lentamente enlouquecendo enquanto eu tomava meu tempo para descobrir cada parte de seu corpo novamente. Eu amava suas curvas, a cintura pequena, as lindas pernas compridas que abraçavam meus quadris. Eu amava suas mãos, me mostrando com cada toque o quanto ela adorava o que fazíamos.

Já tive muitas mulheres na vida, mas nenhuma me tocou como Valley.

Nenhuma se compara à minha garota.

Nenhuma nem chegou aos seus pés.

— Daddy, por favor... — Valley implorou, mas eu sabia muito bem que ela não tinha ideia do que estava implorando.

— Diga isso de novo — desafiei, segurando seus seios com as mãos e apertando com força, olhando novamente em seus olhos.

Ela focou em mim, os olhos arregalados e cheios de luxúria, exatamente como eu gostava de vê-los.

— Eu preciso de você, daddy — sussurrou, suas mãos agarrando meu cabelo com força.

Valley não precisava me dizer isso, mas ouvi-la me chamar de daddy fazia meu pau pulsar toda vez. Eu adorava, e quanto mais ela dizia, mais queria que continuasse me chamando assim.

Levantando sua camisa, expus seus seios, já que ela não estava usando sutiã. Outra coisa que eu amava nela e esperava que nunca mudasse. Quando também me livrei da minha própria camisa, segurei seus seios novamente e me inclinei para puxar um de seus mamilos na boca, circulando a língua em torno dele e apertando o outro.

Seus gemidos suaves ficaram mais altos conforme eu chupava com mais força. Soltei seu mamilo da boca, fui para o outro e o lambi antes de lhe dar a mesma atenção. Suas mãos ainda estavam no meu cabelo, agarrando e puxando, enviando choques de prazer direto para o meu pau.

— Mais — Valley implorou, tentando empurrar minha cabeça para baixo. Só que eu ainda não tinha terminado com seus seios.

Eu os massageava e chupava seu mamilo duro, parecendo que não conseguia ter o suficiente dela. Seus seios eram perfeitos. Não muito grandes, mas do tamanho certo, e quanto mais eu brincava com eles, mais sensíveis eles ficavam ao meu toque.

Ela empinou os quadris e pressionou a virilha com mais força contra a minha, rebolando em círculos lentos e esfregando sua boceta no meu pau.

— Porra — rosnei. Ela abaixou uma das mãos entre nós para segurar meu pau, apertando-o com força e puxando minhas bolas que estavam de fácil acesso através da calça de moletom. — Estou realmente tentando ser bom, Valley, mas você está tornando isso muito difícil.

— Não quero que você seja bom. Quero que me foda como da primeira vez. Por favor, daddy — implorou mais uma vez, e foi isso que me fez perder o controle. Acho que ela não gostava tanto desse meu lado, mas felizmente me transformei no filho da puta rude que sempre fui.

Minha mão envolveu seu pescoço, apertando sua garganta com força para sufocá-la, mas isso não a incomodou muito, então aumentei o aperto até que sua respiração ficou presa em seus pulmões, incapaz de soltá-la e tendo que prender a respiração.

Havia uma razão pela qual eu a queria no meu banheiro, mas estava pensando em levá-la para cama e fodê-la sem piedade, porque era isso que ela queria que eu fizesse.

— Eu esperava que você bebesse minha urina de novo esta noite — falei, em voz baixa, vendo seus olhos se iluminarem quando ela ouviu a palavra urina.

Garotinha safada... exatamente como eu gostava.

Ela tentou mover a cabeça, provavelmente querendo sacudi-la, mas eu mantinha os dedos firmemente ao redor de sua garganta.

cinquenta e seis

— Ou estou enganado? — perguntei, colocando a outra mão em sua boceta, debaixo da saia minúscula.

Um som de asfixia saiu de sua garganta, e eu a deixei respirar por um momento, esfregando seu clitóris que — surpresa, surpresa — não estava coberto pela calcinha.

— Eu quero — ela respondeu, recuperando o fôlego antes de eu voltar a apertar seu pescoço.

— Me mostre o quanto você quer — eu a desafiei, mas não demorou muito para me afastar dela.

Sua mão apertou minhas bolas com força, chegando a doer em vez de dar prazer, o que me fez tirar a mão de sua boceta e bater em sua bochecha com força suficiente para fazê-la pular.

— Começando a ser imprudente de novo, hein? De joelhos! — ordenei, a soltando e a observando descer do balcão para se ajoelhar na minha frente. — Sim, abra essa boca. Você é uma puta e já sabe o que fazer, não?

Falar com Valley assim teve um efeito interessante sobre ela, e não havia sinal de que ela não estavam gostando. Ela adorava ser chamada de todos os tipos de coisas, mas, se tivesse escolha, iria querer que eu a chamasse de puta toda vez que transássemos de agora em diante.

Empurrei minha calça de moletom para baixo, expondo meu pau, porque eu não estava usando cueca boxer. Seus olhos ansiosos imediatamente foram sobre ele quando o segurei e comecei a acariciá-lo bem na frente de seu rosto.

— Me diga o que quer, Valley.

Ela lambeu os lábios e engoliu em seco.

— Eu quero a sua urina na minha boca — respondeu, em um ronronar suave que sempre fazia meu pau pulsar. — Eu quero provar. Engolir — acrescentou, colocando as mãos nas minhas coxas e se aproximando.

Agarrei seu cabelo no topo da cabeça e a empurrei para trás, não deixando que conseguisse o que queria tão facilmente. Com sua cabeça inclinada contra o armário, eu estava sobre ela e a fiz tomar minhas bolas em sua boca.

— Ahhh, porraaa... — gemi, continuando a esfregar meu pau enquanto ela chupava e lambia a parte mais sensível do meu corpo.

E, provocante como era, ela lambeu todo o caminho até meu ânus, molhando-o antes de colocar um dedo dentro dele. Ela foi corajosa o suficiente para fazê-lo sem minha permissão, mas, neste momento, eu não poderia me importar menos.

Eu me afastei e empurrei meu pau em sua boca, porém ela continuava a brincar na minha porta dos fundos, me fazendo pulsar. A cabeça do meu pau atingia o fundo de sua garganta.

— Mantenha esses lindos olhos em mim, baby. Porra... você é tão linda — rosnei.

Afastei meu pau e, quando ela olhou para mim, as primeiras gotas de urina encheram sua boca. Ela era tão jovem, e tê-la nessa merda excêntrica era como ganhar na loteria. Eu adorava vê-la engolir minha urina e, embora a maior parte fluísse de sua boca para seus seios, isso tornava toda essa experiência mais sensual.

— Você gosta disso, hein? Porra, baby... você é tão perfeita.

Quando terminei de me esvaziar, tirei meu pau de sua boca antes de puxá-la para cima e fazê-la envolver as pernas em meus quadris novamente, a carregando para a cama. Eu não me importava com quão sujos meus lençóis ficariam. Trocá-los valeria a pena cada segundo depois desta noite.

— Eu quero você pra caralho, Valley. Mostre que pertence a mim.

Sentei na beirada da cama e a fiz montar no meu colo, deslizando facilmente dentro de sua boceta molhada, minha outra mão segurando sua bunda. Ela se firmou com as mãos em meus ombros e, quando se acostumou novamente com o meu comprimento, começou a cavalgar como se nada mais na vida importasse.

Puxei sua saia para cima, deslizando as mãos por sua bunda para passar os dedos por sua fenda por trás e molhá-los antes de empurrar um dedo em seu ânus, do jeito que ela fez comigo antes. Eu tinha outras intenções além de usar apenas o dedo, e para isso eu tinha que começar a prepará-la.

— Vou foder essa boceta apertada primeiro, e sua bunda será a próxima — murmurei, e ela continuou me cavalgando.

Como eu estava impaciente, precisava me apressar e preparar seu buraco apertado para o meu pau. Empurrei dois dedos dentro dele, com ela ainda no meu pau, e a estiquei, afastando os dois dedos.

— Ah, Deus! — gritou, inclinando a cabeça para trás e fechando os olhos. Continuei a tocá-la até que parou de se mover em cima de mim.

Esse foi o momento certo para eu me virar e deixá-la cair na cama, fazendo-a virar de bruços com as pernas penduradas na lateral da cama. Me inclinei rapidamente para lamber sua boceta, molhando seu ânus um pouco mais antes de empurrar a ponta do pau contra ele, deixando-a se ajustar à minha espessura.

Valley era boa em suportar a dor que eu lhe infligia, mas isso era diferente e poderia causar mais dor do que ela poderia suportar.

— Tão apertado. Você é uma boa putinha por me deixar foder esse cuzinho apertado — elogiei.

Não demorou muito para eu deslizar totalmente dentro dela, e uma vez dentro, eu a deixei respirar algumas vezes antes de agarrar seus quadris em ambos os lados e começar a fodê-la com força. Seus gritos eram misturados com prazer e dor, e a maneira como ela se impinava para trás com cada uma das minhas estocadas me fez ir mais rápido.

— É isso, baby. Me mostre o quanto você quer ser fodida.

Estendi a mão ao redor dela para colocar os dedos de volta em seu clitóris, e ele já estava pulsando tanto quanto quando eu lambia e chupava.

— Uma garota tão boazinha — falei, agarrando seu cabelo com a mão direita e o envolvendo no punho, puxando toda vez que ela encontrava minhas estocadas.

Continuei a esfregar seu clitóris, e não demorou muito para suas pernas começarem a tremer e seus gritos se transformarem em sons abafados, enquanto eu pressionava sua cabeça contra o colchão.

— Eu vou gozar neste buraco apertado, baby. Continue torcendo meu pau — eu a desafiei, e como sempre, ela fez o que falei.

Eu estava perto, e em vez de segurar um orgasmo, precisava me soltar antes que não tivesse forças suficientes para a segunda e terceira rodadas mais tarde. Valley ficaria aqui a noite inteira, e foder uma vez não seria o bastante.

Meu orgasmo se apoderou de mim quando soltei seu cabelo e dei um tapa forte em sua bunda, fazendo-a gritar novamente e seu clitóris pulsar de excitação.

— Me faça gozar, Valley.

Ela moveu a mão entre as pernas para alcançar minhas bolas, brincando com elas e intensificando tudo o que eu estava sentindo por dentro.

— PORRAAAAAAAAAAA! — Gemi, batendo em sua bunda novamente antes de estocar nela uma última vez e ficar enterrado ali dentro, meu gozo enchendo seu ânus.

Meu corpo estremeceu em resposta ao dela. Quando finalmente recuperei o fôlego, me afastei lentamente, estocando nela uma última vez antes de deixar todo meu gozo escorrer dela.

Eu o observei descer por sua boceta dolorida, e já que não a deixaria sofrer esta noite, eu a fiz virar de costas e me ajoelhei entre suas pernas para brincar com seu clitóris até que ela também gozou. O gosto do meu próprio fluido não me incomodou, e provei sua doçura, enquanto a lambia e chupava.

Levantei o olhar para o dela, observando como seu rosto relaxou quando enfiei dois dedos de novo no seu ânus.

— Ah, meu Deus — ela gemeu, agarrando meu cabelo, me mantendo ali e se certificando de que eu não iria me afastar sem deixá-la ter um orgasmo.

Passei a língua em seu clitóris, observando-a atentamente, e, apenas alguns segundos depois, seus olhos se fecharam quando o orgasmo a atingiu com força. Seu corpo inteiro tremia, as pernas apertando minha cabeça e as mãos puxando meu cabelo, quase o arrancando.

Valley se acalmou depois de alguns segundos, e me movi para beijá-la, deixando-a provar não só a mim, mas a ela mesma na minha língua.

— Minha — murmurei, precisando que ela gravasse isso em seu cérebro e nunca mais se esquecesse.

— Eu sou sua — ela respondeu em um sussurro contra meus lábios, aprofundando o beijo pouco depois, enquanto nos acalmávamos de nossos orgasmos.

Faz anos desde a última vez que dormi com uma mulher ao meu lado, mas ter Valley em meus braços era algo com o qual eu queria me acostumar a partir de agora. Depois da nossa longa noite de sexo, ela desmaiou e adormeceu sem mais forças em seu corpo. Até eu estava sobrecarregado e completamente exausto por causa dela, mas não gostaria que fosse de outra maneira.

Abri os olhos mais de uma vez nas últimas horas, me certificando de que ela ainda estava ali comigo e que não tinha ido embora sem me despedir. Por alguma razão, eu estava com medo de que ela desaparecesse de repente, me deixando vazio e sozinho, mas, para minha sorte, essa garota ficou em meus braços sem se mover e respirando tão calmamente que eu mal podia ouvir.

cinquenta e seis

Por mais selvagem que ela fosse quando estava acordada, o que eu adorava nela e era uma das razões pelas quais Valley era minha, eu gostava dela quase tanto assim. Calma e serena, sem aquela boca safada me provocando nas situações mais inapropriadas possíveis.

Acariciei seu cabelo, mantendo o braço direito em volta de seus ombros, seu rosto apoiado profundamente na curva do meu pescoço. Nossas pernas estavam entrelaçadas debaixo das cobertas, e suas mãos estavam fechadas perto do peito, quase como se ela estivesse tentando se proteger. Sua pele macia era incrível sob meu toque. Coloquei a mão esquerda na lateral de seu rosto, e ela virou a cabeça com os olhos ainda fechados.

As luzes da cidade iluminaram meu quarto o suficiente para ver seu lindo rosto. Ela murmurou alguma coisa, mal movendo os lábios, e tentei descobrir se ela estava falando comigo ou dormindo. Eu não queria acordá-la, então fiquei quieto e acariciei sua bochecha suavemente. Ela franziu o cenho levemente, parecendo tão adorável.

— Sua Dove — ela sussurrou; desta vez sua voz foi mais clara, mas não havia como ela estar acordada.

Eu sorri, beijando sua testa para fazer aquela carranca ir embora.

— Você é minha Dove. Minha *Valley* — eu me corrigi.

Esta, a versão calma dela, não era Dove, porque aquela coisinha travessa nunca pareceu tão angelical quanto Valley parecia agora.

— E eu sou seu. Para sempre — sussurrei, pressionando mais um beijo em sua bochecha antes de voltar a dormir, sabendo que ela ainda estaria aqui quando eu acordasse de manhã.

Capítulo trinta e seis

Riggs

O clube de campo era um lugar onde eu gostava de passar a frequentar quando mais jovem, mas, agora que me aposentei, aquele não parecia o local para mim. As pessoas falavam muita merda e, embora encontrar meus velhos amigos fosse legal, eu não voltaria aqui se não fosse pelo convite de Andrew.

Agora que eu tinha Valley ao meu lado, tudo o que eu queria fazer era trancá-la no meu quarto e fodê-la sem piedade até nós dois desmaiarmos. Todos os dias, o tempo todo.

A noite passada foi um desses momentos, e quando a vi caminhar em minha direção pela entrada do clube de campo, não pude deixar de sorrir para seu andar instável e trêmulo. Talvez transar com ela com tanta força tenha sido um erro ontem à noite, sabendo que estaríamos sentados na mesma mesa com a maioria de sua família hoje.

Valley estava incrível em um vestido verde-escuro que não cobria nem metade de seu corpo, e a textura aveludada que abraçava a parte superior de seu corpo me fez querer fodê-la nele. Suas longas pernas não estavam cobertas de meia-calça, e sua suavidade fez meus dedos formigarem de tesão de tocá-las.

Ela sorriu para mim do outro lado da sala, uma pitada de travessura em seus olhos ao cumprimentar seu tio, mantendo os olhos nos meus. Com as mãos enfiadas nos bolsos da calça, esperei pacientemente que ela me alcançasse e, enquanto isso, absorvi toda a sua beleza, da cabeça aos pés.

Como diabos eu tive tanta sorte? E foi ela quem me enfeitiçou.

— Fico feliz que você tenha conseguido vir — Andrew disse, entrando na minha frente e bloqueando minha visão de sua filha.

— Obrigado pelo convite — respondi, apertando sua mão e abraçando-o antes que se afastasse novamente para que Della pudesse me receber.

— Você está incrível, Della — eu disse a ela, beijando suas bochechas e mantendo a mão segura em suas costas.

— Obrigada, Riggs. Sem companhia esta noite? — ela perguntou.

— Eu deveria trazer alguém?

— Não, eu só estava esperando te ver com uma mulher ao lado. Você está solteiro há tanto tempo — ela disse, com um beicinho.

A maior parte da minha vida, na verdade. Até agora.

— Nenhuma mulher — respondi, olhando para Valley, que estava andando em nossa direção. Eu a tinha, e algum dia tudo se tornaria público.

— Olá, Riggs — ela cumprimentou, se aproximando de mim e colocando sua mão gentilmente no meu peito, então se inclinou para beijar minhas bochechas do jeito que fiz com sua madrasta.

— Valley — respondi, nossos olhos se encontrando novamente.

A tensão entre nós era insana; eu queria levantá-la e carregá-la nas costas para mostrar a ela exatamente o que me fazia sentir.

— Valley foi elogiada pelo diretor Thompson na semana passada. Ela não é apenas a melhor do ano, mas também de toda a faculdade. Está estudando muito e dando o seu melhor — Andrew disse com orgulho, e eu arqueei uma sobrancelha para ela.

— Eu não sabia sobre isso — falei, minha voz baixa, avisando a ela que teria apreciado se tivesse me contando sobre suas realizações acadêmicas.

Ela é uma garota extremamente inteligente, e com esse cérebro foi capaz de me por na palma da mão.

— Parabéns — acrescentei.

— Obrigada, seu irmão realmente me ajudou a entender algumas coisas em Química que ajudaram a aumentar minha nota. Talvez você possa dizer a Garett... *ah*, quero dizer, Marcus... que eu agradeço.

Ela estava brincando comigo, e chamar meu irmão pela porra de seu nome fictício só lhe dava um vale para uma surra forte na próxima vez que aparecesse na minha casa.

— Farei isso — murmurei, com a mandíbula apertada, enfiando as mãos de volta nos bolsos antes que elas perdessem o controle.

— Vamos sentar. A comida começará a ser servida em breve — Della anunciou.

Enquanto o resto da família seguia Andrew e Della até a grande sala de jantar com vista para metade do campo de golfe e parte do lago, me aproximei de Valley para sussurrar em seu ouvido:

— Não comece — avisei, mas o sorriso travesso em seus lábios me disse que ela faria exatamente o oposto esta noite.

— Eu só estou brincando, coroa. Não seja tão ranzinza.

Arqueei uma sobrancelha, mas, em vez de ficar irritado com ela, coloquei a mão em suas costas e acenei em direção à sala de jantar.

— Vá, e pare de brincar.

Ela riu baixinho e, quando ninguém estava olhando, deu um beijo no meu queixo.

— Senti sua falta hoje — sussurrou.

Valley foi embora depois que preparei o café da manhã, mas, antes disso, passamos algumas horas na cama, abraçados e não falando muito, apenas aproveitando nosso tempo juntos.

— Eu também — respondi, então acenei novamente para a sala de jantar. — Vamos, antes que as pessoas suspeitem — eu disse, dando mais uma boa olhada em seu vestido. — Aliás, você está linda.

Ela sorriu e apertou meu braço.

— Obrigada.

Sentamos na grande mesa redonda no meio da sala e, claro, Valley teve que se ficar bem ao meu lado. Não que isso me incomodasse, eu só esperava que esta noite passasse rapidamente para que eu pudesse ir para casa, tirar essa calça apertada e dar uma aliviada no meu pau. Sua presença sempre teve esse efeito em mim, mas, por alguma razão, tal efeito era o dobro esta noite. Eu também sentia como se algo fosse acontecer, não tenho certeza se era uma coisa boa ou ruim. De qualquer forma, eu precisava que esse jantar acabasse.

Onze e quarenta, e ainda estávamos sentados na maldita mesa, desta vez com a sobremesa em nossos pratos.

Valley estava surpreendentemente calma esta noite, o que não estava de acordo com seus padrões. Em vez disso, estava conversando com sua prima, Beatrix, sentada ao seu outro lado. Eu escutei a conversa delas, mas era muito chata, mesmo com Valley falando na maior parte do tempo.

Algo estava acontecendo, e não era possível que ela nem tivesse me tocado por debaixo da mesa. Nem uma vez. Por mais idiota que eu fosse, me encarreguei de fazer o que eu disse a ela para não fazer.

Caramba, por que eu estava bravo por ela finalmente me ouvir?

Coloquei minha mão em sua coxa, apertando-a, e mantive os olhos em Andrew, que estava contando uma história. Quando Valley focou seu olhar em mim, virei a cabeça para olhar para ela.

Já se passaram muitas horas desde que nos vimos adequadamente, e nossos olhares eram o reflexo um do outro, ambos cheios de necessidade. Eu não podia mais sentar aqui sem tocá-la, e quanto mais ela olhava para mim, tentando descobrir se deveria se levantar para que eu pudesse segui-la para fora dali, mais eu queria que ela fizesse isso.

Deslizei o polegar ao longo de sua pele macia, sentindo o calor entre suas pernas contra minha mão.

Sem calcinha, claro.

Pigarreei e, quando estava prestes a olhar para Andrew, ela empurrou a cadeira para trás e se levantou.

— Com licença — ela disse às pessoas na mesa, e cinco segundos depois saiu da sala.

Deixei passar alguns minutos, já que os banheiros ficavam no andar de cima e demoraria um pouco para chegar até lá. Andrew e Della retomaram suas conversas, então também me levantei e saí da sala de jantar para ir para as grandes escadas que levam a uma área mais privada do clube.

Havia um bar no andar de cima, e os garçons estavam se preparando para servir seus convidados assim que terminassem de comer as sobremesas. Passei pelo bar para chegar ao banheiro e, quando virei o corredor, Valley agarrou minha gravata e me puxou para si, colando os lábios contra os meus.

— Senti sua falta — ela sussurrou no beijo, e eu a empurrei contra a parede com a mão em volta de seu pescoço para imediatamente assumir o controle sobre ela.

— Você foi uma boa garota esta noite — respondi, mordendo seu lábio inferior e o chupando em minha boca para mostrar o quanto eu precisava dela.

Abafei seus gemidos suaves, aprofundando o beijo. Eu a mantive no lugar com a mão direita e movi a esquerda sob seu vestido para sentir o quão molhada ela estava. Era o suficiente para fazer sua excitação escorrer pelas coxas, e eu podia sentir seu cheiro doce sem ter que levar a mão ao nariz.

Empurrei a língua em sua boca para saboreá-la, e suas mãos se moveram até minha virilha, segurando meu pau e apertando com força para me mostrar suas necessidades e desejos. Isso não poderia continuar por muito tempo, mas, nos poucos minutos que nos restavam, eu queria tirar o melhor proveito disso.

Enfiei os dedos molhados em sua boceta depois de esfregar seu clitóris. Suas pernas começaram a tremer, e movi meu joelho entre elas para mantê-la firme. Valley agarrou meus braços com força, me beijando apaixonadamente.

Por melhor que ela fosse, não me provocando ou brincando comigo, isso me fez querer fodê-la ainda mais forte e puni-la. Contradizia tudo o que eu defendia, porque ela ser obediente era o que todo homem dominante iria querer, mas, para ser honesto, me irritava mais do que tudo. Eu queria que ela se comportasse mal, que me mostrasse seu lado selvagem e corresse o risco de ser pega.

Sua boceta apertou meus dois dedos e eu os movi com rapidez. Para fazê-la gozar mais rápido, esfreguei o polegar contra seu clitóris, sentindo-o pulsar com o toque.

— Que garota boazinha... me mostre quão travessa você pode ser — eu a desafiei. — Goze para mim, Valley.

Nossos olhos se encontraram novamente; não desviei o meu e observei atentamente o prazer encher os dela.

— Goze para mim — repeti, meu rosto perto do dela. Sua respiração começou a falhar.

— Ah... daddy — ela choramingou.

Continuei até que seus joelhos cederam. O orgasmo a atingiu e ela fechou os olhos, inclinando a cabeça para trás. Cobri sua boca com a mão para ter certeza de que nem mesmo os garçons a poucos metros de distância a ouviriam.

— Isso mesmo, baby. Essa bocetinha é minha — eu disse, tirando os dedos de dentro dela e continuando a esfregar seu clitóris para estimular sua necessidade.

Ela parou de respirar por um momento, precisando de um segundo para recuperar suas forças, então finalmente olhou para mim. Levantei a mão, mantendo os olhos nos dela, levando os dedos à sua boca para ela provar a si mesma. Seus lábios se envolveram ao redor deles, chupando, lambendo e parecendo sexy como sempre.

cinquenta e seis

— Você vai ter mais. Assim que sairmos daqui — assegurei a ela.

Nós dois estávamos em transe, só tínhamos olhos um para o outro e esquecemos por uma fração de segundo que não estávamos sozinhos neste clube de campo. Era tarde demais quando ouvi saltos batendo no chão de mármore. Um suspiro chocado saiu da boca de Della e me afastei de Valley; como se isso ajudasse a disfarçar o fato do que acabamos de fazer.

— O que, em nome de Deus, vocês estão fazendo? — ela gritou, direcionando suas palavras para Valley e me ignorando por algum motivo. — Você é tão imoral, mocinha! Você é uma vergonha! — Della disparou na direção de Valley. Virei a cabeça para olhar para ela, mas não havia um pingo de vergonha em seu rosto.

— Della, deixe-me...

— Há quanto tempo ela está te manipulando para fazer isso? — Della me perguntou. — Santo Deus, Valley! Você tem dezoito anos!

Ainda assim, nenhuma reação de Valley. Por algum motivo, eu estava orgulhoso dela por não surtar como Della. Isso poderia ser tratado com calma, sem gritar e atrair a atenção dos outros convidados.

— O que está acontecendo? — Andrew perguntou, caminhando até nós e parando ao lado de sua esposa.

— Peguei sua filha beijando o Riggs. Não foi assim que você a criou, Andrew!

Neste momento, qualquer coisa poderia ter sido dita, mas nunca imaginei ouvir o que Andrew falou a seguir:

— E daí? Valley tem dezoito anos, e tenho certeza de que não é a única culpada — ele disse, olhando para mim com uma sobrancelha arqueada.

Boa colocação, porque isso não era Valley sendo imoral, como Della disse. Isso era ela e eu querendo estar um com o outro, mas tendo que nos esconder exatamente por esse motivo.

— Eu também tenho culpa nisso — disse a eles, sem entender como Valley ainda estava imperturbável. Acho que ela tinha previsto isso.

— É nojento! Primeiro você fazendo essas coisas desagradáveis com brinquedos sexuais, e agora isso? O que vem a seguir, um filme pornô?

Pelo amor de Deus, mulher.

Se bem que Valley já tinha estado nua na internet antes, então ela não estava tão longe disso.

— Já chega! — Andrew disse em voz alta. — Quer que todo mundo lhe veja assim?

246 seven rue

— Não me importo quem me veja assim! Não quero uma filha que age como uma puta em público e em casa!

Della chamar Valley de puta fez meu sangue ferver, mesmo que eu a também a chamasse assim quando a fodia.

Mas era diferente.

— Eu sou o maior culpado, Della — garanti, tentando fazê-la se acalmar. Mas ela não quis ouvir o meu lado da história. Eu a conheço há tempo suficiente, mas este era um lado dela que nunca conheci antes.

— Não, não é! Ela tem sido uma vergonha ultimamente e agora está tentando se vingar de mim.

Valley riu, cruzando os braços sobre o peito depois de endireitar o vestido.

— Claro — ela murmurou, revirando os olhos.

— Já chega — Andrew rosnou. — Não fale assim da minha filha e pare de ser uma vaca, Della. Deixe-os falar — ele disse a ela, então olhou para Valley. — O que está acontecendo?

Virei-me para olhar para Valley, observando. Ela tensionou a mandíbula, tentando ficar calma e serena.

— O que quer que eu diga, ela vai me xingar de novo — Valley respondeu, dando um olhar para Della.

— Porque você não está agindo como uma dama! Foi assim que eu criei você desde que sua mãe foi embora?

Não foi uma boa ideia colocar a mãe biológica de Valley na mistura, e isso ficou claro pela forma como ela franziu o cenho e estreitou os olhos.

— Ninguém pediu para você agir como minha mãe — ela retrucou.

— Bem, mas eu agi! E você deveria ser grata por isso. Eu ensinei muito a você e estou desapontada por ir contra tudo o que Deus defende!

Merda, agora ela jogou religião nessa conversa. Não era uma boa ideia.

— Não me importo! Não force suas crenças em mim ou em qualquer outra pessoa — Valley respondeu.

— Você vai para o inferno — Della murmurou, sua decepção escrita no rosto.

— Ok, agora chega. Você precisa se acalmar — Andrew disse, tentando fazer a esposa ir embora.

— Não, não mesmo. Por que você acha que é assim que jovens de dezoito anos devem se comportar? Você ainda é uma criança e não tem idade suficiente para fazer essas coisas!

cinquenta e seis

Essa foi a única frase que deixou Valley furiosa.

Minha Val era muitas coisas, mas criança e imatura estava longe da verdade.

— Você não me conhece! Só porque foi criada de forma diferente, não significa que eu tenho que seguir seus passos e perder minha virgindade aos trinta!

O que foi literalmente o que aconteceu com Della, mas isso não era sobre ela.

Valley olhou para mim, me pedindo ajuda silenciosamente.

— Vamos — ela sussurrou, fazendo soar mais como uma pergunta.

Por mais que eu odiasse deixar confrontos em aberto, eu sabia que isso não seria resolvido tão cedo, especialmente não com todas essas pessoas assistindo ao espetáculo.

Assenti com a cabeça e estendi a mão para ela, deixando-a entrelaçar os dedos nos meus antes de passar pelo seu pai e madrasta.

— Ele é muito velho para você, Valley. O que diabos você ganha com isso?

Valley parou, se virando para olhar para Della, pronta para responder a essa pergunta com total determinação.

— O amor dele, e Riggs ganha o meu em troca. Estou feliz e não vou deixar você estragar tudo! — Ela se virou, deixando não apenas Della, mas eu também sem palavras.

— Valley!

— Não, deixe eles irem. — Ouvi Andrew dizer antes de sairmos.

Os olhares de todas aquelas outras pessoas não importavam, porque eu tinha a mão de Valley na minha, me mostrando que não importava o que acontecesse, ela ficaria ao meu lado e vice-versa.

Capítulo trinta e sete

Valley

Suas palavras machucaram.

Não só porque Della de fato me criou, mas também porque me mostrou que não estava bem comigo e com Riggs. Em vez de falar sobre nós dois, ela fez de tudo para eu me fazer sentir mal, sem nos dar a chance de explicar. Não que devêssemos a ela uma justificativa, mas essa seria a única maneira dela entender por que estávamos nos beijando no clube.

Eu estava sentada no sofá de Riggs com um cobertor sobre as pernas quando ele voltou da cozinha com uma xícara de chá na mão. Ele se sentou ao meu lado, uma expressão preocupada no rosto, e soltou um suspiro pesado.

— Como *você* está se sentindo? — perguntou, me entregando a xícara e, em seguida, afastando meu cabelo para trás.

Eu ainda estava usando o vestido, mas já tinha tirado os sapatos no carro dele, não querendo que machucassem mais meus pés.

Dei de ombros, olhando para o chá e depois para os olhos dele.

— Como você está se sentindo?

Os cantos de sua boca curvaram para baixo e, com um encolher de ombros, ele disse:

— A única coisa que me incomodou foi ela te chamar de todos os tipos de nomes. Estou surpreso que seu pai não tenha me dado um soco. Achei que iria embora sozinho e com o nariz sangrando.

Eu sorri, colocando minha mão direita em sua bochecha e segurando a xícara com a outra.

— Também estou surpresa. Mas feliz que ele não começou uma briga.

Acariciei sua bochecha com o polegar, observando seu rosto. Ele deixou seus olhos vagarem por todo o meu.

— Dê a Della algum tempo. Tenho certeza de que seu pai vai falar com ela para acalmá-la, e talvez amanhã vocês duas vão estar bem novamente — ele me disse, mas eu duvidava.

— Della vai ficar brava por muito tempo. Ela é como uma criança que não comprou um brinquedo ou doce na loja. Está ressentida — expliquei.

Riggs segurou minha mão e beijou suavemente a palma, então a trouxe firmemente para o seu colo.

— Então dê todo o tempo que ela precisa. Mas não importa quanto tempo isso vai levar, não vou me afastar de você — prometeu.

— Nem eu — respondi, sorrindo para ele.

— Claro que não. Você disse que me amava — ele falou, com um sorriso.

— Eu não disse isso!

— Claro que sim. Posso estar ficando velho, mas ouço muito bem, baby.

Fiz uma careta para ele quando minhas bochechas ficaram vermelhas. Como posso ficar envergonhada quando fiz e disse coisas muito piores no passado?

— Você não ouviu direito — murmurei, tomando um gole do meu chá e, em seguida, colocando a xícara na mesa de centro.

— Tem certeza disso? — ele desafiou, arqueando uma sobrancelha para mim com um sorriso presunçoso nos lábios.

Dei de ombros.

— Posso ter dito algo sobre amor — falei baixinho, pressionando os lábios um contra o outro e evitando seu olhar.

Riggs riu e se inclinou para trás com minha mão ainda na dele, entrelaçando os dedos nos meus e apertando com força.

— Eu nunca vi você assim. Saiba que sinto o mesmo, Valley. Podemos ter tido um começo difícil... no bom sentido, mas, como eu disse antes, você é minha. E será até que eu dê meu último maldito suspiro.

O que não seria tão cedo.

Riggs era um homem saudável, e malhar era apenas uma coisa que o ajudava a se manter assim.

Eu o encarei por um tempo, absorvendo suas palavras e deixando meus sentimentos tomarem conta, me movendo em cima dele para montar em seu colo. Segurando seu rosto com as duas mãos, me inclinei e o beijei gentilmente, mostrando pela primeira vez o meu lado não tão selvagem.

Seus lábios se moveram contra os meus, me permitindo assumir e controlar o beijo. Suas mãos foram para meus quadris para me segurar firme. Meu coração estava batendo acelerado, tornando difícil para mim pensar direito.

Mas quando me afastei do beijo para olhar para ele novamente, sorri antes de tomar uma respiração profunda e necessária.

— Eu amo você, Riggs. Não me importo quantos anos há entre nós, ou quem vai nos julgar por estarmos juntos. Você é perfeito para mim.

De repente, seu rosto ficou sério, e por uma fração de segundo pensei que tinha cometido um grande erro. Porém, felizmente, ele levantou a mão para segurar minha bochecha, inclinando a cabeça para o lado e deixando um sorriso aparecer em seus lábios.

— Diga isso de novo — pediu baixinho, sua voz rouca e profunda.

Sorri, mordendo meu lábio inferior.

— Eu amo você — repeti, sabendo que era o que ele queria ouvir.

— Também amo você, Valley. E não poderia me importar menos para o que os outros pensam.

Ótima maneira de fazer um momento romântico não tão romântico. Mas era com isso que eu teria que me acostumar a partir de agora, e não me importava nem um pouco.

Inclinei-me novamente, beijando-o, e, em seguida, envolvendo os braços ao redor de seu pescoço para abraçá-lo com força. Os seus se fecharam ao meu redor para me segurar mais perto. Ele beijou a curva do meu pescoço e respirou fundo, enquanto nos abraçávamos.

Fechei os olhos para aproveitar o momento, mas, depois de alguns segundos, ele afrouxou seu aperto para olhar para mim.

— Não quero que se preocupe muito com Della e sua opinião. Quando ela estiver pronta para ser confrontada sobre nossa relação, faremos isso. Mas, até lá, não deixe que ela a aborreça. Você tem idade suficiente para tomar suas próprias decisões, e me mostrou isso muitas vezes.

Assenti com a cabeça, concordando com ele, porque, mesmo que eu tivesse apenas dezoito anos, não significava que ainda era uma criança ou não tinha como tomar minhas próprias escolhas de vida. E, embora eu não estivesse com medo de voltar para casa, odiava a ideia de Della me encarando e me chamando de todo tipo de coisa.

— De todas as coisas que ela me chamou, acho que *imatura* foi o que mais me incomodou — eu disse a ele.

— Que se dane! — Ele riu. — Você sabe como era normal quando eu tinha sua idade me casar ou ter filhos? Della também cresceu naquela época, e sabe muito bem que a idade não diz nada sobre sua maturidade. Caramba, eu conheço homens da minha idade que são mais imaturos do que os de

cinquenta e seis

251

quinze anos hoje em dia. Deixe o lado crítico dela de lado. Della é quem não consegue manter uma conversa normal entre dois adultos — Riggs afirmou.

Verdade.

— Posso ficar aqui esta noite? — questionei, mudando de assunto e mexendo em sua gravata para depois afrouxá-la um pouco.

— Claro que pode.

Antes que eu pudesse dizer mais alguma coisa, faróis brilhantes brilharam através das grandes janelas na frente da casa, nos fazendo virar a cabeça. Levantei de seu colo e o deixei sair do sofá. Ao caminharmos em direção à porta da frente, vimos meu pai andando até a casa com uma expressão preocupada no rosto.

— Ah, cara... — murmurei, esperando que ele não tivesse mudado de ideia sobre brigar com Riggs. Geralmente meu pai não era uma pessoa agressiva, mas achei estranho como ele reagiu tão calmo quando descobriu o que aconteceu no clube.

Riggs abriu a porta antes que ele pudesse tocar a campainha, e quando me viu ao lado do meu homem, soltou um suspiro profundo, quase como se estivesse aliviado por me ver ali.

— Podemos conversar? — indagou.

Riggs não hesitou em deixar seu amigo entrar, mas eu ainda estava um pouco cética sobre por que ele apareceria aqui depois do que viu.

— Oi, querida — meu pai disse. — Você está bem?

Cruzei os braços e assenti.

— Sim, eu estou bem. Desculpe pela Della — pedi, mas ele acenou com a mão.

— Ela precisa de um tempo, isso é tudo. Eu não tinha certeza se vir aqui seria uma boa ideia, mas precisava saber se você está bem. Só quero respostas sobre... isso.

Eu nunca tinha visto meu pai tão confuso, mas isso me garantiu que ele não estava aqui para brigar com Riggs, ou chamá-lo de idiota por querer estar com sua filha.

— Vamos sentar — Riggs ofereceu, e voltamos para a sala onde todos nos acomodamos; meu pai no sofá à nossa frente.

— Acho que estou aqui para entender como tudo isso começou. Você nunca falou comigo sobre namorar alguém, e agora está com ele e eu...

Olhei para o papai, entendendo sua confusão. Embora eu soubesse exatamente como isso entre Riggs e eu tinha começado, não podia ser

seven rue

honesta a respeito. Mas tinha que ser honesta sobre a maioria das coisas, ou então isso não faria sentido.

— Naquela noite, quando ele apareceu para o seu aniversário, essa foi a primeira vez que realmente conversamos. Acho que... a partir daí as coisas fluíram naturalmente. Eu gostava dele, e quanto mais tempo passávamos juntos, mais isso se transformava em algo maior.

— Então, todas aquelas noites em que você disse que ia ver Kennedy, você estava aqui?

— Na maioria das vezes, e me desculpe por mentir. Mas eu não sabia como você reagiria. — Dei de ombros.

Meu pai focou o olhar sobre Riggs.

— Você ao menos pensou em me contar ou pedir minha permissão para namorar minha filha?

Nossa, pergunta de merda.

— Não, eu não pensei — ele respondeu com ousadia, me fazendo arregalar os olhos de surpresa. — Ela é madura e não tem medo de mostrar o que quer. Não falei com você sobre isso porque não achei que aceitaria assim de boa e iria querer protegê-la. Acho que nenhum de nós sabia no que isso ia dar, e se fosse apenas um casinho, não acho que seria necessário te dizer.

Eu entendia meu pai, mas também sabia que o que Riggs estava dizendo era importante. Se isso não tivesse florescido em um relacionamento verdadeiro, não havia razão para dizermos a ele que nos envolvemos.

— Não, teria sido pior — meu pai murmurou, esfregando as mãos uma na outra com os cotovelos apoiados nos joelhos. Seus olhos se voltaram para os meus. — Você está feliz?

— Sim — respondi rapidamente. — Estou feliz, pai. Riggs me faz feliz. E sei que pode ser estranho para você... mas não quero que seja. Eu não quero perdê-lo ou você. Ou Della.

— Falarei com ela quando voltar para casa. Não se preocupe com isso. — Ele respirou fundo e olhou para nós por um momento antes de assentir. — Fico feliz se você estiver. Da próxima vez... talvez seja melhor me dizer antes que Della atraia a atenção de todo o clube de campo.

Sorri e me levantei do sofá para abraçá-lo.

— Obrigada, pai. Você não tem ideia do quanto significa para mim.

— Eu amo você, querida. Sabe que eu nunca te impediria de ser feliz.

— Também amo você, pai. — Afastei-me dele e sorri.

Depois que ele olhou para Riggs e deu um aceno rápido, nós o acompanhamos até a porta da frente para nos despedirmos.

cinquenta e seis

— Vejo você amanhã de manhã.

Assenti com a cabeça, então o observei se afastar e voltar para seu carro. Riggs fechou a porta com um suspiro aliviado.

— Foi melhor do que o esperado — ele murmurou.

Eu ri.

— Sim... ainda não tenho certeza se ele está falando sério ou vai voltar com uma arma.

— Vamos torcer para que isso não aconteça.

Envolvi os braços ao redor de sua cintura e me inclinei contra ele, a cabeça apoiada em seu peito e os olhos fechados. Riggs beijou o topo da minha cabeça e colocou os braços em volta dos meus ombros, me segurando firmemente contra si enquanto nós dois relaxávamos.

Não importava o resultado quando eu fosse para casa amanhã, só queria aproveitar esta noite com Riggs e não pensar no tipo de palavras desagradáveis que Della preparou para mim.

Tudo o que eu esperava foi totalmente o oposto de como ela reagiu no dia seguinte.

Ela gritou comigo, me dizendo o quão errado era namorar um homem muito mais velho e que eu iria para o inferno por isso. Que Deus não gostava de mulheres como eu, e como meu pai estava errado por me defender.

Ela havia se repetido cerca de dez vezes. Eu me sentei no sofá e ouvi seus comentários rudes e ofensivos, olhando fixamente para frente e esperando que ela terminasse. Nem mesmo meu pai conseguiu acalmá-la, e desejei não ter ido embora da casa de Riggs esta manhã. Desejei ter ficado aconchegada com ele em sua cama, com seus braços em volta de mim e nossa pele nua se tocando.

Mas eu esperava que esta fosse uma conversa normal, já que ambas éramos adultas e maduras.

— E em dez anos... meu Deus! Você realmente quer ser conhecida como a mulher de quase trinta anos que está com um homem tão velho? Você realmente quer que os outros falem pelas suas costas?

Essa foi uma frase que eu tive que responder.

Sentei-me reta e a olhei nos olhos, querendo sua total atenção.

— Eu nunca me importei com o que os outros pensam, e talvez você devesse começar a fazer o mesmo. Porque quanto mais isso sai da sua boca, mais eu percebo que isso é sobre você. É você que não consegue lidar com o fato de eu estar apaixonada, e você ficaria com vergonha de cada olhar estranho que recebesse, sendo conhecida como a madrasta cuja enteada está namorando um cara mais velho. Isso a incomoda e você fica com medo! Mas adivinhe só, Della? Isso não é sobre você. Isso é sobre eu querer estar com um homem que me trata com muito respeito e que me ama, não importam as circunstâncias! Então peço gentilmente que cuide da sua vida e pare de se importar com quem eu quero estar, porque não importa quanto tempo você fique brava com isso, eu não vou largar o Riggs.

Isso a calou, mas apenas por alguns minutos.

Quando me levantei do sofá para ir embora, ela balançou a cabeça e riu.

— Ele não virá aqui e, enquanto você ainda estiver na faculdade, não sairá de casa — ela ameaçou.

Arqueei as sobrancelhas para ela, então olhei para meu pai, que estava esfregando a testa com os dedos.

— Esta ainda é minha casa, Della. Você não decide quem vem e vai. Você já falou o suficiente por hoje. Vá tomar um banho ou qualquer outra coisa.

Eu quase ri por causa de como pai estava irritado, mas me segurei para que ela não ficasse ainda mais irritada.

— É imoral — ela gritou e, com um último olhar raivoso, subiu as escadas.

— Sinto muito pelo jeito que ela está falando com você, Valley. Eu gostaria que fosse mais fácil. Não sei o que fazer — ele me disse.

Eu suspirei e caminhei para sentar no braço do sofá ao lado dele, colocando meu braço em volta de seu ombro.

— Você não precisa se desculpar. Saber que você aceita meu relacionamento com Riggs é o suficiente para mim. Mesmo se nunca tendo pensado que você estaria de boa com isso.

— Fui rigoroso com você a vida toda, Valley. Acho que está na hora de recuar um pouco. Você nunca teve problemas e também está tendo sucesso nos estudos. Vai fazer grandes coisas, e não quero impedí-la.

— Suas palavras significam o mundo para mim — eu disse a ele com um sorriso, abraçando-o com força e fechando os olhos para ter certeza de nunca esquecer este momento.

cinquenta e seis

Capítulo trinta e oito

Valley

Apesar de Della ainda não querer falar comigo, as últimas semanas foram incríveis. Riggs e eu passamos quase todas as noites juntos na casa dele, e quando ela decidiu sair e jantar com as amigas, meu pai foi gentil o suficiente para convidar Riggs para comer na nossa casa.

Meu pai estava de volta ao seu estado normal, e sempre que Riggs estava por perto, eu dava alguns passos para trás para deixá-los falar sobre tudo o que costumavam falar sem eu estar na sala. Eu saía com ele principalmente em noites como essas, então estava tudo bem.

O Natal se aproximava, a neve caía e, embora estivesse ficando mais frio lá fora, não me incomodei em colocar outra camada de roupa por baixo do uniforme para me manter aquecida.

Um casaco era o suficiente.

— Não vi seu carro no estacionamento esta manhã. Riggs te trouxe? — Kennedy perguntou, parando ao meu lado no armário.

— Sim, e vem me buscar de novo. Ele vai me levar para um pequeno resort nas montanhas — eu disse a ela com um sorriso.

Eu estava animada para vê-lo novamente, e com já estive naquele resort uma vez com Della para ter uma noite de garotas aos dezesseis anos, eu me lembrava de como aquele lugar era relaxante.

— Aquele com a piscina de água salgada? — Kennedy indagou, com os olhos arregalados. — Ah, cara… eu realmente quero ir lá algum dia.

— Fale para o Mason. Tenho certeza de que ele vai te levar lá. Ele está te mimando desde o começo — eu disse.

— Não quero pedir muito para ele. Sinto que não consigo acompanhá-lo e retribuir.

— Então o convide para o resort. Nem sempre são os homens que têm que pagar por tudo — falei, com um encolher de ombros, colocando meus livros no armário e fechando-o.

— Você tem razão. Eu vou convidá-lo. Isso me faz sentir poderosa — declarou, sorrindo.

— É assim que você deveria se sentir. Quer ir lá para fora comigo? — Dei uma olhada rápida no celular para verificar a hora.

Era quase cinco da tarde e nós duas tínhamos aulas o dia todo, então, como era final de novembro, o sol já estava se pondo. Eu adorava essa época do ano, quando a neve e a lua eram as únicas coisas que iluminavam a cidade.

— É claro. Não vou negar uma olhada naquele seu homem bonitão.

Eu ri, e saímos para ver Riggs já parado ali, encostado no carro e com as mãos enfiadas no bolso do casaco.

— Você com certeza tem sorte. Veja o jeito que ele está te olhando.

E eu olhava para ele da mesma forma.

— Eu o amo — falei para Kennedy, sorrindo como uma boba para Riggs.

Não importava o quanto mudou em nossas vidas, atrás de portas fechadas Riggs e eu ainda éramos as pessoas mais selvagens e sexuais desta cidade. Nossa forma de nos expressarmos era através do sexo, mas isso não era possível em público. Bem, era possível, mas eu não achava que iríamos tão longe a ponto de transar em público.

— Estou tão feliz por você. Tenha uma boa noite. Vejo você na segunda-feira.

Eu a abracei e me despedi, então fui direto para Riggs e deixei que ele me puxasse contra seu corpo com um braço, me inclinando para ele e o abraçando de volta.

— Oi — o cumprimentei, olhando para ele e beijando sua mandíbula. Ele segurou meu rosto com a outra mão para me puxar para mais perto e me beijar.

Já tínhamos saído em público antes, e mesmo depois da explosão de Della, as pessoas não pareciam se importar com nosso namoro, o que definitivamente era como deveria ter sido. As pessoas cuidavam de suas próprias vidas e não havia nada nos impedindo de sermos felizes juntos.

— Pronta? — Riggs perguntou, olhando nos meus olhos, e eu assenti com entusiasmo, pronta para relaxar e me divertir no resort.

— Mal posso esperar. Senti sua falta hoje.

— Você está ficando melosa de novo — ele resmungou, me fazendo revirar os olhos.

— O quê? Quer que eu tire minhas roupas aqui e provoque você até me bater na frente de todos os alunos? — eu o desafiei.

Ele sabia que eu definitivamente faria isso. Só para vê-lo louco.

— Não. Entre no carro — ordenou, seu mau humor brilhando novamente. Seu humor era como uma montanha-russa, que passava de calmo e quieto a rosnados e rudeza em questão de segundos.

O fato de Riggs ser imprevisível era o que eu amava tanto nele.

— Sim, daddy — ronronei, deixando meus dedos roçarem sua barba antes de dar a volta no carro para entrar.

Eu tinha feito minha mala para o resort ontem à noite e a trouxe comigo para a casa dele para que Riggs pudesse levá-la antes de irmos para lá. Apesar de eu estar na faculdade, e ele ter encontrado um novo hobby que era trabalhar em um barco de tamanho decente que havia comprado para restaurar e preparar para o próximo verão, tivemos tempo suficiente para estarmos juntos sem nos preocupar com as coisas importantes em vida. Minhas notas ainda estavam ótimas, mesmo estando adiantada em algumas matérias e recebendo créditos extras dos professores.

— Você disse que já esteve lá antes, certo? — questionou, entrando no carro e ligando o motor.

— Sim, há uns dois anos com a Della. Mas soube que reformaram parte dele.

— Sim, reformaram. Adicionaram uma piscina de águas termais do lado de fora com vista para toda a cidade — ele me disse.

— Sério? Uau! Isso soa incrível.

Ele saiu do estacionamento, e eu me inclinei para trás para aproveitar o passeio que tinha apenas cerca de trinta minutos. Riggs colocou a mão na minha coxa ao dirigir, e apoiei as mãos na dele, suspirando feliz.

— Mal posso esperar — acrescentei, sabendo que passaríamos a noite toda no resort até que fechassem por volta da meia-noite.

A água quente era incrível, e o ar frio no meu rosto enquanto nadávamos até a beirada da piscina para olhar a cidade era um bom contraste com o calor que cercava meu corpo.

— É lindo, — suspirei, com admiração, observando a bela paisagem branca à nossa frente.

Riggs parou atrás de mim, sendo capaz de ficar em pé na piscina funda, e passou os braços ao meu redor, se pressionando contra minhas costas.

— É mesmo — ele disse em sua voz baixa de sempre, os lábios perto do meu ouvido, dando um beijo no lado do meu pescoço.

— Deveríamos vir aqui mais vezes. Acho que esse tipo de relaxamento faz bem aos nossos corpos. — Por causa de todo o sexo rude e implacável que fazíamos, nossos corpos às vezes atingiam seus limites.

— Parece bom para mim — respondeu, a voz baixa e os lábios se movendo para o meu ombro.

Não havia muitas pessoas no resort esta noite, e no momento, éramos os únicos do lado de fora. Eu podia sentir seu pau pressionado contra minha bunda ficando cada vez mais duro, e já que estar em público não era algo que me impedia de provocá-lo, comecei a rebolar contra ele, apoiando a cabeça em meus braços cruzados na borda da piscina.

Riggs continuou a beijar meu pescoço. Meu cabelo estava preso em um coque bagunçado e ele teve fácil acesso à minha pele. Suas mãos se moveram da minha barriga até meus seios, segurando-os suavemente e apertando, esfregando as pontas dos dedos contra meus mamilos endurecidos. Fechei os olhos e gemi. Ele continuou a massagear meus seios, chupando e mordiscando minha pele.

— Eu quero foder você aqui — ele rosnou, movendo a mão esquerda para baixo para a minha boceta e esfregando meu clitóris debaixo do biquíni.

— Então me foda — eu o desafiei, querendo sentir mais dele.

Já ouvi falar de câmeras em piscinas antes, mas acho que não havia nenhuma aqui. E mesmo se tivesse... por que não arriscar sermos flagrados? Não era sobre isso que esse relacionamento foi construído? Arriscar as coisas para tornar tudo mais divertido.

Desci a mão entre nós, segurando seu pau e esfregando através de seu short de banho enquanto ele continuava com os dedos no meu clitóris. Um gemido escapou de mim. Quando eu estava prestes a empurrar seu short de banho para baixo, ouvi vozes vindo da entrada da piscina de águas termais.

cinquenta e seis

Eu parei, mas Riggs continuou, e mesmo com aquelas duas pessoas agora nadando na mesma água que nós, ele agarrou o pau e o puxou para fora, roçando a cabeça na minha bunda.

— Fique calada — exigiu, colocando a outra mão em volta do meu pescoço e apertando suavemente.

Assenti com a cabeça e olhei em frente, para a bela vista. Assim foi mais fácil para ele. Puxei a parte de baixo do biquíni para um lado para que ele tivesse melhor acesso. Já havíamos transado em sua piscina, mas a maior parte dos nossos corpos estava fora da água, tornando muito mais fácil para ele entrar e sair de mim.

Riggs levou um momento para se ajustar. Quando finalmente colocou a ponta do pau na minha entrada, eu me inclinei um pouco mais para frente e arqueei as costas para que fosse mais confortável para nós dois.

Eu não conseguia parar de gemer e ele se movia profundamente dentro de mim, me enchendo e continuando a esfregar meu clitóris. Sua outra mão me sufocava para me impedir de fazer algum som.

— Eu disse para ficar calada! — sibilou.

Prendi a respiração, e ele começou a mover seus quadris, estocando em mim lentamente para não causar muitas ondulações que poderiam atrair a atenção das outras pessoas. Elas estavam do outro lado da piscina, que era redonda e dava para um lado diferente da cidade, mas não estavam longe o suficiente para não ouvir a água batendo em nossos corpos.

O pau de Riggs estava latejando, e ele estocou cada vez mais forte sem se sentir incomodado pelos outros. Não acho que ele se importaria de ser pego, e o pensamento disso despertou o tesão dentro de mim. Afastei o pensamento de sermos flagrados enquanto transávamos em público e aproveitei a foda rude de Riggs.

— Tão apertada. Esta bocetinha é minha, baby — ele rosnou no meu ouvido.

Seu dedo continuou esfregando meu clitóris, fazendo-o pulsar. Meus quadris se moviam cada vez que ele estocava em mim. Eu já estava perto, mas ultimamente sempre era assim. Era a minha atração por ele que poderia literalmente me fazer gozar apenas com um olhar, e em situações como essas, saber que poderia haver pessoas assistindo tornava tudo mais intenso.

O formigamento nos dedos dos pés subiu pelas minhas pernas, e então se espalhou pela minha barriga, enquanto eu tentava segurar o orgasmo.

— Goze para mim, Valley. Mostre como eu faço você se sentir bem.

Eu não tinha certeza se ele também queria gozar, porque, por mais emocionante que isso fosse, não era muito higiênico se ele fizesse isso nesta piscina. Claro, transar aqui também não era a coisa mais higiênica, mas pelo menos não havia fluidos corporais na água. A menos que as crianças decidissem usar esta piscina como banheiro.

— Goze — ordenou, esfregando dedos mais rápido, minha boceta apertando em torno de seu pau.

— Ah... sim, daddy — sussurrei o mais silenciosamente possível, e quando meu orgasmo explodiu, meu corpo estremeceu.

— Perfeita, baby... Meu Deus, você é tão linda — elogiou, mantendo seu pau enterrado dentro de mim enquanto eu me acalmava.

Eu estava sem fôlego e era ele quem fazia todo o trabalho.

Um grunhido de desagrado veio do homem agora saindo da piscina novamente, e em vez de cuidar da minha própria vida e aproveitar a sensação após o orgasmo, olhei para ver seus rostos irritados e enojados.

Não pude deixar de rir.

— Esta é a primeira vez que alguém me pega fazendo sexo em público — murmurei, virando a cabeça para olhar para Riggs.

Ele sorriu, saindo de mim e se inclinando para beijar minha têmpora.

— E pode não ser a última — ele me disse, fazendo soar como uma promessa.

Eu me virei para encará-lo, minha mão indo imediatamente para o seu pau.

— O que eu posso fazer? — perguntei, não querendo que ele esperasse muito e sofresse.

Ele olhou para mim com um sorriso, colocando as mãos nos meus quadris e negando com a cabeça.

— Nada por agora. Vamos aproveitar o resto da noite e, quando formos para casa, você pode me mostrar o quanto ama o meu pau nessa sua boca bonita.

Eu sorri para ele e assenti.

— Mal posso esperar.

Ele se inclinou para me beijar, puxando seu short de volta para cobri-lo. Passei os braços em volta de seus ombros e o beijei de volta apaixonadamente, desejando secretamente que já estivéssemos em casa para que eu pudesse fazê-lo gozar.

cinquenta e seis

Capítulo trinta e nove

Riggs

Olhei para Valley, que estava sentada no balcão da cozinha, encarando o celular e franzindo o cenho.

— Está tudo bem? — perguntei, lavando o último prato para colocá-lo para secar.

— Meu pai acabou de mandar uma mensagem. Ele disse que Della começou outra briga porque não quer deixar você ir para casa comigo amanhã à noite, a menos que ela não compareça à festa.

— É o aniversário de casamento deles... — pontuei, confuso sobre por que Della perderia sua própria festa.

— Pois então! — Valley suspirou, abaixando o celular e olhando para mim. — Nós vamos. Eu não me importo se ela estará lá ou não. Meu pai também quer você lá, então vamos.

— Eu não disse que não iria. Não acho que ela vai perder o próprio aniversário de casamento.

— Ela provavelmente vai nos ignorar e falar pelas nossas costas — Valley disse.

— Não me importo. Se ela quer ser mesquinha e ficar brava em um dia importante como esse, não há nada que eu possa fazer para evitar.

Valley assentiu.

— Além disso... ela agiria da mesma forma, mesmo que só comigo por perto.

Ela tinha razão. Della ainda não falava com Valley, mal dizia oi e tchau, o que realmente provava que mesmo pessoas da minha idade podiam ser imaturas pra caralho.

— Nós iremos amanhã e veremos o que acontece. Não posso fazê-la mudar de ideia sobre nosso relacionamento — eu disse a ela. — Não vamos nos preocupar com ela. Nos divertimos muito ontem à noite no resort, e passamos o dia todo fodendo por toda a casa. Não há nada que possa nos separar.

Seu sorriso aumentou com minhas palavras, e quando terminei de lavar os pratos, fiquei no meio de suas pernas, colocando as mãos em suas coxas.

— Você está presa a mim, e se tentar me deixar, vou lembrá-la do que você vai perder.

— Você sabe que eu nunca o deixaria — ela respondeu, passando os braços em volta dos meus ombros e me puxando para mais perto.

Observei seu rosto, me perguntando se ela sabia o que isso significava. Sim, a diferença de idade não nos incomodava, mas nem ela poderia negar que, quando eu tiver oitenta anos, as coisas certamente não serão as mesmas.

— Você não quer filhos? — perguntei, observando como ela franzia o cenho.

— Não. Eu nunca quis ter filhos. Acho que não seria uma boa mãe — Valley comentou.

— Por quê?

Ela deu de ombros.

— Tenho essa sensação dentro de mim. Eu nunca quis ser mãe... e também nunca quis me casar. Essas são apenas coisas que não soam certas. Eu só... não consigo me imaginar em certas situações.

Eu entendi, porque também nunca quis ser pai. Casamento era outra coisa que eu não achava que gostaria, já que nem mesmo um relacionamento era algo que eu esperava ter um dia.

— E se você engravidar? Vai fazer um aborto?

— Acho que é um tema difícil.

— Por quê?

— Porque depende de quem e onde o pai estaria.

Assenti com a cabeça, mas queria ouvir mais.

— Me dê um exemplo.

Enquanto ela falava, acariciei suas coxas com as duas mãos e mantive os olhos nos dela para não perder uma única emoção.

— Se o pai desaparece depois de saber da notícia, não vejo sentido em criar um filho sozinha. Mas se o pai ficar comigo e me ajudar a passar por tudo... posso mudar de ideia sobre fazer um aborto.

Compreendi seu ponto de vista, e antes que a conversa se transformasse em um assunto político, me inclinei para beijar suavemente sua bochecha.

cinquenta e seis

— Vou ficar velho em alguns anos. Estou falando de dez, quinze anos. Não importa o que eu diga, não importa quantas vezes eu ameace você para ficar comigo, não quero que se sinta responsável por mim se não quiser. Você estará no ápice da sua juventude e, se por algum motivo eu começar a ter problemas de saúde, não quero que desista de tudo só por minha causa.

Valley estava balançando a cabeça enquanto eu falava, e assim que terminei, ela colocou as mãos no meu rosto com um olhar determinado.

— Não me importo com o que está por vir em quinze anos, Riggs. Eu te amo, e se você tiver sorte o suficiente, ainda vou amá-lo daqui um ano.

Eu ri, apertando suas coxas e depois movendo as mãos para seus quadris.

— Quero que vivamos o momento e não pensar nos "e se". Estou feliz, mesmo sem ser uma *camgirl*. E é tudo por sua causa.

Nenhum de nós era bom em expressar nossos sentimentos, mas Valley me mostrou que era possível se as palavras fossem honestas e verdadeiras.

Eu posso não ter tempo suficiente para vê-la quando tiver trinta ou quarenta anos, mas até lá, eu mostraria a ela que um homem, não importa sua idade, pode fazer tanto quanto um cara da idade dela.

Sorte minha que, de qualquer maneira, ela preferia homens mais velhos.

— Ok, você está certa. Vou tentar o meu melhor para não pensar no futuro.

Isso tirou outro sorriso dela, e então me inclinei para beijá-la, mostrando quanto amor eu sentia.

Valley

Claro que alguém bateu na nossa porta quando estávamos prestes a tirar a roupa um do outro. Suspirei, e Riggs se afastou de mim, com o cenho franzido.

— Você está esperando alguém? — indaguei, olhando para a porta da frente. Eu não tinha ouvido um carro parar, e como a luz da sala estava acesa, era difícil ver quem estava do lado de fora.

— Fique aqui — ele me disse, mas não o escutei e o segui até a entrada, esperando que abrisse a porta.

Soltei um suspiro aliviado quando vi Marcus parado do lado de fora, seus olhos imediatamente focando nos meus.

— Você está de volta — Riggs afirmou, parcialmente confuso e irritado com o retorno de seu irmão.

— Sim, queria falar com você — ele disse, mantendo os olhos nos meus antes de finalmente descer pelo meu corpo.

Marcus olhando para mim não era tão assustador quando fez isso através da webcam, mas vê-lo fazer isso com Riggs ao meu lado foi um pouco estranho.

— Alguma coisa importante?

Marcus assentiu, dando uma rápida olhada nele antes de voltar a se focar em mim.

— Eu estava apenas me perguntando... havia essa garota com quem eu falava. Muito bonita. Ela nunca me disse seu nome verdadeiro, mas era honesta e doce.

Merda.

Ele também descobriu? Mas como?

Cruzei meus braços e esperei que ele continuasse falando, enquanto Riggs ainda estava ali na frente da porta, bloqueando seu irmão de entrar.

— É estranho, sabe? Eu estava esperando falar com ela de novo, mas depois que ela me mandou uma mensagem dizendo que ficaria fora por um tempo por causa dos estudos, não achei que seria por tanto tempo assim.

Ele sabia, e como ele descobriu fez com que eu me sentisse um pouco estranha. Mas fiquei quieta, porque talvez eu pudesse agir como se não tivesse ideia do que ele estava falando e reverter a situação.

Eu estava desconfortável, mas ele não iria embora até que tivesse suas respostas. Riggs também ainda estava agindo como se não tivesse ideia do que seu irmão estava falando.

— O que você está tentando dizer, Marcus?

— Estou dizendo que não percebi que estava conversando com ela, até mesmo lhe ensinei algumas coisas. E agora também percebi que ela está dormindo com o meu irmão.

E ali estava.

Direto ao ponto.

— Estranho ver você sem essa máscara de esqui, *Dove*.

Não pude deixar de revirar os olhos para o drama que ele estava fazendo. Isso não era necessário, e ele poderia simplesmente superar esse fato.

Riggs ficou tenso, e eu coloquei a mão em suas costas com um suspiro pesado.

— Eu vou falar com ele — falei, mas ele não queria me deixar discutir isso com Marcus.

— O que ela fez naquela webcam é passado, Marcus. Não há razão para você estar aqui.

— Não? Você não acha que seria apropriado para qualquer um de vocês me avisar? Certamente, você sabia quem eu era — ele disse, olhando diretamente nos meus olhos.

Então Marcus deve ter juntado todas as peças do quebra-cabeças. Meus olhos, talvez até lábios, minha voz...

— O que fizemos foi puramente platônico, Marcus, e você sabe disso.

— Não é mais — ele afirmou, estendendo as mãos ao lado do corpo. — Não tenho certeza de como você está de boa com isso, mas não o incomoda que eu a tenha visto nua antes de você? — questionou ao Riggs, que facilmente superava seu irmão.

Ainda assim... Marcus não parecia que iria largar o osso.

— Você realmente deveria ir — Riggs respondeu, já cansado de suas besteiras.

— Caramba, como eu fui tão cego? Olhe para você. — Ele riu, seus olhos voltando para mim. — Se eu tivesse visto esse rosto enquanto você estava se fodendo com aquele pênis de borracha, acho que teria feito muito mais do que apenas beber minha própria urina e gozar por você.

Por mais frustrado que ele estivesse com isso, eu não podia dizer ou fazer nada para impedi-lo de falar e incluir todos aqueles detalhes para Riggs ouvir.

— Merda, ele paga o dobro para te foder na vida real?

E foi isso o que levou Riggs ao limite, e eu nem tinha notado seus punhos fechados. Eu não era uma prostituta que era paga para fazer sexo, não importava o que fizesse naquela webcam.

— Vá embora — Riggs cuspiu.

Ele não machucaria seu irmão, e Marcus tinha sorte que Riggs não era uma pessoa agressiva quando se tratava de conflitos como esse. No entanto, eu estava com medo de que isso se transformasse em uma briga que eu não pudesse separar.

— Eu quero fodê-la também. Estou querendo desde que ela me mostrou aquela boceta rosadinha na webcam.

Arrepios tomaram conta da minha pele, me fazendo querer virar e fugir para que não pudesse ouvi-lo mais.

— Não fale sobre ela assim, porra. Vá embora, Marcus!

Coloquei minhas mãos ao redor do braço de Riggs, me certificando de que ele não daria um soco em Marcus.

— Aposto que você fala com ela assim, não é?

— VÁ EMBORA! — O rugido de Riggs ecoou por toda a vizinhança, e não só me deixou tremendo, mas Marcus também. — E não apareça aqui de novo! Não, a menos que você possa falar respeitosamente com e sobre a minha mulher!

Suas palavras foram claras e finalmente fizeram Marcus se afastar, mas, enquanto o encarávamos, não esperávamos seu próximo movimento. Aconteceu tão rápido que só pude ver o que aconteceu quando Marcus já estava em seu carro, pronto para partir.

Riggs estava curvado com a mão cobrindo o rosto, sangue escorrendo pelo braço.

— Meu Deus! — gritei, colocando ambas as mãos em sua cabeça para fazê-lo olhar para cima.

Marcus tinha se abaixado para pegar uma pedra na lateral da calçada e jogou em Riggs como um patético idiota. *Bem, isso foi completamente desnecessário.*

— Deixe-me ver — eu disse baixinho, e Riggs levantou a cabeça com a mão ainda cobrindo o nariz.

— Ele poderia ter atingido você — murmurou.

Por mais que eu apreciasse sua preocupação comigo, precisávamos dar um jeito no seu nariz, porque era muito sangue escorrendo por sua mão.

— Vamos ao banheiro. Vou te limpar — eu disse a ele, trancando a porta e o ajudando a caminhar pelo corredor, me certificando de não deixar nenhuma gota de sangue cair no chão.

— Eu vou matar aquele filho da puta. Ele está doente e precisa de ajuda.

— Vamos nos preocupar com ele mais tarde. Sente-se — falei para ele, e Riggs se sentou no pequeno banco do chuveiro para que o sangue não manchasse os azulejos cinza-escuro. — Mantenha sua cabeça baixa. Não quero que o sangue jorre — aconselhei. Ele deixava o sangue pingar, mas peguei um pano para molhar e limpar seu rosto.

cinquenta e seis

— Ele vai pagar pelo que fez — Riggs murmurou. — O filho da puta tem sido um merda agressivo a vida toda.

Para mim, Marcus nunca pareceu uma pessoa raivosa, mas vê-lo machucar seu próprio irmão mudou minha opinião sobre ele. Isso não era certo, e felizmente o nariz de Riggs não estava quebrado.

— Se ajuda em alguma coisa… você está muito foda com esse machucado no nariz.

Sua pele estava rasgada de um lado do nariz, atravessando a ponte e descendo até a narina. Não tenho certeza de como uma única pedra poderia causar tal ferida, mas deve ter sido por causa da força com que Marcus a tinha jogado.

Riggs riu e negou a cabeça enquanto eu cuidadosamente limpava o sangue de sua pele.

— Pelo menos conseguimos algo com o ataque dele.

Sorri e beijei sua testa, esperando melhorar tudo.

— Você não vai precisar de pontos. É um corte superficial, apenas um machucado horrível no seu rosto.

— Tenho alguns curativos em algum lugar nos armários. E tiras que vão manter o corte unido. Basta colocar alguns desses e vou ficar bem.

Assenti com a cabeça, mas não pude evitar outra piada.

— Você não vai poder me chupar esta noite.

— Tem certeza sobre isso? — perguntou, sua sobrancelha arqueada e seus olhos sérios como sempre.

Não, eu não tinha certeza sobre isso. Não mais.

Apertei os lábios com força e o fiz segurar a toalha.

— Vou procurar os curativos — eu disse baixinho, e rapidamente fui até a pia para olhar em todos os armários do banheiro.

A risada baixa de Riggs me fez estremecer da melhor maneira possível, e escondi as bochechas ardentes, continuando a procurar o que estava tentando encontrar.

— Dê uma olhada também nas gavetas — sugeriu, e claro, encontrei um pacote de tiras feitas especialmente para cortes.

— Ok, achei.

Caminhei de volta para ele e peguei um pano limpo e seco para limpá-lo um pouco mais, então coloquei as tiras sobre seu machucado para mantê-lo unido.

— Obrigado, baby — Riggs agradeceu, colocando as mãos na parte

de trás das minhas coxas e me puxando para mais perto, entre suas pernas.
— Por nada. Você talvez queira tentar acalmá-lo? Para ver se ele está bem? Por mais que eu o odeie agora, não quero que se machuque.
— Marcus vai ficar bem. Cedo ou tarde, vai rastejar de volta para se desculpar conosco.
Eu esperava que sim, ou então nós dois teríamos pessoas em nossas famílias que eram contra nosso relacionamento, e de verdade… uma só era suficiente.

cinquenta e seis

Capítulo quarenta

Valley

Eu estava conversando com Payton e observando Della do outro lado da nossa sala, que falava com uma de suas amigas e parecia enojada e irritada.

Riggs havia chegado alguns minutos atrás e, enquanto cumprimentava todos os outros, ficou claro que as pessoas já falavam sobre nós, apenas esperando para ver a coisa real. Esperavam para nos cumprimentar, e já que era sobre mim que estávamos falando, eu não me conteria para esfregar em suas caras ridículas que estou em um relacionamento com Riggs.

— Então, nós nos beijarmos realmente funcionou, hein? Tenho que ser honesta com você, Val. Senti sua falta depois daquela noite e estava esperando que me ligasse.

Eu ri e coloquei minha mão em seu braço.

— Não liguei, me desculpe. Se meu homem não tem nada contra isso, eu adoraria ficar com você de novo.

— Não. — A voz sombria de Riggs nos fez olhar para ele, e embora eu estivesse brincando, adorei o ciúme que ele demonstrou em apenas me ouvir falar sobre beijar Payton novamente.

Deixei escapar um gritinho feliz, então me virei para beijá-lo na frente de todos. Eu não me importava com quem visse, ou com o que estavam pensando, então aprofundei o beijo com as mãos dele nas minhas costas e dei um showzinho antes me afastar.

— Oi — eu disse, sorrindo para ele.

— Oi, meu amor. Você está incrível.

Como Della queria uma festa com o tema preto e branco, resolvi colocar meu vestido mais branco com um decote nas costas.

— Obrigada, bonitão.

Ele estava de terno e gravata, sapatos e uma camisa, tudo preto, fazendo seu cabelo branco contrastar ainda mais. Eu adorei, e isso o tornou muito mais atraente. Mais do que nunca.

— Como está o seu nariz? — perguntei, olhando para ele e vendo que seu machucado já estava fechando um pouco.

— Muito melhor. Ainda um pouco inchado, mas não dói.

Assenti, acariciando sua bochecha antes de segurar sua mão e voltar para Payton.

— Esta é Payton. Payton, este é Riggs, meu namorado.

Eles apertaram as mãos um do outro, e embora o beijo entre Payton e eu não significasse nada, Riggs não parecia muito feliz em vê-la.

— Desculpe pelo que você viu naquela noite. Foi ideia dela — Payton disse, como se ele não soubesse que eu era o cérebro por trás do nosso amasso.

— Sim, imaginei. Está tudo bem — garantiu.

— Vou procurar minha mãe. Vejo vocês por aí.

Assenti e sorri para ela antes que se afastasse. Ao ficarmos sozinhos, eu me virei para Riggs e apontei para a cozinha.

— Quer ir pegar algo para beber?

Ele assentiu com a cabeça e, quando entramos na cozinha, os olhos de Della nos seguiram até não podermos mais ser vistos.

— Ela ainda não está falando comigo — comentei, mas isso não foi uma grande surpresa para ele.

— Não se preocupe com isso. Se ela não fizer um movimento esta noite, é inútil. O que quer beber?

Apontei para as taças de champanhe na ilha da cozinha, e ele pegou uma para me entregar.

— Obrigada. Acho que meu pai tem uma garrafa de gin na despensa.

— Deixe comigo — meu pai falou, e eu me virei para vê-lo entrar na cozinha, e então ir até a despensa e voltar com a garrafa nas mãos. — Guardei isso para esta noite. Já tomou uma dessas?

— Não, mas já ouvi falar. Vou beber um pouco.

Meu pai serviu dois copos e, depois de fazer um brinde silencioso, tomamos um gole de nossas bebidas.

— Vocês estão bem com todas essas pessoas olhando? Deve ser desconfortável...

Dei de ombros e olhei para Riggs, que não parecia nem um pouco incomodado.

cinquenta e seis

— Vou me acostumar. Não me importo com o que pensam.

— Que bom. Mas quero que me diga quando alguém fizer comentários grosseiros. Não vou tolerar isso, especialmente na minha casa.

Eu sabia disso, então esperava que ninguém testasse os limites do meu pai e fosse expulso daqui.

— Eles vão falar pelas nossas costas, mas não na nossa cara. Está tudo bem — Riggs disse, olhando de meu pai para mim.

Sorri para ele e tomei outro gole do champanhe, encostada no balcão.

— Valley me contou sobre o que aconteceu com Marcus ontem à noite. Sinto muito por isso. Parece ruim.

— Não dói mais. Estou apenas esperando um pedido de desculpas.

— O que o fez jogar aquela pedra?

Eu não contei toda a história, porque, não importava o quanto eu confiasse em papai com meus segredos, não quero que ele saiba sobre meu esquema de *camgirl*.

— Um problema que ainda não resolvemos. Nada muito sério — Riggs afirmou, cobrindo bem nossas mentiras.

Meu pai pareceu acreditar nele, e assim continuaram a falar sobre coisas que não eram da minha conta. Eu distraidamente os escutava e observava nossos convidados curtindo a festa.

Della conseguiu nos evitar a noite toda, nem mesmo cruzando nossos caminhos uma única vez. Era impressionante, mesmo em uma casa tão grande, mas quando Riggs foi o único convidado que restou, meu pai disse a ela para se sentar no sofá e não fugir.

Foi minha ideia fazê-la ouvir, não importando se ela quisesse ou não. Meu relacionamento com Riggs era importante para mim, e se isso significava fazer Della aceitá-lo, eu continuaria até que funcionasse.

Ela ficou quieta por muito tempo, e eu tinha certeza de que manter sua raiva dentro de si não era bom para sua própria saúde mental.

Quando Riggs e eu entramos na sala, ela endireitou as costas e desviou o olhar, silenciosamente xingando meu pai por fazê-la ficar ali.

Nos sentamos no sofá em frente aos dois, e depois de ficar quieta por um tempo, respirei fundo e comecei a falar:

— Não importa se você vai ficar sentada aí e ouvir ou deixa minhas palavras entrarem por um ouvido e saírem pelo outro. Espero que tente entender, e talvez as coisas possam voltar a ser como eram alguns meses atrás. — Mantive minha voz calma, não querendo irritá-la ou fazê-la pensar que eu estava fazendo isso por maldade. — Sei que não temos o mesmo ponto de vista em muitas coisas, mas não significa que não possamos nos dar bem, ou aceitar as escolhas uma da outra. Nem sempre podemos concordar uma com a outra, e tudo bem. E espero que, em breve, você veja que eu estar com Riggs não é errado.

Eu precisava respirar fundo. Disse o que precisava, e agora cabia a ela fazer uma escolha. Ou ela ouviria, ou viraria e se afastaria novamente.

— Não é justo com eles, Della. Valley disse perfeitamente. As diferenças são uma grande parte da vida, e eu odeio ver as duas tão distantes — meu pai completou. Sua voz, que geralmente era severa, agora estava mais suave.

Continuei olhando para Della, esperando ver algum tipo de mudança em sua expressão facial, mas ela ainda não parecia convencida pelas minhas palavras e do meu pai. Ela também continuou olhando para o lado, sem encarar nossos olhos.

— Se você precisa de mais tempo, então fico feliz em lhe dar isso. Mas, por favor… não aja como se eu não existisse nesta casa. É doloroso o suficiente para mim sentar à mesa no café da manhã ou jantar com você me me ignorando, e não consigo imaginar como deve ser para o meu pai.

Porque não importava o quanto ela e eu sofríamos, meu pai também sofria. Éramos as únicas duas mulheres em sua vida que o amavam como ninguém mais, e vê-lo todo estressado com isso era de partir o coração.

O corpo de Della relaxou um pouco, e eu a observei atentamente, seu olhar finalmente se movendo. Seus olhos encontraram os do meu pai primeiro, e depois de um tempo, ela olhou para mim.

— Posso perguntar uma coisa? — Della começou.

Ela estava falando. Isso era um bom sinal…

— Claro. Qualquer coisa.

— Ele já forçou você a fazer coisas que não queria?

No começo, essa pergunta quase me fez rir alto, depois me deixou um pouco irritada. Mas, em vez de começar outra briga, fiquei calma.

cinquenta e seis

— Não, ele não me forçou a nada. No máximo, era eu tentando chamar a atenção dele. Riggs é um bom homem, Della, e nunca faria nada para me machucar.

A menos que eu pedisse.

Seus olhos agora se moveram para Riggs, e virei a cabeça para olhar para ele e ver que seu rosto estava relaxado como sempre.

As palavras de Della não pareciam incomodá-lo, o que era bom.

— Por que ela?

Riggs foi rápido em responder:

— Porque, apesar de toda a loucura dela, Valley tem um grande coração e um cérebro insanamente inteligente. Mesmo se eu tentasse impor coisas que ela não queria fazer, ela teria usado o cérebro para acabar comigo. Mas como ela disse... eu nunca a machucaria e nunca tive a intenção de fazer isso.

Sorri com suas palavras, segurando sua mão e entrelaçando os dedos nos dele.

— Eu a amo e acho que deixamos claro que não nos importamos muito com quem fala pelas nossas costas. Este é o nosso relacionamento, e não vou abrir mão de Valley, se for isso o que ela quer.

Eu estava feliz por tê-lo ao meu lado para esta conversa, porque quanto mais ele falava, mais relaxada Della parecia.

— Você não precisa mudar de ideia sobre nós agora, mas espero que o faça em breve. Somos amigos há tanto tempo e seria uma pena se tivéssemos que nos afastar.

Mesmo sem dizer outra palavra, Della parecia ter nos aceitado como um casal, e eu sorri feliz para ela, agradecendo silenciosamente.

— Ainda vou precisar de um tempo para processar tudo. Me desculpe se os fiz se sentirem desconfortáveis — ela disse, olhando de nós para meu pai.

Ele sorriu para a esposa e assentiu com a cabeça, esfregando suas costas para mostrar que o que ela acabou de fazer foi a coisa certa.

— Isso realmente significa muito para mim, Della. Obrigada — agradeci, sem saber se um abraço era demais agora. Eu daria a ela todo o tempo que ela precisasse, e para acelerar o processo, me levantei e puxei a mão de Riggs para que ele também se erguesse.

— Vou passar a noite na casa do Riggs. De lá, vou para a faculdade e volto para casa depois — disse a eles.

— Ok. Tenham uma boa noite — meu pai falou.

Depois de dar um abraço de despedida nele, olhei de volta para Della, que me deu um aceno rápido para me mostrar que ainda não estava pronta para um abraço. Por mim tudo bem, pelo menos ela estava repensando tudo o que nos fez passar.

Meu pai nos acompanhou até a porta, onde rapidamente tirei os sapatos de salto e coloquei os tênis. Peguei a mochila com as coisas da faculdade.

— Ela vai dormir pensando nisso e voltar ao seu estado normal em breve. Não se preocupe — ele prometeu.

Eu o abracei mais uma vez e vi Riggs fazer o mesmo, então ele abriu a porta para nos deixar sair.

— Tenham uma boa noite. Me ligue se precisar de alguma coisa.

— Pode deixar. Obrigada, pai.

— Foi melhor do que o esperado, hein? — Riggs comentou, se arrastando para a cama comigo.

— Sim, bem... espero que ela realmente supere isso. Não é fácil para ela tirar da cabeça coisas que a incomodam.

— Pelo menos ela disse que tentaria.

Assenti, puxando as cobertas sobre nossos corpos e me aconchegando nele. Já era tarde, e apesar de vê-lo de terno, bonito como sempre, eu não estava com vontade de transar esta noite.

Fizemos algumas coisas muito sacanas e safadas nos últimos meses, testando os limites um do outro e mostrando o quanto nos queríamos. Estar perto e de chamego, sem a intenção de transar, às vezes também era legal, mas isso não significava que não iríamos acordar cedo amanhã para transar no chuveiro antes de eu ir para a faculdade.

Riggs beijou minha têmpora e me puxou para mais perto de seu corpo; virei a cabeça para olhar para ele, colocando a mão em seu peito e acariciando sua pele suavemente.

— Eu já disse o quanto você é linda? — perguntou, mantendo a voz baixa.

Sorri para ele e encolhi os ombros.

cinquenta e seis

— Eu não me importaria de ouvir você dizer isso de novo.

Ele segurou a parte de trás da minha cabeça com uma das mãos, seus olhos sérios brilhando com puro amor e admiração.

— Você é linda, e eu sou o filho da puta mais sortudo em todo o maldito mundo — ele afirmou, me fazendo rir da sua escolha de palavras.

— Eu tenho a mesma sorte — sussurrei, mantendo os olhos no homem que eu nunca soube que precisava tão desesperadamente na minha vida.

Eu o amava, e se pudéssemos viver uma segunda ou até uma terceira vida... eu gostaria de viver a minha de novo com ele ao meu lado.

Não importava o que as pessoas iriam pensar.

E não importava as nossas idades.

Epílogo

Riggs

Seis meses depois...

Eu pensava nisso há meses e sabia que era algo que Valley não diria não. Estava esperando ela voltar para casa depois da faculdade, andando de um lado para o outro na sala e olhando para a porta de vez em quando.

O que eu tinha em mente certamente apimentaria nosso relacionamento, e a excitaria com certeza. Não havia como ela recusar minha proposta, e quanto mais eu pensava sobre isso, mais queria seguir com o plano.

A porta finalmente se abriu, e Valley entrou com seu uniforme, parecendo mais incrível do que nunca.

— Oi — ela me cumprimentou com o sorriso mais doce. — Pensei que você não viria para casa por mais uma hora ou algo assim.

Foi o que eu também pensei, mas, enquanto estava jogando golfe com o pai dela e dois outros amigos, senti vontade de ir para casa mais cedo e fazer uma proposta para ela.

— Venha aqui — chamei, tirando minhas mãos dos bolsos e esperando que ela se aproximasse.

Valley colocou as mãos em meus ombros, olhando para mim com uma expressão preocupada no rosto.

— Está tudo bem?

— Sim, está tudo bem. Há algo que eu quero te perguntar — falei, colocando as duas mãos em seus quadris para puxá-la para mais perto.

Seus olhos se arregalaram.

— Você não vai me pedir em casamento, vai? Sabe como me sinto sobre isso, Riggs.

Eu ri e balancei a cabeça, negando.

— Pare de entrar em pânico, baby. Você sabe o que eu acho de casamento. Não é para mim.

Ela parecia aliviada quando eu disse essas palavras, mas a preocupação ainda persistia.

— Então o que é?

Observei seu rosto por um momento, pensando em todas as coisas possíveis que ela poderia dizer depois da minha proposta. A maioria delas eram positivas, então decidi falar de uma vez.

— Sei o quanto você gosta de ser observada — eu disse a ela, movendo as mãos para sua bunda e segurando-a, dando um aperto suave. — Então, eu estava pensando que talvez você pudesse colocar seu site on-line por apenas uma noite e…

— Ai, meu Deus… você quer me foder enquanto alguém assiste? — Seus olhos arregalaram e ela ficou de boca aberta.

Eu ri.

— Sim, era isso o que eu estava pensando. O que acha?

— Ah… sim?! Você está falando sério ou está me testando?

— Estou falando sério, Valley.

Eu sabia o quanto ela sentia falta de ser *camgirl*, e estava sendo uma boa garota para mim, não vendo ou agradando outros homens. Esta era uma maneira de recompensá-la, e além disso… eu seria o único a fodê-la, não o homem assistindo.

Desde aquela noite no resort, encontrei uma coisa nova que gostei bastante. Ser flagrado ou estar a ponto disso foi emocionante, e ver Valley não ter vergonha também foi o que me fez pensar em fodê-la na frente de uma webcam.

— Você é o melhor! Caramba, sei exatamente quem gostaria de assistir — ela disse, já fugindo de mim para pegar seu notebook.

Ela estava passando todos os dias comigo agora, mas voltava para casa na maioria dos fins de semana para ver seu pai e Della, que, por sinal, agora era nossa maior apoiadora. Foi estranho vê-la passar de zangada com nosso relacionamento para nos defender sempre que um de seus amigos comentava sobre ainda sermos um casal. Valley também tinha um relacionamento muito melhor com sua madrasta agora.

Eu a segui até meu antigo escritório, que ela agora usava como seu próprio para estudar e fazer trabalhos da faculdade. Enquanto ela ligava o notebook, me encostei no batente da porta para observá-la.

— Quem você tem em mente? — questionei, sem saber se realmente queria saber o nome do cara.

— O nome dele é Garett — Valley disse, e eu arqueei uma sobrancelha.

— Pare de brincar comigo — murmurei.

Ela riu, achando engraçado trazer meu irmão para essa situação. Depois de jogar aquela maldita pedra, ele se desculpou próximo ao Natal, mas não tive notícias dele desde então. Eu sabia que ele encontrou uma mulher tão louca quanto ele, e que estavam tentando engravidar e tudo mais. Contanto que ele não voltasse aqui pedindo ajuda, eu não me importava em ser tio.

— O nome dele é Jared. Ele é um cara legal, mas muito solitário. Pelo menos ele era quando eu ainda estava on-line com frequência.

Continuei a observá-la arrumar tudo. Com apenas uma mensagem, Valley de alguma forma conseguiu entrar em contato com Jared, que estava imediatamente pronto.

— Onde você quer me foder, daddy? — ela perguntou, seus olhos cheios de tesão e tanta maldita travessura.

Olhei para o notebook, sabendo que ela ainda tinha que ligar a webcam antes que pudéssemos ser vistos ou ouvidos.

— No meu quarto — ordenei.

Sem hesitar, ela pegou o computador da mesa e passou por mim para chegar lá. Quando estávamos dentro, apontei para a cama onde ela colocou o computador.

— Coloque sua máscara de esqui — exigi, não querendo que Jared visse seu rosto. Eu não precisava de uma, porque minha cabeça estaria fora do quadro de qualquer maneira. Além disso... não importaria se ele visse meu rosto. Com quase cinquenta e sete anos, comecei a me importar menos com certas coisas.

Valley trouxe todos os seus brinquedos para a minha casa, pois ela passava a maior parte do tempo aqui, e quando colocou a máscara sobre a cabeça, peguei sua mão para puxá-la para mim, apoiando a mão direita em seu pescoço e beijando-a, enquanto ainda a tinha só para mim.

— Você vai ser obediente? — perguntei, entre um beijo e outro.

— Sim — ela respondeu.

— Sim, o quê?

— Sim, daddy.

Boa garota.

cinquenta e seis

— Ligue a webcam — ordenei. Enquanto ela fazia isso, tirei a camisa e a coloquei na cadeira no canto do quarto.

— Olá, Jared — Valley disse, me fazendo olhar para a tela de seu notebook.

O homem tinha mais ou menos a minha idade, talvez um pouco mais novo, e já estava nu e esfregando o pau. Outros homens não me incomodavam, desde que não estivessem aqui na vida real para tocar minha mulher. Ele poderia assistir e gozar enquanto eu fodia Valley, mas nada mais.

— Oi, Dove. Quanto tempo.

— Eu sei, mas estou aqui agora. Eu me apaixonei, sabe?

Ouvi-la dizer isso ainda fazia meu coração palpitar, porque, a cada dia que passava, eu ainda não conseguia acreditar que Valley era minha.

— É maravilhoso ouvir isso, Dove. Vai ser emocionante vê-lo foder você. Ele parece bonito pelo que posso ver daqui.

Valley se virou e sorriu para mim, murmurando a palavra "bissexual" antes de se voltar para a câmera.

Entendido.

Então Jared não estaria apenas olhando para minha garota, mas também para mim, que, de alguma forma, estava tornando toda essa situação muito melhor e também lisonjeante para mim.

— Ele é muito bonito — Valley concordou, então se afastou do notebook para caminhar até mim.

Agarrei seu cabelo através da máscara de esqui na parte de trás de sua cabeça, então a puxei para mim e a beijei novamente, suas mãos se movendo diretamente para minha virilha. Ela desabotoou minha calça e a empurrou para baixo, e eu aprofundei o beijo com a língua em sua boca, dançando com a dela.

Gemidos suaves soaram, e antes que ela pudesse se livrar da minha cueca boxer, eu me afastei e a empurrei de joelhos com a mão ainda segurando seu cabelo. Ela adorava olhar para si mesma na tela do computador, mas, desta vez, Valley não estava sozinha em seu quarto, dando prazer a si mesma, com aqueles homens a observando.

— Olhe para mim — ordenei, fazendo-a afastar os olhos da tela.

Deslizei minha cueca pelas pernas, então a afastei para que não ficasse no caminho. Com a mão em volta da base do meu pau, roçei a cabeça ao longo de seus lábios, observando-a atentamente e me concentrando nela em vez do homem assistindo.

Eu podia ver pelo canto do olho que ele estava acariciando seu próprio pau, mas isso não me incomodou nem um pouco. Ainda bem que ele não falou nada, ou então arruinaria todo o meu humor.

— Abra, baby. Mostre até onde você pode tomar meu pau nessa sua boquinha.

Seus lábios envolveram a cabeça do meu pau, e ela lentamente começou a descer até a base, mas de um jeito sensual pra caramba. Valley não estava apenas me provocando, mas também ao homem assistindo, só que eu tinha o prazer de estar aqui com ela. Eu teria enlouquecido se estivesse no lugar dele.

Me empurrei em sua boca o mais fundo que consegui, atingindo a parte de trás de sua garganta com a minha ponta e agora segurando sua cabeça com as duas mãos para mantê-la ali e assumir o controle.

— Você é uma boa putinha — elogiei, começando a ignorar completamente o fato de ser observado.

Eu adorava vê-la fazer coisas que amava, e para mim, ter tirado algo pelo qual ela era tão apaixonada era errado. Percebi isso agora, e estava começando a ter a sensação de que esta não seria a última vez que transaríamos na frente de outras pessoas.

Mas apenas através de uma webcam.

Valley era o amor da minha vida, e com sua beleza e mente inteligente vinha toda a travessura dentro dela.

Então, quem era eu para impedi-la de ser ela mesma?

Valley

Jared e eu não éramos os únicos nos divertindo, e quando nosso encontro terminou, olhei para Riggs, que tinha acabado de gozar dentro de mim pela segunda vez esta noite.

Levei um momento para me recompor, e quando tive forças para me despedir de Jared, que estava tão vidrado em Riggs quanto eu, fiz meu homem deitar na cama comigo, suado e sujo.

— Eu amo tanto você por fazer isso — disse a ele, finalmente conseguindo ser Dove novamente.

Pelo menos por esta vez.

Eu sentia falta dela, e embora ela nunca me deixasse, eu só podia dar asas a ela quando Riggs quisesse. Dove precisava de uma webcam para ser ela mesma, e esta noite, Riggs me deixou ser Dove.

Ele me puxou para perto e passou os braços em volta do meu corpo, beijando minha testa e, em seguida, colocando a mão na minha boceta para cobri-la, tentando fazer a necessidade parar.

— Você foi incrível esta noite. Como sempre — ele me disse. — E eu quero ver você assim de novo.

Franzi o cenho, sem saber como interpretar suas palavras.

— O que você está dizendo exatamente? — questionei, observando-o.

— Estou dizendo que quero ver você assim mais vezes. Você fica diferente quando Dove brilha, e não me importo de te foder na frente de outros homens. Pensei que não iria gostar tanto... mas ver você assim mudou minha mente.

Ele não tinha ideia do quanto isso significava para mim, e me apoiei nos cotovelos para me inclinar sobre ele.

— E você não está brincando, está?

Eu precisava que ele estivesse falando sério, porque eu tinha sonhado com isso no dia anterior.

— Parece que estou brincando? — Riggs perguntou, com uma sobrancelha arqueada.

Sorri abertamente, balançando minha cabeça e me inclinando para beijá-lo.

— Obrigada, obrigada, obrigada!

Era uma coisa estranha para se estar feliz sobre, já que a maioria dos casais se impediam de fazer showzinhos na frente das câmeras, a menos que estivessem precisando de um bom dinheiro. Eu não fiz isso pelo dinheiro, não de verdade, e saber que Riggs gostou tornou tudo muito melhor.

— Você é o melhor — falei para ele, beijando-o mais uma vez antes que ele começasse a rir do meu apego.

— Continue com essa merda e eu vou mudar de ideia em segundos — murmurou.

Revirei os olhos com suas palavras.

— Essas são apenas ameaças vazias e você sabe disso.

Ele soltou uma risada.

— Não me tente...

— Quando você vem pra casa? — Della indagou, sua voz soando pelos alto-falantes do meu carro, já que eu não conseguia segurar o celular ao dirigir.

— Amanhã. Estou indo para a casa do Riggs. Meu pai não avisou que não vou jantar em casa hoje à noite?

— Não, acho que ele esqueceu. Divirta-se então. E diga ao Riggs que eu disse oi.

— Vou dizer. Tchau, Della.

Estávamos de volta ao nosso estado habitual, conversando diariamente e contando uma a outra sobre isso e aquilo sem esconder detalhes. Della se abriu depois daquela noite do aniversário de casamento, e fiquei feliz por ela ter aceitado meu relacionamento.

Parecia que mais e mais pessoas começaram a mostrar aprovação, mas uma que sempre me apoiou foi Kennedy, cujo nome iluminou a tela logo depois que Della desligou. Apertei o botão verde, sorrindo e focando na estrada.

— Oi, garota — eu cumprimentei.

— Oi! Esta noite ainda está de pé? Mason está animado, e eu mal posso esperar — ela disse, sua voz cheia de entusiasmo.

Decidimos sair em um encontro duplo, e depois de muitas horas tentando convencer Riggs, ele finalmente concordou.

— Claro que sim. Escolheu o seu vestido mais bonito? — perguntei.

— Claro! Estou usando agora, e mal posso esperar para você ver. Acho que vou ficar melhor do que você esta noite, e isso é difícil de superar mesmo quando você está vestindo calça de moletom — ela brincou.

Eu ri e balancei a cabeça.

— Sei que você vai estar incrível. Também mal posso esperar. Vou mandar uma mensagem para você quando sairmos, e nos vemos mais tarde, ok?

— Tudo bem. Até mais!

Cheguei na casa de Riggs e rapidamente saí para caminhar até a porta da frente, abrindo-a sem bater, pois, de qualquer maneira, este lugar parecia um lar.

— Sou eu! — anunciei, fechando a porta atrás de mim antes de caminhar pelo corredor.

— No banheiro! — respondeu, e quando entrei em seu quarto, o vi parado com uma toalha presa nos quadris, o cabelo úmido e um barbeador na mão direita. Estava debruçado sobre a pia com a mão esquerda pressionada contra o espelho.

— Você ainda não está pronto? — Coloquei minha bolsa em sua cama e andei até a porta do banheiro para dar uma olhada melhor nele.

— Acabei de voltar do golfe com seu pai — Riggs afirmou, mantendo os olhos na barba e a aparando um pouco.

— Bem, temos que nos apressar. O restaurante fica a trinta minutos e não quero fazer Kennedy e Mason esperarem.

— Por que temos que ir tão longe da cidade? — perguntou, agora olhando para mim pela primeira vez desde que cheguei. Seus olhos vagaram pelo meu vestido de veludo vermelho-escuro, que combinava com meu batom. — Você está maravilhosa, baby. Como sempre.

Sorri para ele, então voltei para a conversa que estávamos tendo.

— Kennedy quer evitar pessoas que ela possa conhecer. Seu relacionamento com Mason ainda não é público, e ela ainda está tentando descobrir como contar aos pais sobre ele.

— Parece um pouco com você quando começamos a namorar — ele comentou, sorrindo.

— Sim, mas é diferente. Os pais dela são insanamente rígidos e não aceitariam bem Mason. Ou qualquer outro cara.

Riggs assentiu e, quando terminou de aparar a barba, caminhou até mim e colocou as mãos nos meus quadris.

— Acho que, de certa forma, temos sorte. Seu pai e Della descobrirem sobre nós poderia ter terminado muito pior — Riggs comentou.

— Sim, poderia. Ainda bem que estamos onde estamos agora. E eu não mudaria isso por nada no mundo.

Estendi a mão para passar meus braços em volta de seus ombros, sorrindo para o meu belo homem.

— O que foi? Parece que você quer me dizer algo. Está tudo bem? — insisti, acariciando a parte de trás de sua cabeça e envolvendo seu cabelo ondulado em volta dos meus dedos.

Riggs continuou me observando atentamente até que finalmente falou:

— More comigo.

Fiz uma careta.

— Eu já vivo aqui, Riggs. Metade das minhas roupas estão aqui.

— Eu realmente não estou lhe dando uma escolha, Valley. Venha morar comigo. — Ele estava falando sério, mas como diabos eu poderia me mudar para sua casa?

— Estou literalmente aqui quase todas as noites. Além disso... acho que não...

— Por mais inteligente que você seja, quero que pare de pensar pelo menos uma vez. Eu quero você aqui todos os dias. Todas as noites. Quero poder chegar em casa e ver seu rosto. Quero ver você fazer seus trabalhos da faculdade e estudar para as provas, e mais tarde te foder para que possa relaxar seu cérebro. Quero fazer todas as merdas que os casais fazem juntos. Ir no mercado, comprar móveis novos, redecorar um quarto de visitas inteiro apenas por diversão. Quero você aqui, Valley. Então venha morar comigo.

Esse lado dele só aparecia quando ele estava desesperado por alguma coisa, e conhecendo-o, isso não acontecia com frequência. Riggs realmente queria que eu morasse com ele, que dividisse esta casa com ele. Como eu poderia dizer não a este homem quando ele estava praticamente me implorando, fazendo isso soar como uma ordem?

Mantive os olhos nos dele o tempo todo, fazendo-o sofrer com o meu silêncio, mas finalmente cedi.

— Ok — sussurrei. — Mas você tem que me prometer uma coisa...

— Qualquer coisa — ele respondeu, um sorriso já se espalhando por seu rosto.

Inclinei-me para mais perto, meus lábios roçando os dele e meus olhos se fechando.

— Prometa que vai me amar para sempre.

Ele riu, pressionando meu corpo contra o seu com as mãos na parte inferior das minhas costas.

— Você já deveria saber que sim, Valley. Mostrei a você todos os dias o quanto a amo e continuarei a fazer isso.

— Que bom, porque não importa o que aconteça... você sempre será meu homem.

E ele nunca poderia se livrar de mim.

Nem em cinco, dez, nem quinze anos.

cinquenta e seis

Conheça também Echo

Ninguém procuraria por mim. Ou assim pensei.

Fugi do homem horrível com quem minha mãe me deixou, esperando poder começar do zero em outra cidade. Mas, nas profundezas do Alasca, onde escolhi me esconder, não havia lugar para eu ficar.

Depois de dias caminhando e perdida, encontrei abrigo em uma cabana, longe da civilização.

Até que, um dia, eles chegaram.

Três irmãos, cada um mais musculoso e complexo do que o outro. Eles me deixaram ficar e, conforme o tempo passava, mais próxima eu ficava de cada um deles.

Logo percebi que os três tinham um efeito sobre mim, e eu não podia mais negar os sentimentos que tinha por eles. Nossa ligação ficou mais forte e, antes de sair da cabana para voltar para sua casa, eles prometeram me manter segura para sempre.

Mas quando as duas pessoas que eu queria esquecer apareceram procurando por mim, prometendo sermos uma família novamente, tive que decidir se queria passar o resto da minha vida com eles, ou com os três homens que tinham cuidado de mim.

Este é um romance de harém reverso com cenas de sexo explícito e diferença de idade de mais de dezenove anos.

A The Gift Box é uma editora brasileira, com publicações de autores nacionais e estrangeiros, que surgiu no mercado em janeiro de 2018. Nossos livros estão sempre entre os mais vendidos da Amazon e já receberam diversos destaques em blogs literários e na própria Amazon.

Somos uma empresa jovem, cheia de energia e paixão pela literatura de romance e queremos incentivar cada vez mais a leitura e o crescimento de nossos autores e parceiros.

Acompanhe a The Gift Box nas redes sociais para ficar por dentro de todas as novidades.

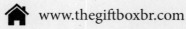 www.thegiftboxbr.com

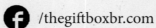 /thegiftboxbr.com

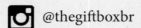 @thegiftboxbr

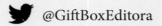 @GiftBoxEditora